U0094506

［法］
法图·迪奥梅

——著

陈赛娅
王银刊

——译

桑戈马尔

Les Veilleurs de Sangomar

守夜者

Fatou Diome

浙江文艺出版社
Zhejiang Literature & Art Publishing House

献给我的祖父母，

阿米娜塔·布苏拉·萨尔，萨利尤·恩杜尔·萨尔！

我的守夜者们，

你们离开之后

我行走在白雪与热沙之上

深知亡灵之王不曾夺走什么

每晚，我的小船都会向桑戈马尔驶去

在那儿，你们为我们升起守夜的篝火。

被爱之人，永垂不朽！

目　录

开　端

　　"无论皓月当空,还是月黑风高,他们都聚集在桑戈马尔岛①中央,围坐在篝火旁守夜。他们在萨卢姆三角洲②过夜,等待着下一步航程,并回应那些在河对岸呼唤着他们的人。上岸之后,有些人也许还在想,是怎样的命运让他们在此相遇,最终又被困在一起,困在这大西洋沿岸偏僻的一隅。很多人认为他们已经走出去很远了,其实他们距离我们并不遥远,我们甚至能听到他们从歇脚处传来的交谈声。"

　　就在桑戈马尔对面的小岛上,年轻的库姆巴对这一说法深信不疑。她满脑子都是遭遇海难的人们,难以入眠。没有任何东西能阻挡住来自桑戈马尔的微风。微风会轻轻拂过尼奥焦尔③椰子树的枝叶,她这样想着。因此,毫无疑问,微风吹来的

---

① 桑戈马尔角是大西洋的一处沙嘴,位于萨卢姆三角洲的入海口,标志着西非塞内加尔西部"小海岸"的尽头,受海浪侵蚀,其在 20 世纪 80 年代再次分裂,形成桑戈马尔岛。(文中注释若无特殊说明,均为译注)
② 位于"小海岸"南部的一处自然保护区,萨卢姆河在此处汇入大西洋。
③ 位于桑戈马尔角对面的一座岛屿。

只言片语我们也应该能听得到。

经过一天的劳作,筋疲力尽的尼奥焦尔人昏昏欲睡,而此时,库姆巴却竖着耳朵,坚信透过滔天的波浪声听到了阵阵说话声,每一个声音都在诉说着自己的故事。库姆巴整晚都在倾听,她努力梳理着这些悄悄话,打算说给她的女儿法迪吉娜听,不过小家伙还不会爬呢。"快快长大吧,我的小宝贝,"她轻声说道,"等你长大了……"这会儿,女儿安然入睡,母亲却辗转反侧。法迪吉娜每天吃得饱,睡得香,慢慢长大,她母亲却日渐消瘦,眼窝深陷。每天早上,当人们问库姆巴睡得好不好时,她还没有从自己的思绪中抽离出来,总是喃喃道:"那些人,所有那些聚集在桑戈马尔的人,都在整夜整夜地聊天,他们在和我们说话……"一些亲朋好友认为她快要疯了,有人设法劝说她,她却感到非常诧异,难道所有人都聋了吗?一些老顽固不愿放弃,他们语气懊恼,絮絮叨叨地说:"库姆巴,算了吧!"这时,年轻女人会大为不快,甚至感到恼怒:"够了!别说你们什么都没听见!你们怎么能睡得那么沉啊?"

从2002年9月底开始,不论昼夜,库姆巴每天都想象着桑戈马尔角挤满人群。既然没人能动摇她的信念,大家就避免惹她生气。对于未能帮她躲过命运沉重的一击,大部分村民都深感遗憾,于是便对她格外关照。众所周知,2002年9月26日星期四,在那个茫茫黑夜里,随着"乔拉"号①客轮一起沉没的,还有库姆巴的生活。她的丈夫布巴也在船上,但那份 64 个生还者名单上却没有他的名字。这艘客轮往返于达喀尔②和济金绍尔之间,后者是塞内加尔南部重镇卡萨芒斯的省会,布巴本应该从那里回来。"乔拉"号客轮长 73.60 米,宽 12.50 米,这类大型客轮应该是很安全的。然而,尽管装备两台 1600 马力的船舶发动机,它还是随着 44 名船员和几百名乘客一起沉没了。从那以后,库姆巴被自己的情感淹没,每天都在情绪里挣扎。年轻女人在痛苦中回忆往事,而往事又使她更加痛苦。"不会的!不,不可能的!"她常常这样惊叫。她越痛苦,就越是要靠想象来寻求解脱。她所感受到的东西已经超出了人们的认知范畴。人人崇拜的万能神罗格·塞内一向足智多谋,此时却也束手无策,不能为她打开另一个世界。"不,这不可能!"库姆巴继续幻想着……她的胡思乱想最终令身边人都感到无所适从。岛民们同情她、怜悯她,但这并不能减轻她的痛苦,每当爱搬弄是非的人就她的精神状况争论不休时,那些最理智的人则默不作声,不再对她评头论足。真是饱汉不知饿汉饥!尽管库姆巴也和其他宾客一样听着夜晚的风声,但任何一个笛卡尔主义者都没有

---

① 2002 年 9 月 26 日,往返于塞内加尔南部重镇卡萨芒斯和首都达喀尔之间的"乔拉"号客船遭遇风暴,在冈比亚近海海域失事,伤亡惨重。
② 塞内加尔首都。

足够的论据来分散她的注意力,因为有许多萤火虫不停地挑逗她,向她发出邀请,引领她去往桑戈马尔,把她带到布巴身边。

几个世纪以来,塞内加尔"小海岸"的最南端——桑戈马尔角,一直都是谢列尔人①的朝圣要地,他们敬仰罗格神,也就是太阳神拉②。荒无人烟的桑戈马尔位于尼奥焦尔岛的对面,这里被认为是神灵聚集的地方,同时也是盘古尔③的聚集地;祖先们非常友善,因此大家亲切地称呼他们妈妈引④。谢列尔-尼奥敏卡人⑤甚至把涨潮也称为妈妈引,因为如同涨潮一样,祖先们也总会回归。桑戈马尔是亡灵之国,是谢列尔人的香榭丽舍,它通过一道海湾与尘世相连。除了一棵棵傲然挺立,俯瞰红树林的猴面包树之外,映入眼帘的还有一池湖泊,几头牛在静静地吃草,还能看到几口井,好让在滚烫沙地上行走的旅人解渴,但这些匆匆过往的旅人很少会去打搅那些滑稽的猴子,猴子正忙着与野狗争夺领地,因为它们都以螃蟹为食。过去,这里还生长着许多果树。如今,由于海水侵蚀,桑戈马尔在20世纪80年代便脱离了吉费尔村,在大西洋上形成一座孤岛,不过那里的猴面包树依然能让人辨别出桑戈马尔的样子,孤岛形态也为其增

---

① 塞内加尔主要民族之一,信仰泛灵论。
② 古埃及神话中的太阳神,被视为正午的太阳。
③ 原文为谢列尔语,意为祖先的灵魂。
④ 原文为谢列尔语,意为祖父母。
⑤ 位于萨卢姆岛屿上的一支少数民族,是谢列尔族的一个分支。

添了几分神秘色彩。如果布巴再也回不到她身边,回不到尼奥焦尔,那么库姆巴只能想象他去了这样一个地方:在那儿,太阳在海洋之神和祖先妈妈引的守护下,慢慢消失在大西洋蓝缎般的洋面之下。然而,这个深陷爱情的女人依然在苦苦等待爱人归来,不愿等到来世再与他重逢。

目光啊!有多少人会穷尽一生去寻觅那朝思暮想的目光?库姆巴虽然没有像长颈鹿一般翘首以盼,但她的目光常常越过栅栏,流连于对面的海岸,寻寻觅觅,桑戈马尔把她的爱人藏在了那里,藏在了回忆的浪潮之中。然而目光并不仅仅是一种官能,眼科医生将这一官能划归于眼皮下亮闪闪的眼珠,但世界上的目光种类何其之多!然而,当身处萨卢姆的沙丘之上,就像面对巨石阵一样,最需要的便是一双能看破现实之墙的眼睛。在昏暗的日子里刮擦、凿出能够透入光线的孔洞已经成为库姆巴唯一要做的事情。她整夜整夜地听着从萨卢姆河发出的声响,观察着萤火虫的飞行轨迹,却看到了他人看不到的东西。

谢列尔人常说:"不论生死,没有什么是触不可及的!"那些主动离开萨卢姆河岸的本地人,迟早都会在盘古尔,即祖先的灵魂的召唤下回归。至于那些被上帝召去的人,他们会化为魂魄,去探望他们的亲人。否则,思念亲人的生者们就会以爱为帆,乘风破浪去到桑戈马尔。在那里,亡灵之王会让死者复生,以慰藉亲人的悲伤。

　　比起白天围绕着她上演的一幕幕场景,库姆巴更喜欢夜间虚幻的景象,在幻象之中她得到了自由,摆脱了日常的枷锁。丧夫守寡,又被禁锢在婆家,她的生活还能有什么盼头?然而,对她来说,每一个夜晚都抵得上无数个宛如一潭死水的白天。因为,夜晚的繁星会指引她前往桑戈马尔,去到她的王子身边,当尼奥焦尔进入梦乡时,库姆巴拿起笔,固执地写下自己的所见所闻、所思所想,沿着思绪划向彼岸,凄惨的白天对她而言已无足轻重,她在意的只有奇妙的夜晚。

第一章

福音歌①还是法朵？上帝啊,怎样的歌声才能将逝者唤醒?
而库姆巴的心却只是低吟着哀歌。不过,就算叫醒音乐大师巴
赫又有何用?他的大提琴也诉不尽相思之痛!那么,便沉默吧。
尤其是别再有什么清唱剧②,祷告声也该到此为止!海神尼普
顿得涨起多少次潮水才能让那些被他扣留的人们与自己的亲
人渐行渐远?库姆巴的怀抱在呼唤着布巴。

海湾里,鲤鱼、鲮鱼、鲜鱼日益肥美。尼奥焦尔岛的椰子树
下,库姆巴却像后厨里盐渍的牡蛎,慢慢地萎缩下去。对于这个
年轻女人来说,准时吃午饭或是迟些吃晚饭根本无关紧要。别
人端来的饭菜,她勉强才会碰一丁点儿。况且还有什么必要用
盐来调味呢?她的唾液如同她的日子那般,也仅仅只有大西洋
的味道了。不过,库姆巴不打算把自己的食欲不振归咎于做饭

---

① 一种宗教音乐,曲风起源于基督教圣歌、黑人灵歌。
② 一种大型套曲结构,发源于17世纪初的意大利,早期的清唱剧采用歌剧表演
的方式,并搭配宗教性对话,其后演变为纯粹的歌唱方式,风格主题也越来越
世俗化。

的炉灶,也不会指责那些盐场的工人们。以她现在的心情,哪怕是巨人卡冈都亚①也别想有个好胃口,因为她已经认不出故乡那片三角洲了。萨卢姆三角洲是尼奥敏卡人的水上摇篮,也是世界上最美丽的海湾之一。这片绿色生态保护区蕴含着如此极致的美,就连魔鬼看见一位恋人在此哭泣也会感到十分同情。在萨卢姆这样一个充满奇迹的王国,甚至秋日也阳光明媚,习习微风治愈了阳光的灼热,美景让苦难变得不合时宜。然而对于库姆巴来说,这一切不过是徒增悲哀。少了她的布巴王子,萨卢姆是一片多么可怕的沙漠啊,宛如天堂的布景之下有着一个遍体鳞伤的灵魂!来访者们也许会将这一矛盾的形容归咎于上帝。库姆巴思考着、感知着,咬紧牙关。对萨卢姆有所了解的人都知道红树林的繁茂与尼奥敏卡人的谨慎自持十分相称。在这里,自天色拂晓之后,男人们一边划船一边唱歌,女人们用阵阵捣锤声来与命运对抗,甚至连哭泣的小女孩也不愿吐露她的悲伤,反倒是要责怪沙子迷了眼睛。这是因为水手们经受得起苦难,正如同他们的兄弟科西嘉人和布列塔尼人一样,来自萨卢姆三角洲的谢列尔-尼奥敏卡人里从不出像富拉尼族②那样的胆小鬼,后者若是看见一条鳐鱼,倒下的速度赶得上他们清洗羊毛的刮刀,然后哭着喊"尤玛姆-巴邦",也就是他们的爸爸妈妈。库姆巴生

---

① 法国作家拉伯雷《巨人传》中的主人公。(编辑注)
② 非洲的游牧民族,大都聚集在由塞内加尔到北喀麦隆的萨赫勒地区。

活在岛上，既不畏惧海浪也不害怕鳐鱼，却怕孀妇枕下肆意繁殖的毒蝎，怕这些让死者一遍遍死去的冥顽不灵之人。

上帝啊，福音歌还是法朵？怎样的歌声才能将逝者唤醒？并非只有库姆巴一人在夜里呼唤着心中珍视之人。她的叹息声与大洋彼岸许多其他人的叹息相交融。让她夜不成寐、眼眶湿润的思绪同样浸湿了那些与她相隔万里的人们的睡枕。上帝啊，尼奥焦尔没有拒绝过把他的子民献给你，但亚伯拉罕的公羊还不足够吗？除了数百名塞内加尔人以外，还有许多其他国家的人与布巴在同一个地方靠了岸。女士、小姐、先生，他们来自五湖四海。是一种怎样的离心力将他们聚集在了"乔拉"号上？什么样的使命、梦想与渴望引领着他们走向了记忆中最可怕的船舶？所有这些人，库姆巴把他们和自己的丈夫算在一起，想象着这群人聚集在亡灵之国——神圣的桑戈马尔岛上。多亏了萨卢姆夜晚的神奇魔力，库姆巴倾听与询问的那群守夜者将她送到了爱人的身边。

黄昏时分，当那些还在猜测她精神状态的人认为她眼神茫然时，库姆巴则在观察和描绘着另一副面庞的轮廓：布巴在她的记忆中闪闪发光！布巴安静却亲切，喜欢开玩笑，也乐于广交朋友。他在频繁往返的达喀尔—济金绍尔—达喀尔路线中，结交了许多新朋友。库姆巴知道，他们中有些人同布巴一起最后一次登上了这艘船，和他一样永远地停留在阿迪亚戈迪亚克那边，也就是一切的尽头。在那里,大西洋扣留了梦想、承诺与未来。

在倾听着大西洋咆哮声的夜晚,库姆巴心里并非只想着她所珍爱的布巴。她想到所有这些来故乡寻根的移民,这群人再也回不到他们在西方的第二故乡了。他们曾向谁,向多少人说了再见,却不知道这承诺在人世间再无法兑现?库姆巴为世界尽头的人们感到痛心,今后,他们看到故乡的名字就像是看见了安葬他们亲人的遥远的坟墓。不过塞内加尔并没有柏树,人们怎样才能在那儿看见荫庇着大海的紫衫林呢?松开棉腰带!左舷右舷的人都一样,松开谢列尔人的棉腰带!在贝莱尔公墓①那边,桑戈尔②会看到我们的哀歌在大西洋之上撒下了淡紫色的棉布!"乔拉"号上的乘客们,拿起这些棉布,将自己盖紧!拿上这些棉布,为自己取暖!

库姆巴知道在马赛有一对退休夫妇和她一样在夜里守候着,在严寒之中思念着他们的女儿与女婿。在马赛,琳达和吉拉里有一个美丽的独生女波利娜,波利娜想去她丈夫西亚勒布的故乡卡萨芒斯看一看,西亚勒布也是布巴的一个朋友,尽管这对老夫妇有守护圣母③守护着,但自从他们知道再无法拥抱波

① 位于达喀尔的天主教墓地,塞内加尔首任总统桑戈尔便安葬于此。
② 塞内加尔诗人、政治家,曾任塞内加尔首任总统,被广泛认为是 20 世纪最重要的非洲知识分子之一。
③ 法国马赛的罗马天主教宗教圣殿,也是每年 8 月 15 日圣母升天节的朝圣地点。

利娜的那一天起,便再也无法入眠。无论是用阿拉伯语、西班牙语、法语还是其他任何一种语言,"他们亲爱的波利娜再也不会回来了!"这句话无论是他现在听来还是以后听来都会觉得很陌生。琳达和吉拉里在马赛也许还是一如既往地呼唤着守护圣母或是真主安拉,要和他们谈论上帝的人最好还是先去咀嚼一下荨麻的痛。痛苦是另一种信仰,它给出了所有证明。对此,琳达的侄子马克西姆感同身受,他也在哀悼他的妻子和妻子最好的朋友。妻子的好朋友不是别人,正是马克西姆的表妹。

在别处,一些护士在纪念她们的同事——波利娜和阿曼达;协会里的成员在向他们的战友致敬;老师悼念学生;学生纪念他们的伙伴;还有一些人在悼念他们的配偶。处处是为逝去的子女而哭泣的父母,他们会后悔向逝者传达对他人的爱意和对别处的好奇心吗?会因为赋予后者一双踩着风的靴子①而感到遗憾吗?因为,总是如此,痛苦质问着原则。但是人们记得:困在"乔拉"号上的外国旅客们不畏边界,带着世界性的眼光打开了边界大门。他们无惧撒哈拉与萨赫勒②,奔向那些无法朝他们走来之人。在他们之中,很多人没有受到三千年犬儒主义

① 即"履风之人",象征年轻、冒险、喜欢游历四方的人。
② 非洲北部撒哈拉沙漠和中部苏丹草原地区一条总长超过5400公里,最宽可达1000公里的地带。随着气候变化和人类活动,已经成了世界上最贫瘠的地方。(编辑注)

思想的影响,仍然把交流碰撞与人道主义行动视作一种表达民族间友爱的方式。他们中有些人四处游历,为他人呕心沥血,他们乐天知命,因而能为他人做出无限的牺牲。在特兰加①的土地上,在谦逊有礼的塞达尔·桑戈尔领导下的共和国,在他们最后一趟旅程里,当地人是否同样带着这群旅客对非洲、对人类所怀有的爱意,满心欢喜地接待他们呢?库姆巴这样问自己,她希望人们确实做到了。

阿曼达、波利娜、索菲?保尔、帕斯卡尔、萨拉、卡利尔,还是威廉姆?还有多少人在被人们徒劳地等待着?他们的房间里快乐已经不再,仅仅只有一种肃穆的无力感。库姆巴的心备受折磨。在法国、西班牙、瑞士、荷兰、美国或是世界上的其他地方,还有多少个家庭、同事、朋友与爱人仍然无法走出悲痛?这些饱受苦难的人们在耶路撒冷哭墙前顿足,前往罗马祈求圣母马利亚或是去麦加②诵读《忠诚章》③,因为他们想要借此驱除同一片阴霾。尽管这阴霾落在他们头上,却也同时让他们因为共同的处境团结在一起。"乔拉"号不只是一艘时速14海里的船只,2087吨的注册吨位运送着的是全人类:来自不同国家、民族,说着不同语言的人们汇聚于此,踏上了一场没有归期的旅程;哈

----

① 塞内加尔的别称,在当地土著语中,"特兰加"是好客的意思。
② 沙特阿拉伯城市,是伊斯兰教的第一圣地。
③ 伊斯兰教经典《古兰经》中第112章经文。

利路亚或是真主至大,色兰或是沙洛姆①,怎样才能为"乔拉"号上的乘客祈祷?想要分离他们的剪刀终将断裂!让他们永远聚集在一起的东西并不把教堂的祭台放在眼里!库姆巴认为,桑戈马尔的神灵在亡灵之国会一视同仁地守护着他们!于是,她幻想布巴和他在"乔拉"号上的所有同伴们都精力充沛,和妈妈引一同在岛中央守护着,在库姆巴的想象中,妈妈引像是她家族中逝去的,令人心安的年长者,她很了解他们。

　　传说中,想要见到逝者的人需要祈求桑戈马尔的神灵,神灵会根据一项把他和祖先相连的公约为他提供指引。按照这项公约,桑戈马尔用他的恩泽养育、保佑、庇护海上的人们,作为交换,人们需要奉上祭品以示敬意,任由他带走被选中之人,这样便能不断壮大他那巨大的王国。桑戈马尔统治着看不见的世界,但是岛上的客人们总有要在其他地方完成的使命,若他们无法继续与生者进行交流,便不再能保持平静。至于无法放弃亲人朋友的那些人,他们的亲人被低潮挟持——在那儿,在记忆中沙滩长椅的后面——对能够看到涨潮把他们带回来不抱希望,很多人也许不会再等待海浪之神的呼唤与他们相聚。因此,潮涨再潮落!桑戈马尔乐于通融,只要他们的祖先为其说情,他便允许这些怀着热切渴望的人们往来于两个世界之

---

① 均为穆斯林之间的问候语、祝安用语。

间。祖先们常常这样替人求情。你看那浪花里满满的泡沫，每个气泡里都蕴藏着一个灵魂。几百年来，祖先们就这样带着桑戈马尔的馈赠登上萨卢姆河岸，然后再带着子女们的怨诉离开。

潮涨潮落，桑戈马尔随心所欲地攫取、赠予！海浪这样咆哮着。神灵的客人中途停靠在桑戈马尔，一边守夜，一边思考着人生。在对浪花的喋喋不休感到厌倦之后，他们还会耐心地数星星吗？不，他们在交谈。所有人都在说话，不过他们同样也会说给那些听得见他们声音的人听。从黄昏闲聊到黎明，他们在说些什么？他们会发出求救信号或是向那抚慰生者的微风喃喃细语吗？桑戈马尔搅乱微风，却能辨别每一种声音，并且让这些声音到达目的地。那些祈求桑戈马尔的人并非独自在守夜。

萨卢姆的夜！一个谢列尔女人以罗格·塞内之名向您保证：当她一个人在厨房做晚饭时，她听到已经去世十年的祖母在给她忠告。请别发笑，相信她。她不是在做梦也并非说空话，这是源于她的民族数百年以来的泛灵论，这种信仰从天狼星的眼睛里汲取光芒——谢列尔人的宗教标志是一颗五角星和一根盘着蛇的手杖，就像希波克拉底①的手杖一样。萨卢姆的夜！一位老妇人走过，拖着红白相间的棉质螺旋流苏，她把这流苏

---

① 古希腊伯里克利时代之医师，被今人尊称为"医学之父"。

称为迪昂博涅①,请别发笑,有了神灵的帮助,她会让您不被致命的毒蛇咬伤。一句感谢可比一具棺材的代价轻得多,既然如此,请您礼貌地说出:"谢谢②。"如果您有所怀疑的话,还请您记得萨卢姆像其他地方一样,在夜里什么也看不见的人不能断言黑暗中什么也没有。萨卢姆的夜!咕咕!让那些人类学家竖起耳朵听一听吃人肉的猫头鹰在说些什么,也许它会吐露出三角洲的人们不曾向来访者揭露的秘密。萨卢姆的夜!有时萨卢姆的夜晚充满诗意,女士的葫芦丝声与男士弹奏的民间吉他声相互交织,而除却这些夜晚,在谢列尔的土地上,黑暗总是伴随着无尽的恐惧。萨卢姆的夜!若是您既没听见墩墩鼓也没听见佩兰盖埃③的声音,那么这就是不在场者的王国。这些逝者无处不在,他们从躯体的偶然性中解放出来,仅仅作为谢列尔人隐隐约约随处可见的灵魂、盘古尔、气息或是流动体,他们甚至也会出现在篱笆缝隙之间——女巫手下的黑猫也会卡死于此。萨卢姆的夜!亡灵之国,人们说亡灵也会在尼奥焦尔漫步,从神树林那儿开始:佩蒂亚拉圣林、伊图姆贝圣林、恩戈诺利圣林……他们穿过村庄,到达椰子树林,然后又跨过海浪来到桑戈马尔。于是,自黄昏起,人们如果没有重要事情的话,就不会

———————

① 传说中谢列尔族的祖先。
② 原文为谢列尔语。
③ 一种非洲乐器。

出门,或者会偷偷溜走然后十分谨慎地说着悄悄话。萨卢姆的夜!如果您听见喊叫声:"噢!恩迪亚迪亚内①!"不要浪费时间去说一句"太可怕了!"赶紧离开!鬣狗不是只出现在讲故事的人口中,也会有模仿猫头鹰歌声来攫取灵魂的食人女巫娜克威,还有那些会在黑暗里跳出来把你腿揪住的狼人。在萨卢姆的夜里,每一个谢列尔人都很信赖他们祖先的亡灵,先灵会化身各种形态来与生者互动。盘古尔有着多重身份,他们不仅是治愈者、审判者、惩恶扬善者,更是一位信使。他们承载着凡人的请求,为人们向至高无上的神灵罗格·塞内求情。他们同样是一个中间人,向可能会帮助人类的万能神发出乞求!库姆巴越是祈求他们,黑夜里的声音就越发清晰,她的夜晚也变得越来越长。

库姆巴感受着、辨认着桑戈马尔守夜者的气息,想在之后把它带给她的女儿和所有那些明白不在场并不意味着虚无的人们。尽管她收集、重组夜里的回声,熟记与亡灵的对话,库姆巴却没有向流言所传的那样与现实割裂开来,反而正因如此,她能够更好地掌控生活。诚然,她的信仰让人惊讶,但是惊异并不等同于不可能。如果规范准则允许的话,许许多多所谓的疯子会从收容所里走出来,用他们的独特性来丰富这个世界。虽

---

① 塞内加尔著名民族英雄。

然上帝给了米开朗琪罗灵感,但不信仰上帝便会使得这位杰出画家的作品失去权威吗?自苏格拉底、科克·巴尔玛①的时代起,滋养了智慧的,是怀疑精神,而非那些使眼界变得狭窄的坚信与否定。眼罩就连给驴戴都不合适!

库姆巴不愿服从,但是她却顺从于这种必不可少的普遍需求,它能够填满存在的深渊,若是没有它,任何坠落都将是致命的。而对于此,每个人都在按照自己的方式行动。有时候在白天,那些好打听的饶舌妇觉得库姆巴陷入茫然、胡言乱语,实际上,她在自己的世界里十分清醒,是别人无法理解她的世界。难道一艘船远离了您的港口,就足以表明它是一只迷失方向的船吗?人们觉得库姆巴古怪,因为她有时候会自言自语,会说出很多令人意想不到的话题。

"不要鲜花,不要花圈!"有一天库姆巴独自在房间里这样喊道。她忘记了仅与她一墙之隔的客厅里那群人的存在,变得大胆起来。然而,一个寡妇又能说出什么来反抗她的命运呢?

"不要鲜花,也无须花圈!拿好你们的可乐,还有蜡烛!光线淹没了我的记忆!省着点您的蜡烛,这样在煤油用尽之后还能够点亮它来看书!在离开的人留下的脚印里扔一捧沙便已足够,这样活下去的人便能走入不在场者的世界。一直以来,人

---

① 塞内加尔最伟大的思想家、哲学家之一。

们都想尽办法把窟窿填满！若是这些窟窿连卡车的轮胎都可以损坏，那区区脚踝又算什么呢？所有的这些漏洞、遗失，所有的这些缺憾！是谁拿着铲子，把挖掘我们的人生当作乐趣？认识他的人会对他说：'人们划船、走路、跑步、攀登或是沉迷于艺术，所有这一切都是在与灵魂对抗。'人们怎样才能不幻想着将它们填满？每一次跌落之后，所有人都想借用绳索重新攀上太阳，却在这一过程中耗尽了精力。在苍穹与马里亚纳海沟之间，在坚实的大地上，这支无休止的舞是多么令人疲惫啊！窒息是那么频繁，哪怕是在露天的环境里，人们也会呼吸困难。平板支撑，牢牢地撑住，因为必须撑住！它能够让臀部紧俏、锻炼我们的腰腹，也一定能留住我们不停摇摆的生命。绳子被拉紧，我们的肌肉群相互交错、连接，让我们能够屹立不倒。这是在延缓身体下沉。不，不要向'乔拉'号的航线上扔鲜花和花圈！之后大西洋会把这些还给你们！别掉一滴眼泪，大西洋已经为你们流下了几百年的泪水！不，一滴泪也别落下，泪水并不能浇灌出梦想。洗涤秋日天空的雨水会让树木直耸云霄，以后也会让我的法迪吉娜慢慢长大。法迪吉娜会把我的目光带向比这灰暗的现实更美好的未来……"

当库姆巴察觉到自己的声音或是被自己惊讶到的时候，她就会立即停下来。紧接着，她等待黑夜带来的宁静，能够向她的亡灵们伸出双手。当那些理智的人睡去之后，她唤醒自己的记忆,想起那些在"乔拉"号淹没前人尽皆知的事情,想要把那些在桑戈马尔岛上游荡的灵魂送回他们昔日在人间所在之处。

"从前",人们常常这样听说,这个"从前"多亏了讲述者的信念而流传了下来,要知道这段故事他们已经讲述了好几百年!"从前",一些旅客意外地中途停靠在了亡灵之国,尽管受到谢列尔祖先的热情接待,他们却由于总是试图与生者交流而短暂地感受到了困意,他们就是"桑戈马尔守夜者"。在库姆巴为丈夫守丧的四个月零十天①里,守夜者们夜夜与她对话,而库姆巴的声音也使得他们的气息被留存下来。她不是在自言自语,也没有发疯,之所以她的所作所为让人们误以为如此,是因为让她的夜晚变得充实的那些人非常狡黠,他们利用桑戈马尔的神奇魔力,让除了库姆巴以外的人都看不见自己。

---

① 根据伊斯兰教习俗,妻子在丈夫去世后须守丧四个月零十天。

第二章

　　码头上,水手们的妻子为了缓解焦虑,或是眺望海平面,或是做各种各样的事情来打发时间,她们知道自己在等待着什么。但是对库姆巴来说,困于沙丘之上,身处椰树林中的她又在等待着什么?

　　清晨,当母鸡抖擞身子,在院子里咕哒咕哒地叫时,库姆巴始终一动不动。黄昏,当隔壁池塘里的青蛙呱呱叫着,从一片睡莲跳到另一片睡莲上时,库姆巴像是盐柱①或者更像是大理石做成的雕塑——因为岛后的盐堆就算没有被大雨冲刷,也会在风儿吹过时改变形状,任凭库姆巴自生自灭。永恒,这是一种无法缓解的痛,无尽的悲伤让地平线变得昏暗不明。"早上好","晚上好",库姆巴装作什么都没有听到,因为在生活并不如意的时候,这些巴普洛夫式的祝愿听起来十分讽刺。人们总是问:"你过得怎么样?"那些真心诚意回答的天真汉可要当心了,只

---

① 《圣经》中罗得的妻子不顾神谕,在逃离索多玛城时,回头看了一眼,化作盐柱。

有他祖母听到这话时才会犹豫要不要走开。来访的时间是早上或是傍晚又有什么关系,反正无论什么时候都会让库姆巴感到不舒服,因为这些不得不回应的问候让她感到十分厌烦,然而,在萨卢姆,这些问候却是无休止的。"善良的人们,走您自己的路吧,请让我省下说话的力气。"她双目无神地哀求着。面对残酷的命运,曾经无忧无虑的库姆巴变得像一只负鼠!她还要这样装死到什么时候?在她背后,人们相互交换眼神暗示着。一只苍鹰只好扑向那些流露出不耐烦的眼睛!这些聋了的毒蛇让人无法忍受,他们把矫揉造作的问候当作是同情与怜悯!他们拖着身子从沟渠到灌木丛,勉强贴着炙热的沙漠爬行,却在生活割去您的双腿之后,冷酷地对您说:"站起来,向前走!"这些爬行动物,他们又怎么会知道库姆巴为了维持现在的状态已经付出了多大的努力?一动不动,缄默不语,她像是一尊佛像,而一场风暴却摧毁了她所有的一切。她默默进行的战斗最具毁灭性。库姆巴既没有失礼也并非无动于衷,她在与自己的呼吸谈判。有时她也会说话,不过总是在她一个人的时候,然而在村子里,她的行为却招来了流言蜚语。

在岛上,繁重的取水任务不是唯一让女人们警惕的事情。无论什么天气,她们都会在通往水源的路上被撒旦引诱,以此满足她们难以抑制的好奇心。有些女人在井边装上满满一盆的谣言,也正是她们把流言散播至整个村庄。

这个秋天,她们之间流传的是库姆巴疯了的谣言,因为她总是在空房间里自言自语,不知道在呼喊着谁。每家每户后院里都开始有人窃窃私语！人们知道嘴对嘴有时会传染疱疹,而口耳相传更可怕,冒险家的鞋底往往会带回污染人们脑袋的东西。"你知道,库姆巴,她……可怜的库姆巴她好像……"水源连绵不绝,话题也无穷无尽。要是人们每在背后提到库姆巴一次,这个年轻女人就会掉下一块肉的话,那她就什么也不剩了。人类的秘密真是难以琢磨！在村子里,为什么任何的与众不同对您来说都等同于一种索引或是标记？饶舌妇们的眼界难道真的取决于她们的日常活动范围吗？就让这些爱嚼舌根的人管好自己吧,别在井边唾沫横飞！被诬蔑的人这么想,库姆巴靠其他人尽皆知的事情活着。

从达喀尔匆忙回来的那天起,她的话就变得越来越少,而且在她避静守丧的大多数时间里,她甚至也不与村子里有声望的人说话,库姆巴有自己的聊天对象——那些不会对她灵魂加以指责的人。不,库姆巴没有在胡言乱语,但自从她的世界突然支离破碎后,她的态度全然改变了,这一切让她不得不对现实有了更丰富的感知。魔鬼只好给喋喋不休的舌头打上水手结！那些总爱说闲话、喜欢背后议论的恶人只在日间活跃,她们常常出没于白天的水井边,被晶莹闪耀的蓝天所吸引。无须在夜间点亮她们的灯笼,对于照射着库姆巴的苍穹,她们又知道什么？

年轻的库姆巴适应自己作为寡妇的新身份已经两周了。如果说亲戚与姻亲们的来访让她的白天变得按部就班,那么黑夜对她来说则有无尽的意义。像前几天一样,她在半夜醒来,注意力被一些男人和女人的声音吸引。在这个时候,如果连山羊都保持安静了,那这谈话声又是从哪里来的呢?她检查了床头的小型收音机,不过因为法迪吉娜就睡在旁边,收音机已经被关上了。那些持续不断的声音不需要电磁信号就能传到库姆巴的耳朵里。她确信自己在猫头鹰的叫声中听见了无数的呼喊,有人说:"噢,还活着的人,还能继续在炙热的沙丘上行走的人!如果你们嗅一嗅微风、感受一下脚底的热气,你们就能够听到我们的声音。有人在夜里说话,请别分心,忽略他的低语。噢,还行走在炙热沙丘上的人,请你们听一听微风,就像热带草原被雨水浸润那样。我们被低潮困住,我们需要你们,请听好……"

"为什么我要听你们说话?"库姆巴感到生气。没有布巴,任何声音对她来说都不再悦耳!"你们为什么要这样缠着我?"

"我们被困在了桑戈马尔,想要找一个能给我们捎信的人。"

"原来是这样!那我呢,给你们当信使,我又能得到什么?"

"在桑戈马尔,总会有潮涨潮落的时刻,我们绝不会只索取不付出。你和我们一样,会在夜里呼唤着某个人。帮助我们,我们同样也会帮助你。这是一个老渔夫给我们的建议,让我们像这样去寻求生者帮忙。既然你已经听到了我们的声音,我们也会听你说。"

尽管先灵们在缔结合约时并没有签字画押,但言语和笔墨却有着同样的效力,若没有语言,所谓的合约也没有任何意义。签名或是发誓,库姆巴觉得这一切过于混乱,以至于无法做出任何承诺,更何况是对一群看不见的存在做出承诺。她的好奇心夹杂着恐惧,哪怕是一阵风吹过锌板也会让她吓得跳起来,就仿佛是听到了魔鬼在敲门。她又一次叫醒婆婆瓦西亚姆,不过瓦西亚姆还是对她说了同样的话:

"你听错了,库姆巴,我什么都没有听见,你也一样。都这个点了,唯一能听到的声音就是风吹动椰子树枝的沙沙声,不然的话,就是离我们还很远的桑戈马尔和班珠尔之间的海浪声。别这样大喊大叫,一个寡妇不应该大声说话,尤其是在夜里,你丈夫的鬼魂可能会带走你或是你呼喊的那些人的魂魄。"

"好啊,就让他把我带走吧!这正合我意。"

"好了,库姆巴,理智一点,快睡觉吧!真主把布巴带给我们,又把他带走,就是这样。我的孩子,你要接受安拉的意愿,试着去睡吧。如果你整个服丧期都像这样的话,你有可能会疯掉。行了,冷静一点。祈求真主,这样会让你平静下来。"

库姆巴也只是在祈求她的真主,那就是布巴。她受够了老生常谈的宿命论,这种说法不仅无法让她获得安慰,还让她对婆婆感到生气。当一个人受尽折磨的时候,再没有什么比指责他夸大自己的苦楚更为过分的了。而现在,她婆婆甚至在语气中表达了更多的责备而非同情。当这位老妇人在说话的时候,库姆巴垂下眼睛,否则她的目光会暴露她不敢说出的想法。瓦西亚姆,她颤抖着的身体是不是也感知到了什么?库姆巴问自己。这个女人怎么能这么快就屈从于失去儿子的事实?信仰让她的感情变得迟钝了吗?就连哀伤的大象在走向死亡之前也会大声嚎叫,用鼻子长久地敲击着地面。要如何解释瓦西亚姆的态度?她是被虔诚的信仰所鼓舞吗?还是说她一遍遍地重复着那些她想要去相信的教条,其实只是在假装自己对儿子的死漠不关心?

库姆巴的问题没有答案,也无法表达自己的失望。因为没有良方,她只能为自己的失眠找到更好的证人。虽然人们都围在寡妇身边,但是他们就像对待孤儿那样,希望遭遇丧亲之痛之人能够默默地忍受痛苦,而不愿意听到他们呻吟。因为忍受痛苦是一回事,但是把它说出来让别人痛苦,就是另一回事了。况且,即便确实应该存在某些圣人,但一位含着泪的母亲难道不是安慰一个为她儿子哭泣的孀妇的最佳人选吗?深爱着丈夫的库姆巴全然沉浸在自己的悲痛之中,却可能忘记了她的婆婆与她承受着同样的痛苦,甚至更多:瓦西亚姆不仅生育了布巴,而且她对布巴的爱比任何人都要长久。在尼奥焦尔岛的夜里,没有通电不是唯一阻碍视线的原因。尽管有煤油灯的微光,瓦西亚姆和库姆巴之间却竖起了一道帷幕,晦暗不明。长久的沉默之后,两个人都回到了各自的床上。库姆巴深深地叹息,侧卧着躺在床上,用一只胳膊搂住女儿。相互理解的大门再一次被关上。咕咕!猫头鹰在萨卢姆的夜里唱着歌。咕咕!猫头鹰竭力地叫喊,它们是否会给女巫指路?会不会嘲笑人类灵魂的秘密?咕咕!

第二天,瓦西亚姆认为,有必要把这些怪异言行告诉库姆巴的妈妈亚莉亚姆。瓦西亚姆知道怎么剥花生壳,甚至萨卢姆河边的红树林里那样坚硬的牡蛎壳,常年生活在岛上的她也会用手指冒险去把它剥开。然而,当库姆巴的肩上仿佛有一颗带着裂缝的坚硬核桃,却让瓦西亚姆的能力受到严峻考验。不,她才不会为此夹伤手指。库姆巴的妈妈必须负起责任!自从有纪年以来,萨卢姆和在其他地方一样,母亲总是能听懂她们疯癫的子女们的胡言乱语。那个秋天,濒临大西洋的尼奥焦尔岛上有那么多的人,甚至有比公元纪年还要久远的化石,却一直没有一位心理学家出现,解析人的精神状态,提出任何抵消怨恨的办法。婆婆和儿媳妇生活在同一屋檐下,互相观察着,两个人都在设法摆脱各自的哀伤。婆婆年龄更长,似乎要高儿媳妇一等,而年轻一些的儿媳妇则一天天陷入阴郁。库姆巴需要的不是誓言而是援助,她需要坚实的肩膀让自己能从夜间听到的声音中解脱出来,晚风里夹杂着的窃窃私语讲述着那么多未竟的故事。常常出没她房间的不只有布巴,每天晚上都会有一群寻找信使的亡灵围绕着她。为什么没有人把她当回事?有人会关心她的想法和感受吗?人们谈起她时常常直接称呼她为"寡妇",甚至当着她的面也是如此。难道她仅仅是这样一种存在吗?或者说她只是一个被定义为丧夫的个体吗?

作为失去丈夫的伊斯兰教徒,库姆巴必须穿上宽松的长袍,她穿着长袍,诵真主之名![1]再见了,牛仔裤和短裙!忘了吧,美丽的连衣裙和敞胸的领口!不过,变得丑陋并不会困扰她,毕竟再美的衣裳也不能为她赢得她的王子口中的一句称赞。库姆巴每天都要做五次祷告,她需要一丝不苟地完成它们。一位阿姨给她带来有着克尔白[2]花样的席子和全新的净水壶,还悄悄往库姆巴手里塞了一串念珠。库姆巴知道《古兰经》里多少章节呢?没有人问过这个问题,她一次次的跪拜足以让她的婆家感到安心。"寡妇的祷告能够为她丈夫的灵魂赢得天主的恩赐。"布巴家族中的亲戚总是十分谨慎,一遍遍地这样嘱咐着。疏于祷告意味着走向地狱,这并非是对逝者而言,而是库姆巴自身的地狱。无须等待神谕,人类会主动去执行。作为失去

---

① 原文为阿拉伯语音译。
② 原文为阿拉伯语音译,即"立方体房屋",位于伊斯兰教圣城麦加的禁寺内的立方体建筑。

丈夫的伊斯兰教徒,她必须低声说话,几乎不再表露自己的情绪。在这四个月零十天里,她不得不过上离群索居的生活,并且只希望沉浸在自己的悲伤之中。人们把她圈在一种新的生活模式里,库姆巴遵循着这样的生活,就像被裹在石膏里的腿一样,只好顺从。有的夜晚,库姆巴不再试图为自己辩解,她把这些夜晚串联起来,就像她手里的念珠一样;而有些黎明既寒冷又黑暗,再暖的拥抱也无法治愈,库姆巴一个人孤独地度过这些日子。她妈妈十分担心她的状态,在听了瓦西亚姆骇人的描述之后感到更加不安。

亚莉亚姆悉心安排了一次与女儿的单独见面,她一大清早就来到了布巴家中。黎明的微光还未照亮屋子的角落,这位母亲观察着女儿失去光芒的眼睛,她似乎在回避自己的目光。

"库姆巴,你过得还好吗?"

年轻女人只是调整了一下头巾。亚莉亚姆感受到了孩子的沉默,接着说:

"你晚上似乎睡不着觉,甚至还叫醒你的婆婆,说了一些话……"

"嗯。妈妈,每天夜里,这些人都会和我说话……"

"这都是你的幻觉,我的女儿。你是不是得了疟疾?需要我叫个护士来看看吗?"

"嗯……嗯!"库姆巴气恼地摇摇头。

　　如果她的妈妈也和别人一样什么都没听到,那她要向谁倾诉这一切?诚然,岛上确实有疟疾的存在,不过这样就可以把所有发热症状都归咎于蚊子叮咬吗?不,尽管库姆巴额头发热,但这并不是医学意义上的生病。然而,她知道自己在慢慢恢复,也许要很久。不过,将来有一天她真的能够治愈这磨人的痛苦吗?又有哪位医生能够还库姆巴一个清白,能够弥补丧夫之痛给她心灵造成的日复一日的伤害?没有布巴的生活!她从来没有设想过。没有布巴的生活?这个问题又一次掀起波澜。所有人都围着她,但那摇摇欲坠、面临崩塌的是她自己的生活。四个月零十天的服丧期!这就是人们口中的"伊达"①。的确,这段时间足以让孀妇的孕肚显露出来。根据伊玛目②所说,分娩可以缩短孀妇的避静时间,但是库姆巴并没有怀孕。然而,让她感到困惑的并不是闭门不出,而是为爱人守丧的时间过于短暂。四个月零十天,为我们一辈子都爱着的人?四个月零十天足以让一段贫瘠的爱情重新开花结果!谁会认为这短短的时间就足够了?现在,库姆巴并不想得到任何解脱,卸下一盎司悲伤就意味着对布巴的背叛。既然无法逃避这漫长的苦难,库姆巴决定用尽全力去拥抱它。当一切都坍塌了,日子的重担又要逃向何方?

---

① 伊斯兰教中,伊达是妇女在丈夫去世或离婚后必须经过的一段时期,在此期间不得与另一名男子结婚。
② 阿拉伯语音译,意为"领拜人""表率""率领者"。伊斯兰教教职称谓。指清真寺内率领穆斯林群众举行拜功的领拜师。

她把自己与另一半套牢,正如一个建筑师设计一幢有着悬梁和支柱的坚固房屋。她预见到了所有,却没想到天可能会塌下来,毁掉自己的苦心构筑。在"直到死亡将我们分离"这句誓词里,新婚的喜悦让人只感受到永恒的美好,却没有一对夫妇会留意"直到一个人的死亡将另一个人狠狠抛下"。库姆巴深受伤害,不知所措,带着有增无减的怨恨迎接每一个清晨。

就让夜晚来得更加漫长吧!库姆巴这样希望着,倒不是为自己悲伤的神情感到羞耻。在夜里看不到任何美丽的东西,黑暗令人放松。就让夜晚来得更加漫长吧!如果晨曦不能点亮布巴的微笑,那它还有什么意义?如果黄昏无法带来库姆巴爱人的影子,那它又有什么值得期待的?还有这客厅里锈迹斑斑、摇摇晃晃的蠢钟!它见证了逝者的出生,却在他死后仍留在这世上,难道它不为敲响丧钟感到羞愧吗?叮!咯铃!仿佛是天空之神的敲锣声!库姆巴为自己不能像聋子一样享有平静感到遗憾。她的内心在咆哮。叮!咯铃,这声音会让您发疯!该死的铁器!要是你不知道我与布巴已经分离了多久,就别再敲了!这口钟永远不会说实话,库姆巴想,因为于她而言,时间已经没有任何意义。就让夜晚来得更加漫长吧!若是那缠绵于床笫的温存爱抚只存在于记忆之中,那中午与半夜又有什么区别?叮,铃嘎铃咯,咯铃!一声接一声,每一声都格外悲惨,时间一分一秒地流逝,刺激着人们的眼睛,而后又陷入一片凄凉。就让夜晚来得更加漫长吧！库姆巴宁愿沉睡千年也不希望面对残忍的太阳，阳光让她从来都不熟悉的村民们的轮廓越发清晰。不过，她的脸上却讲述着一个与世界一样久远的故事。

守寡！若是有人去描绘这段时间里寡妇的精神状态，他会看到史前巨柱也流下了两行热泪。正因如此，当母亲在问库姆巴过得怎么样时，她一句话也没有说。妈妈，在虚无的门槛上，除了步履蹒跚，还能过得怎么样？库姆巴尽管没有和母亲这么说，却还是希望这世上能有人支持自己、拉自己一把。她本希望有人能够抱住自己，温柔地抱紧，然而，拥抱对于矜持的尼奥敏卡人来说却不那么受欢迎。就连善良的亚莉亚姆也只是把手臂垂在一旁，深情地注视着女儿。库姆巴被一阵突如其来的大雾裹挟，颤颤巍巍，反复咀嚼着她的悲伤。哈利路亚或是真主至大，当东南西北混作一团，又该去哪边寻找方向？库姆巴再也分不清时间与方向，它们在墙上刻下了同样的绝望：布巴已死！"别这样大喊大叫。一个寡妇不应该大声说话……你丈夫的鬼魂可能会把你的灵魂带走……"瓦西亚姆低声咕哝，其实她不必说这话来刺伤库姆巴，头巾飘动的沙沙声一直都在证明她的处境，证明库姆巴并没有变成幽灵。"人们说……人们说……"村子里的人说了太多以至于"论坛树"①的叶子都开始凋落；不

———————

① 非洲一处传统集会地，人们在树下聊社会生活、村庄发生的事、政治问题等。

过究竟是多么自负才敢去推翻大众信仰,哪怕是冒着摧毁文盲们的图书馆的风险?库姆巴并不反抗。她不敢违背婆婆,却无法再忍受听到这种迷信的说法。正如同所有迷信一样,它只是作为一种解脱方式,她的婆婆却借用它来判断人们是否有罪。

瓦西亚姆这么喜欢答非所问,就像马赛人①喜爱他们的盾牌那样,这点库姆巴深信不疑。她尽管畏惧夜晚的孤寂,却还是背负着枷锁将它驯服,不再祈求会有什么能够驱散她的悲伤。只有那些能够撇开大西洋上的浪花泡沫,将它转化为甘甜蜂蜜的人,才可以指责库姆巴没有把焦虑转化为安睡的能力。至于酿蜜,库姆巴倒是更信赖蜜蜂,而且从此以后,她必须通过一种只有法迪吉娜知道的方式,来迎接夜里的客人,那些连她自己的母亲都怀疑其存在的客人。

---

① 非洲著名游牧民族,大多分布于坦桑尼亚北部和肯尼亚南部。

第三章

嘘！在库姆巴守丧的第一个月里，面对瓦西亚姆的冷淡态度，她垂下眼睛、紧咬双唇，却没有停止思考。苦修士般谨慎克制，这就是人们期待中寡妇应该有的样子，就像他们对待孤儿、残疾人和极易受伤的人那样，像对待所有饱受痛苦的人们那样，然而他们却从不曾告诉这些人该如何应对这种灵魂的激荡，发出"嘘"声的嘴巴像是鸡屁股，像是漏斗，像是酒瓶口，却没有任何思想从这其中流露出来——更何况这瓶口会被瓦西亚姆紧紧堵住，连"嘘"声都不能发出。让蠢驴乖乖听话的缰绳无法左右灵魂。然而，瓦西亚姆的态度却给库姆巴套上马笼头，冲她发出"嘘"声。

嘘？在前往冰岛的路上，从来没有欣赏过赫伊卡达勒①间歇泉的那些人想要停在意大利，他们想问问那不勒斯人维苏威火山是否永远不会喷发。那不勒斯人会告诉他们在强压之下，

---

① 位于冰岛南部、勒伊加湖以北的山谷，其有冰岛最为著名的间歇泉。

甚至连岩浆岩也会被冲垮。火山会突然爆发,迎着日光喷射出冒着烟的怪物,这些怪物在火山深处蠢蠢欲动。难道也会有一根手指放在间歇泉上,一只手放在维苏威火山口上说一句"嘘!"吗?库姆巴问自己。诚然,手帕会因震惊而坠落,双唇会因悲伤而紧闭,不过是否因此就存在无法言说的苦痛?库姆巴心情沉重,若有所思。

她早料到身边人那隐晦的态度会将她逼至沉默,他们担心库姆巴因悲伤说出的话会像噪音一样污染了他们的耳朵。就是这样!她想,但是她叛逆的内心绝不甘愿于此。想象一下,高举胜利大旗的"嘘"声钳制住了所有的悲伤叙事,那这样我们还能从历史中学到什么?若是上帝连夏娃的孩子们所承受的痛苦都不能命名,那他的语言还有什么用?不愿听你倾诉的亲朋好友还不如向你宣战的敌人。至少,对于敌人,你并不在乎他的冷漠。杀了我,但请别忽视我!库姆巴愤愤地想。她当然知道萨卢姆和其他地方一样,哀歌只有用法朵演唱出来才能被人接受。在萨卢姆的岛上,人们在牙疼时会使劲咀嚼事先加热过的红树林树叶。然后发出一声带着蒜味的"哎唷!"嘘!然而在尼奥焦尔岛和里斯本,媚妇紧紧扯住的手帕有多大?一定和记忆的船帆一样宽广。库姆巴的目光是什么颜色?当忧郁无法用言语表达,她在瞳孔深处捕捞鲜红的海藻。当死神削减上帝的羔羊,让人类心碎的时候,要沉湎于怎样的禁欲主义才能够缓解悲伤、不再呻吟？如果塞涅卡①是谢列尔-尼奥敏卡人，他的灵魂会从桑戈马尔来到库姆巴身边，给她回答。死亡有很多种方式，不能表达是最糟糕的一种。忍受沉默是幸存者致命的囚牢。然而，尽管库姆巴不再有胃口吃任何东西，她还是想要为了小法迪吉娜继续活下去。为了继续追逐她用心勾勒的图景，库姆巴必须从这段服丧期中安然脱身，然而，村子里却四处流传着关于她的骇人谣言。

在岛上，女人不仅捕获海鲜，也会带回来她们想象力的果实。她们在一次次潮汐中传播流言蜚语。博泷②上这些可笑的饶舌妇不让任何人安宁，甚至连孀妇也不放过。就像是海岸上那些被她们挑拣出来的贝壳一样，这些女人们的好奇心不允许自己错过任何一家的丑闻。她们必须在从泥滩回来的路上打听到些什么，在太阳落山之前，让波浪愈加猛烈的是饶舌妇们的唾液。其中一个穿着连体下水裤的女人指缝里还沾着泥沙，她将密谋者的视线投向人群，然后放心地打开一瓶穷人喝的香槟——"八卦香槟"。一开始，她的配角们全神贯注地听她说话，然后也开始说上几句，直到萌生醉意。

"对了，你们不是和那个寡妇住在一片吗？你们这几天有

---

① 古罗马政治家、斯多葛派哲学家、悲剧作家、雄辩家。其作品大致可分为斯多葛哲学散文，训诫的书信和戏剧创作。

② 一种支流，常见于塞内加尔和冈比亚沿海地区，位于入海口处。

去看过她吗?"

"这周没去!不过,你知道的,库姆巴和我们来往越来越少了,如果你知道我是什么意思的话……"

"啊?真的吗?"

"唉,没错!我甚至觉得她是中邪了,不过有个在城里上学的女邻居说她是精神……呃,精神什么来着?她好像是说新理……呃,还是心理什么的。"

"哎,可怜的女人,她可能有点精神失常了。"

"有一点?她婆婆说库姆巴差点就要往鱼汤里放糖。"

"总之,"她把水罐拧开,"不知道怎么回事!"

就这样,这些诽谤的声音在淤泥地的汩汩声中肆意传播,直到与井中的回声相互交融,从一个水罐到另一个水罐,村子里的人把流言像水一样咽进了肚子里。爱搬弄是非的人把自己看作故事的讲述者,她们叙述着、渲染着、点缀着,直到让库姆巴所受的流言之苦都带有神话意味。如果人们的言语是蝗虫的话,那么尼奥焦尔岛在那一年可能会颗粒无收。

不过,库姆巴心理究竟有什么问题?谁知道呢?连她的母亲亚莉亚姆也已不再思考,放弃了猜测。亚莉亚姆唯一相信的事情是,六个动物园都装不下鼹鼠、秃鹫、豺狼还有嗅觉灵敏的圣伯纳犬,更别说从黄昏阴影中飞来嗅库姆巴气味的猫头鹰和蝙蝠。她去街角阿卜杜的店里买老鼠药,这时候她或许想到了一些别的什么虫子。为什么闪电会对乌鸦网开一面？亚莉亚姆想，她感到一阵厌恶。

是哪个异想天开的人给魔鬼画上了犄角？就算是爬行动物，它也不该长角，魔鬼应该是没有犄角的雌性动物。在库姆巴看来，魔鬼就是村子里一位极富魅力的女人，她提供沙拉、西红柿、鸡蛋、番薯并用这些来交换你的秘密，然后迫不及待地用你的秘密去换取其他食物。不过，无论有没有沙拉，库姆巴每次和布巴一觉睡到大天亮之后，都喜欢吃点煎蛋。年轻寡妇抱怨村子里的这种交易，她没有胃口吃任何东西。

在这座最好的岛上，人们除了能感受温柔的海风之外，还可以嗅到海上亡灵的气息，他们在守护着子孙后代，而且因为尼奥敏卡人家的后院里总是摆放着大片大片的渔网，所以在尼奥焦尔岛上没有一个人会饿着肚子入睡。在错综复杂的博泷之上，少年水手还没到十八岁就当上了船长，像他们的前辈那样唱着歌，从大西洋的深渊巨口中夺取他们的面包。勇敢的男人！①在尼奥焦尔，若是鲷鱼和鲜鱼都无法满足贪吃者的胃口，那椰子和芒果也总能填饱他的肚子。再不济的话，他只需四处闲逛，就会遇到一个好心的老奶奶，她会给所有饿着肚子的人一些木瓜和荔枝。诚然，谢列尔人的汗水浇灌着田野，稀释了大西洋，不过除

---

① 原文为谢列尔语。

了尼奥焦尔岛沙丘上清澈的水流之外,让天府之国都不禁感到羡慕的还有那鱼虾遍布的海湾、根部栖居着牡蛎的红树林以及尼奥焦尔女人高超的厨艺。这些海洋的女王①是全世界最会做古斯古斯②的人,用小米做成的古斯古斯颗粒饱满,能够让游客们好好补充精力。

承载了上天如此多的馈赠,库姆巴想,要是生活不再成为渔民们锅里的调味料,那这椰树林下的一切会变得多么完美啊。"你知道吗,有个人和我说,别人告诉他那个人……"就这样,在两次祷告之间,当这些上帝的造物不在邻居的蚊帐里赶疟蚊时,他们便会将天使的生活扒皮去籽,用渔网捕捞海蛇。让这座岛无法安静下来的不止蚊子的嗡嗡声。没有声学家能够解释为什么锅碗瓢盆的声音能比达姆达姆鼓声③传得还要远。啊,村庄上宁静的生活!库姆巴叹息道,有时候,城里的碰碰车更招人喜爱也不是没有道理!尼奥焦尔岛如同椰子树那般高傲,执着于谈论经济迁徙这一个话题,而这个时候,岛上的很多孩子开始用白沙换取沥青,仅仅憧憬着那些不知名的路灯。成串的葡萄能茂盛生长,人类却不行,过于狭窄的空间会损害他们的健康状况,尤其是心理健康。老一辈人十分谨慎,总爱中伤

---

① 原文为谢列尔语。
② 北非摩洛哥、突尼斯、意大利南部撒丁岛、西西里岛等地的特色菜,以鸡肉、羊肉和粮食蒸粗麦粉制成。(编辑注)
③ 一种较为常用的非洲鼓。(编辑注)

城市,而实际上,如果有足够的爱,那么自由便不会给归属感带来威胁。然而,萨卢姆和其他地方一样,先人的傲气让那些贵族精英们看不到正吞噬着圣骨的蛀虫。他们共同生活,一同被侵蚀也共同走向灭亡。当所有人都是彼此的亲戚时,便不再有什么秘密了,想要保持谨慎的人也只能闭嘴。

目光撕碎她的头巾,库姆巴幻想着自己手握剪刀,剪下那些爱说闲话之人的舌头:必须剪断这些谣言的翅膀,它们疯狂而又恶毒,在岛上嘀铃铃地四处传播,甚至能传到听觉的尽头,传到魔鬼的耳朵里,传到阿迪亚戈迪亚克那边。菲墨女神①脚下穿着怎样的鞋子才能走过那么多公里?库姆巴意识到无法阻止她,只好为自己保留重建真相的权利。她已经失去了丈夫,不能再接受人们因为她的目光把她的理智也剥夺。不过,连码头都会怀疑库姆巴是否还能够分得清独木舟的船头和船尾,即便鲤鱼都不会把它们弄混:那些搅动泥潭的人总是顺着风的方向划动船桨。多荒唐啊,河马把鼻子埋在沼泽里,却质疑鹈鹕的眼界!一群目光短浅的蠢人!为自己辩护又有什么用?库姆巴想。越是去驳斥那些指控自己是疯子的声音,就越是会被他们当成疯子。库姆巴不再反驳那些认为她疯了的人,她把他们的这种想法归咎于目光短浅。

---

① 古希腊神话中的声望女神,通晓凡人秘密并四处传播。

　　深思熟虑之后,她决定不再把自己夜里听到的声音告诉别人,也不再浪费时间去说服瓦西亚姆或是其他任何人。被那些聋子猜测自己是否耳鸣可不是一件让人高兴的事! 不,在剩下的三个月零十天的服丧期里,库姆巴不会再把自己夜里听到的内容对外说出一个字。她想,无论怎样,总有比别人的耳朵更好的同伴:一个记事本! 因此,当睡意引她来到黑暗的剧场时,她便在防风灯殷切地注视下开始写作。"再没有比自己的心灵更宁静,更无忧无虑的隐居处了……所以要常常给自己这样一个隐蔽的巢穴,让自己重获新生。"库姆巴也许并不知道这条来自马可·奥勒留①的忠告,尽管如此,她的直觉引领她走向了智者们所说的心灵庇护所。一旦下定决心,库姆巴便觉得她成为了自己这艘船的船长。从达喀尔回来之后,她第一次亲手掌握自己的命运,选择自己想要的方式去度过这些意外,而不是仅仅去承受。纵使船舶多么颠簸摇晃,只要舵盘掌握在自己手中,一切便没那么可怕了。库姆巴独自一人迎击黑夜,在夜里书写着。

　　她独自一人乘着晚风,在夜里划船。连她的妈妈都不相信自己说的话,她又还有什么选择? 至少,一个记事本不会怀疑她在夜里的那些秘密。库姆巴生活在岛上,她知道晕船的痛苦只能独自承受;她也发现守丧之苦同样无人分担。死亡不仅让逝

---

① 罗马帝国五贤帝时代最后一位皇帝,斯多葛派著名哲学家,著有《沉思录》。

者远离我们,也同样让那些我们曾以为亲近的人渐行渐远。苦难不仅让脸颊日益凹陷,也让身边人变得越来越少。库姆巴把这些也写在了本子上。她把她的记事本看作是海滩上的贝壳——她像个孩子一样,把自己的不幸都说给它听,想要摆脱这些苦难——暴风雨摧毁了她的一切,而她把风暴关进了本子里。她把那拼命想要抑制住的呐喊都发泄在纸上,这样才不会吓到在她身侧熟睡的小法迪吉娜。库姆巴吞下了多少分贝才能把这隐忍的呐喊转化为无声的叹息? 从此以后,她把这些呐喊变为旋律写在纸上,这也让她的胃能够腾出些地方用来吃饭。从此以后,当夜晚带来危险时,库姆巴便用笔将黑夜攫取,再把它粘在地毯上,直到清晨来临。就像布须曼人①装备着长矛与水壶勇闯卡拉哈里沙漠②那样,库姆巴也用本子和笔来面对她的服丧期。她希望能像这样在人生的起起伏伏中稳住阵脚。另外,她笔下还有宁静的河湾能让海上遇难者在鹈鹕的注视下停靠岸边、找回呼吸,鹈鹕教会他们如何保护好自己的羽毛,哪怕是在暴风雨中。库姆巴有充分的理由用自己的方法获得安慰。

她充满斗志,悄悄确定了航向。库姆巴沉浸在自己的思绪中,划动船桨,也许她是在逆流而上,不过这不再会打扰别人的

---

① 又称"桑人",是生活于南非、博茨瓦纳、纳米比亚与安哥拉的一个原住民族。

② 属非洲南部内陆干燥区,处于卡拉哈里盆地中央。

睡眠。诚然,她想,人们害怕孤独,所以认为群居生活大有裨益,然而,当有些事情触及到了灵魂,那第三方的意见往往不会带来多大帮助;本以为别人的意见会缓解自己忍受的折磨,却往往带来更令人难以忍受的痛苦。就算在极少数情况下语言能带来安慰,但笨拙的话语却常常只会给人迎头痛击。因此,真正的勇气在于保持沉默。为了能够表达自己不再打扰别人,也不再让自己感到内疚,库姆巴只好待在密闭的房间里,求助于手中的笔。

在她的思绪里,写作给她陪伴,给她方向,同时也让她能够免于婆婆的喋喋不休。一个本子,一支笔,若是有人能拥有这样的乐器并在心中引起共鸣,那他的朋友一定不会少!库姆巴这样鼓舞着自己。无论是佛利亚舞曲还是萨拉班德舞,她的笔尖随着各种各样的音乐节奏翩翩起舞,连那些烦心事也跳起了华尔兹,并且作为一个称职的舞伴,无论探戈舞曲多长,它都不会不小心踩在你的脚上。至于那些纸页,它们总是始终如一又如此开放,它们永远不会抛弃你,不会对任何谈论感到厌倦,不会因为你的颤音去评判你,不会将你丢弃到溪谷深处,不会颐指气使地强加给你任何真理,而是会将你的感冒治愈,却不会猜测你的精神状况,让你感到被冒犯。写作,库姆巴小声说,这是在把上帝对你做的事展示给他看,让他为自己创造出的可怜生物负责。永恒的沉思以及每日因良心审判而做出的忏悔,这一切已经让作家足够虔诚,若是艺术施加的苦行仍无法将他带往天堂,那便再也没有人能够抵达那里了。

库姆巴会继续写作,这将是她去往布巴所在王国的方式。流言蜚语说她发了疯,她却毫不在乎。闪电常常被人咒骂,但它让爱说闲话的人忙于各自的事情,库姆巴也是如此。她的闪电便是写作,让她远离那些窃窃私语,那些认为她偏离了航向的船只残骸。这些陷入淤泥的残骸固执地坚守着自己的想法,它们永远不会想到也不能轻易地握住一支笔杆。让他们说去吧,我只管继续写下去!她这么鼓励着自己。最后,她不再渴望被理解,而是把精力全部投入到自己的追求之中。服丧期间,库姆巴的记事本就是她的倾听者,是她的救生筏。

不过没有了布巴,她还剩下什么珍贵的东西值得挽留?也许,可以给她的女儿留下一些回忆。法迪吉娜肯定有一天会问她:"妈妈,我爸爸是个什么样的人啊?他以前很帅啊,爸爸照这张照片的时候多大呀?妈妈,爸爸是做什么的?我的爸爸他是哪种人啊?告诉我吧,妈妈……"为了以后能够应对女儿提出的这些问题,库姆巴想要把一切都记录下来,把关于她与布巴之间的一切都写下来:在那些满怀希望的季节,无数小细节让每天的日子有了幸福的味道,尤其是,她爱人脸上绽放出的笑容。

老照片上,布巴迷人的微笑渐渐泛黄,却永远不会消失,因

为是他们的爱情在微笑,永生永世无法磨灭。丘比特永生不死,
普赛克①哪怕再悲伤也不会死去,库姆巴亦是如此。在萨卢姆,
尽管哈马丹风②趁机大作,肆意的野火与悄悄溜入沙丘脚下的
盐粒同狂风合谋,但生命总是会像猴面包树一样春风吹又生。
若是有人对此抱有怀疑,那他只需去问一问尼奥焦尔岛上的红
树林,尽管在每次收获牡蛎时,红树都会被截断根部,但是它却
把苦涩的汁液排出,然后在交错的海湾之中耐心地等待重生。
人类也是如此,尼奥敏卡人身为贵族后代,从不会屈膝下跪,也
不懂得什么是放弃。几百年来,大西洋咆哮着、翻滚着、侵袭着,
但姆贝冈·恩杜尔③统治下的萨卢姆王国总是越发繁荣,萌发
新机。就算库姆巴现在悲痛欲绝,亚莉亚姆仍尽力克制住自己
的担忧,她告诉自己女儿总有一天会重新振作起来,这只不过
是时间问题。然而,她的女儿还要像这样不正常到什么时候?
她还要沉浸在自己世界里,用沉默去对抗世界多久?

---

① 希腊神话中的人物,是人类灵魂的化身。普赛克原本是人间公主,美貌非凡,
后爱上丘比特。历经磨难后,他们的爱感动宙斯,后者赐其永生,与丘比特过
上幸福的生活。
② 也称"魔风",源于撒哈拉沙漠中心,每年冬季几内亚湾沿岸都会遭遇哈马丹
风的侵蚀,它会携带撒哈拉沙漠的红色细沙,导致能见度降低,引发干旱。
(编辑注)
③ 萨卢姆王国第一任国王,萨卢姆王国也是因他而得名。

第四章

当季节由人的心境所决定时，秋天便不仅仅只是一个季节，它也是令人难以摆脱的昏暗而又乏味的日子。当每天的日子在幕布后面摆出受刑者的样子，人们哪里还有心情去感叹日落时光线的微妙变化，更别说去欣赏落日在水洼折射出的绚丽色彩。亚莉亚姆尽管没有说什么，却把一切都背负在身上，她能够感受到自己的脚上承载着的重担。

自从瓦西亚姆和她详细说了库姆巴的古怪行为——不分时辰地醒来以及总爱说些奇怪的话——这位温柔的母亲便开始更加关心女儿的状态。在库姆巴守丧的第三个星期，亚莉亚姆甚至得到了丈夫的同意来到女儿家过夜，因为她无法想象让女儿独自一人面对黄昏。"夜晚会让孤独变得更难以忍受，"她对丈夫说，"而守丧时的孤独是最可怕的。"她不需要再说些别的理由来说服丈夫。诚然，如同她丈夫所说，亚莉亚姆并不能代替布巴，但是他也和亚莉亚姆一样，希望妻子的声音能够为库姆巴赶走梦魇，就像从前那样。从前！梳妆打扮、暗送秋波、喜结良缘、新婚宴尔以及布巴那令人心醉神迷的浅声低语,在这所有一切之前。从前!当处于青春期的少女还没排斥父母的抚摸与亲吻时,库姆巴还会喊母亲帮她捻好被子,在经历了夜晚的种种恐惧之后,她也是在母亲的怀抱里再次进入梦乡。

在这一个星期里,亚莉亚姆几乎寸步不离地陪在女儿身边,她惊讶地发现人们口中常常自言自语的女儿一直保持安静,几乎没有说过话。现在,她解除了心中的疑虑,重新回到自己家里睡觉,然而,她仍然十分关心女儿的状况,白天里越来越频繁地往返于自己家和布巴家。尽管自己有很多事情要做,但亚莉亚姆还是尽可能多地去照顾女儿,毕竟在刚开始寡居的那段时间,死亡会在孀妇鼻尖反复横跳。我的女儿,我可怜的女儿,我一直都在,全心全意地陪伴着你,她这么想,却永远不会将这一切说出口。她陪在库姆巴身边,用目光表达了剩下的一切,只有在一种情况下,亚莉亚姆会不得不开口和她的女儿说话,就是在照顾小法迪吉娜的时候,她一直抱着外孙女,时常以宝宝要喝奶为借口,向她自己的宝贝——总是闭门不出的库姆巴问上几句话。

砰,砰!

"库姆巴?"

"嗯。"

"我和法迪吉娜又来啦！我觉得小家伙有些饿了,你呢,你吃过饭了吗?"

"嗯……嗯。"

"我猜你的意思是没吃吧。库姆巴,你得吃点东西,不然的话……"

"妈,我不饿。"

"女儿,我知道你现在没胃口,我明白。但是你总得吃点东西呀,不然,小家伙很快就没奶可以喝了。你也知道她现在没法吃别的东西。看,我给你拿了椰子、鸡蛋还有些小米饼。明天我再带个西瓜和一些红薯过来。"

"谢谢妈妈。"库姆巴低声说道,她把亚莉亚姆带来的东西放在了离床不远的盘子里,那里面还放着母亲前一天晚上送来的东西,之后,库姆巴接过女儿。

"噢,这没什么的。"亚莉亚姆小心翼翼地回答道。

她愿意摘空果园,把鸡舍里的鸡都煮熟,只要这样做能够让她的女儿有胃口吃东西。若是能够让库姆巴从悲伤的旋涡中走出来,付出任何努力都是值得的。烈日炎炎,亚莉亚姆准备好小米饼,穿过整个村庄。不过,在到达布巴家之后,她还要先把法迪吉娜的尿布换了,然后再把她放到库姆巴怀里,这样库姆巴就不用为了接下来的祷告再做一次小净。除了注意这些小细节,她作为一个寡妇的妈妈,还能做些什么来缓解女儿的伤痛？身无分文的人不需要任何手段就能获得安慰，他们会随心所欲地给予自己温柔，只要人们敞开心扉，任何人都能感受到无尽的温柔。亚莉亚姆的额头仍然汗流不止，她轻轻把椅子推向窗边，然后像往常那样坐在那里，目不转睛地注视着女儿。当被注视着的那个人抬起头时，究竟是悲伤还是羞涩让这位母亲垂下了眼睛？就像坟墓与死亡会让人失语一样，悲伤也会让人无言！若是没有语言，那活着的人还剩下什么？感觉，忍受？还是只剩下喘息？

库姆巴的房间有两个入口，其中一个朝向后院，窗帘不时被风吹起，涌入房间，然而经过窗户的风却没有给游廊带去一个字。法迪吉娜大口大口地吮吸着，时间在小家伙嘴边一分一秒地流逝，她听不见梦境坍塌的声音。全体都有！面对这稚嫩的脸庞，所有人都要立正站好！与其说是将军，小家伙更像是一位女王。吮吸母乳的女王静静地享受着她的王位，无须去命令或是褒奖那些勇敢的士兵们。立正！无论嘴巴里是否有东西，小婴儿总是无法说出那些让她感到惊讶的东西叫什么名字，比如她并不知道这几天母亲脸上围着的面纱究竟是什么。立正！法迪吉娜的沉默和她的睡眠一样珍贵。等到小家伙会说话的时候，她也许会问母亲戴着的面具是不是来自布基纳法索——正人君子之国。

库姆巴的妈妈感到十分揪心，并不是因为蒸桑拿似的热浪,也不是因为沉重的步伐带来的急促呼吸声,而是因为她看到自己的女儿被包裹在宽大洁白的守丧服里。亚莉亚姆喝光了一整罐水,没有吃任何东西。咕噜噜。她依旧在喝水,这是一位饱受折磨的母亲的机械化动作。不,她没有做梦!每一天都让她更确信这可怕的目光,它掩盖住了脚下海岛上的沙砾。怎样才能平复心中翻涌的湖水?不,她能吞下整整一罐水,没有什么能够让胸口那聒噪跳跃的青蛙安静下来。呱!什么酒才能把它灌倒?作为一向节制的穆斯林教徒,亚莉亚姆并不期望酒神巴克斯能够带来任何帮助。呱!呱!呱!然后,椅子微微作响,这声音并不悦耳,有些声音会让巴赫感到浑身不适。呱!呱!呱!不是所有青蛙都会任由法国人添上斑点!当天空下起了雨,青蛙不再受渔网束缚,四处蹚水,让肚子隐隐作痛。呱!呱!呱!总是令人感到不安!浸渍苦难的腌泡汁就连保罗·博古斯①也做不出来!

呱!亚莉亚姆深吸一口气,耸耸肩膀,不过这一次只是因为她的外孙女打了个满意的饱嗝。法迪吉娜还不知道她的温饱正如同她的未来一样让亚莉亚姆随时待命,就像桑卡拉②守卫着非洲那样。队长,稍息!

_____

① 当今法式西餐界公认的厨艺泰斗。
② 布基纳法索第一任总统。他是一个马克思列宁主义者和泛非主义者,推崇古巴革命,有"非洲的切·格瓦拉"之称。

当亚莉亚姆为了支持库姆巴而选择独自承受一切的时候，她的脊柱是否就像萨卢姆的棕榈树那般笔直？焦虑的神情与她平静的动作截然相反。她咀嚼、咬碎长长的牙签，这牙签是用带着苦味的恩杜姆巴尔卡德树做成的，亚莉亚姆想要借此来保持冷静。为什么忧郁的心情总是要让嘴巴里有一种特殊的味道？因为味蕾总是能够与苦涩的日子和解。当烟草无法消解苦难时，有的人会任由它流淌在威士忌中，而有的人则要靠镇静剂摆平不幸。亚莉亚姆细细地咀嚼着，却无法摆脱内心的忧虑。若是她开始借烟草缓解焦虑，那哈瓦那的雪茄可能就要宣布告急。喂，上帝，喂？不管你叫什么名字，拿起你的电话。喂，有助听器吗？喂，这里是地面！所有受伤的人都在寻找一根拐杖，还有一条能被紧紧咬住的手帕！喂？喂？阿丽亚娜-5运载火箭①将会发出一封挂号信！

亚莉亚姆端坐着，但绝非一动不动。由于她有意不说话，一种不适感从她的身体涌现出来，哪怕是最细小的动作也让她感到焦躁不安。面对刚刚成年却已沦为寡妇的女儿，就算是像她一样静坐的佛祖也会不免抽搐几下。亚莉亚姆作为凡人，又不只是凡人，她没有那么信奉禅宗，只是咬住细小的牙签，不敢违背神的旨意。她一言不发是担心引起女儿的悲伤情绪吗？又或

---

① 欧洲开发的重型运载火箭，目前是阿丽亚娜系列中的最新型号，用于将人造卫星发射到地球同步轨道或低地轨道。

是因为羞于承认这一飞来横祸除了让人伤心以外,还使她感到担忧?年近古稀,她的丈夫比她还要大得多,亚莉亚姆默默为女儿经历的考验感到担心,然而,她清楚自己在库姆巴身边所扮演的角色,竭力克制自己的情绪。况且,有些事情并不为情理所允许。比如说,当夫妻俩星期天赖在床上打情骂俏的时候,婆婆不能够前来打扰,不过,还有比这更糟糕的事情。想象一下,面对麻风病患者的残肢,一个患有荨麻疹的人却拼命搔痒还发出抱怨,这种行为多么无耻!亚莉亚姆不会这么做,她有足够的羞耻心,不会做出这种事情。她也在思考着,把担心藏了起来。无论自己的命运如何,对她来说,最要紧的是守护好她的女儿。她想,要是我这个老家伙倒下了,那我可怜的女儿又该依靠谁坚持下去?不,亚莉亚姆不会退让!赫拉克勒斯在较量中也只能咬牙坚持,为了她的女儿,亚莉亚姆绝不会倒下。

诚然,年轻并不是缺点,有些人甚至认为年轻是一种优势,只不过有时候由于涉世未深,年轻人的脊柱像是软绵绵的棉花糖,当有重担压下来时,幼小的心灵可能无法感受到责任的呼唤。但亚莉亚姆的心却像大西洋般宽广,因为她就像尼奥敏卡的海洋母亲那样坚持着,即便是在波涛汹涌的日子里,海洋母亲也绝不逃避,守卫着浪潮。亚莉亚姆和其他人一样不太喜欢翻涌的湍流,然而,当它来临时,她会以萨卢姆之女的名义来对抗。萨卢姆和它的树头榈、猴面包树、棕榈树一样,昂起头颅迎击积雨云,屹立不倒! 在萨卢姆-瓜尔瓦尔①,在三角洲国家公园,在所有尼奥敏卡的小岛上,各种各样的鸟类在此栖居,却看不到一只鸵鸟的身影。谢列尔人挺直腰杆,从不缩头畏惧,荣耀悬于椰子树上,这样的生活态度是因为他们被狮子一般的母亲滋养着,汲取了勇敢的力量,只有面对母亲时他们的目光才会流露出"给我安慰"②的表情。在这里,世代靠母系传承,男人们有着母亲的性情,其次才冠上父亲的姓。在这里,战士们走进竞技场,想要配得上他们勇敢而又温柔的母亲的一句赞扬:勇敢的男人!

面对子女的痛苦,母亲总是逆风而行。她把所有重担都拥入怀中,竟然还有人胆敢说女人脆弱! 妈妈! 所有人都这样呼唤着、恳求着,因为在他们发出求救时,这就是上帝的另一个名字。妈妈,每一个孩子都知道在他们感到沮丧时,母亲就是坚固的桅杆,让他们能够扬起希望之帆。也许正是这个原因,那些失去了母亲的人再无法在生活中得到抚慰。库姆巴喊着妈妈,她只能轻轻地说出"恩娜"——这是谢列尔-尼奥敏卡人对母亲的叫法。所幸她不需要用法语说出来,在为丈夫哭泣了无数次之后,发出"妈妈"这两个音节也足以让库姆巴费尽力气。不过,

① 锡内-萨卢姆王国谢列尔族的最后一个母系王朝,该王朝从 14 世纪中期持续到 1969 年。
② 原文为谢列尔语。

一位称职的母亲总是有足够灵敏的耳朵,能够觉察到孩子的悲伤。因此,只是听到一声"恩娜",亚莉亚姆便会立即赶到。

妈妈!一旦听到孩子呻吟,母亲便立刻冲上前去。妈妈!当孩子低声诉苦时,母亲的直觉像是敏感的琴弦,穿过无尽的不安,拉响警报。妈妈!立正!向前,齐步走!一步又一步,忧虑追上了爸爸!父亲先生并非无动于衷,好吧,他并非总是如此。音乐大师巴赫难道不曾被他的继任者们触动,而想要把震慑心灵的大提琴组曲传授给后辈吗?即便是感到困惑,也要站得笔直,重新站起来的人继续他的脚步,他甚至不需要借助母亲的手,步伐如同行板般轻缓,就像走钢丝的杂技演员那样。一步接着一步,一步步地走下去!一公里也仅仅相当于一个跨步。

恩娜!在萨卢姆,若是女人加快了步伐,那一定是为了不让她们的孩子等待太久。恩娜!在萨卢姆,若是女人被一盆盆贝壳压弯了腰,那一定是为了喂饱她们的孩子。恩娜!在萨卢姆,若是女人在晚上去买煤油,那一定是为了赶走她们的孩子在门后看到的吸血鬼。恩娜!当库姆巴这样呻吟的时候,亚莉亚姆便立刻警惕起来,冲到女儿身边。她的眼睛在说:上帝,把我带走吧,但请你放过我的孩子!上帝,把我变成一切你想要的样子,悉听尊便,只要你能放过我的孩子!至于那些魔鬼、幽灵、妖怪和女巫,你们要当心了!我会时刻保持警惕!从早到晚,我一刻都不会闭上眼睛!若是有谁毁了我女儿的笑容,我必把他捏得粉碎！当心点，我会时刻保持清醒，就算是她梦魇中的老鼠也不会逃出我猞猁般的眼睛！若是有谁让我家小天使的心灵承受了哪怕豌豆大小的重量，那他的后背会立刻压上一座乞力马扎罗山！当我的孩子喊出"恩娜"的时候！为了帮助女儿，没有什么能够打败我一颗身为母亲的心。恩娜！是谁挠伤了我骨肉的肌肤？我的指甲会让这怪物体无完肤！恩娜！谁碰了我的心肝宝贝？当心点，我来了！一只手托着维苏威火山，裙下是自由女神像，我另一只手反手就抛出赫拉克勒斯，直接抛到博塔弗戈①！恩娜！谁碰了我的孩子？若是被我抓住，我一定让他找不到东南西北！我为克利奥帕特拉②准备了一块姜丝比萨，就连恺撒也只能发出抗议！恩娜！让我女儿伤心的人只得把他的皮留给修鞋的皮匠！日本人从这边走！非常感谢③，谢谢东京的肉店老板们！恩娜！当心一点，即便他像日本人那般彬彬有礼，一旦招惹我的女儿，我必不让他留于这世上！恩娜！胆敢轻佻地打量我女儿的人，我必让他尝尝我手中利剑的滋味！这是让作为母亲的我腰间剧痛无比所要付出的代价！

当库姆巴啜泣的时候，亚莉亚姆的鼻子也变得湿润起来。

---

① 位于巴西里约热内卢的一个街区。
② 原文指的应该是克利奥帕特拉七世，亦称为埃及艳后，是古埃及托勒密王朝的末代女王。在文学和电影中，她通常被认为色诱了恺撒和他的手下安东尼。（编辑注）
③ 原文为日语音译。

当库姆巴视线变得模糊时,亚莉亚姆也会迷失方向。妈妈,这两个字有时像是压在母亲背上沉重的马鞍。为了能缓解女儿的痛苦,亚莉亚姆想要有桌山①般宽广的背脊。这位勇敢的母亲承受着,用尽了力气,却为了她们二人咬牙坚持。2002年秋天,在那些悲伤的日子里,她吃的东西并没有比女儿多多少,然而,就算她忘记了饥饿,不吃东西的库姆巴也会让她感到肠胃绞痛。她不愿意离女儿太远,但是库姆巴长久的沉默却让她感到焦虑,令她无所适从。当这种不适感无法摆脱时,她便试图把它转化为一场情景对话。

有一天,亚莉亚姆坐在椅子上环顾整个房间,她是注意到了墙上石灰的细微差别吗? 突然,她盯着一面墙,感到一阵惊愕。

"不过,这张照片? 库姆巴,你不应该……"

"恩娜,没事的。"库姆巴打断了她。

"好了,库姆巴,这样的照片只会让你更加痛苦。"

"恩娜!"

"是,我知道,你不想谈这些。其实,你什么事情都不想谈。而我呢,只是一遍遍地唠叨。不过,我还是觉得这不是一个好主意。至少现在不是。"

---

① 位于南非西开普省开普敦附近,是一座顶部平坦的砂岩山。

从库姆巴回到村子里开始,她妈妈就觉得有必要把这对年轻夫妻房间里挂着的唯一一张合照取下来,然后把它放到衣柜最深处,因为这张照片上两个新婚的年轻人神采奕奕,笑得十分灿烂。然而,库姆巴又把相片找出来,立刻挂回了原来的地方。

"行了,小家伙已经喝完奶了,我把她带出去透透气,也许她会小睡一会儿。你也是,趁这个时间赶紧休息一下,一会见。"

库姆巴几乎要被惹恼了,她看着妈妈背着法迪吉娜走了出去。"就好像只有那些照片才能让我想起布巴一样!"她躺在床上,在心里默默地抗议。这时候,岛上的沙滩在闪闪发光,灼伤了行人的脚掌。一排排椰子树环绕着迪翁戈拉沙丘,法迪吉娜的外婆肯定会赶紧走到树荫下面。库姆巴挪了挪枕头,长叹一口气,然后盯着天花板。现在几点了?下午匆匆逝去,她的瞳孔离屋顶越来越远。热浪使工人们变得麻木,论坛树下闲谈的人们也渐渐放慢了喝茶的速度。炎炎烈日甚至让在外游荡的野驴也坚持不下去,倒在了芒果树下。锌板做的屋顶被太阳晒得炙热,库姆巴躺在床上,被热气所包围,她似乎在宽大的白袍中逐渐萎缩。库姆巴身体的一部分已经去向别处。她四处游走的灵魂又要飘向何方?她看见了什么,又回忆起了什么?她在达喀尔看过几次电影。电影?尽管奇幻,却也比不上脑海里的回映,它并不需要投射屏。像当年的希区柯克和维斯康提一样,戈达尔和斯皮尔伯格也惨然落败:最好的导演是心灵。闪回!不论是过去还是现在,海水都流淌在撒哈拉沙漠之上,浸湿了神思者的双足。闪回!无论画面是彩色还是黑白,脑海中的闪回总是要比导演们拍摄得更好。另外,它并不需要编剧。最大的影屏在眼后铺开。昏暗的影厅又有什么用呢?在心灵深处,放映还在继续,情绪永远留存。那天下午在萨卢姆,当有些人沉沉睡去的时候,库姆巴把脑海里的闪回投射到天花板上,陷入了回忆之中。几点了?时间的划分具有欺骗性,既然每个时刻并不是同等地度过,那格林尼治标准时间的准确度也并不重要。有时候,短短一小时就已凝聚了人的一生。过一天就在日历上划掉一天只会给人幻想,因为每一天的情绪并不会随着划下去的一笔立刻消散。无论潮涨还是潮落,库姆巴都在回忆着过去。行星一圈一圈地旋转也只是徒劳,没有什么能够抹去她脑海里一再上演着的日子。客厅里的钟表已经生锈。现在是什么时辰?一直以来都是活着或是歌唱的时辰,是跳舞或是哭泣的时辰。下午慢慢过去,库姆巴不再唱歌,不再跳舞,而是在回忆过去。就像有些人陶醉于诗篇,在梦里与普莱维尔①相会,沉湎于一篇篇诗词,库姆巴则怀念着布巴,他曾像签署一项法令那样对库姆巴展开追求。

"你太美了,我一定要把你娶回家!"他直截了当地说。

———————————

① 法国 20 世纪著名诗人,同时也参与多部电影台词及歌词创作。

"这样怎么行？傻瓜！"娇俏的女人打趣道。

然而,墩墩！又过了几年,墩墩鼓的咚咚声依旧在库姆巴心中回响！没有一位小姐会不记得那个莽莽撞撞表露爱意的求婚者。库姆巴仍旧能够听到墩墩鼓的声音。一直以来,她总是在脑海里回想。并且,她希望有一天法迪吉娜能够明白什么样的男人才能给予这样的爱,为此,库姆巴决定在下一个写作之夜把布巴召唤到她身边。但愿太阳早点下山,她想,希望人们最终能够让她独自一人与记事本做伴,和她的爱人相会。

窗帘后面被窗子切割成方形的光线渐渐柔和起来,风也变得更加舒缓。捣锤声,砰！捣锤声,砰！砰！远处,一阵阵捣锤声侵袭着午睡睡过头的人们。在库姆巴的幻想中,这些捣锤声像是在说:"快起来！赶紧起床！醒一醒,有成群的底栖鱼①！你们的渔网不会自己把洞补上,没有你们,渔网也不会自己从水里出来！"她想,不管怎样,这些人以古斯米为食,却找不到女人的磨盘,也不会帮她们研磨小米,他们不值得休息。库姆巴躺在床上,陷入沉思。她似乎变得更加轻松,几乎笑了起来,仿佛鲜活的记忆给她留下了某种欢愉。当敲门声轻轻响起时,她仍在幻想。

———————————

① 主要是指在海洋底层附近生活的鱼类。

"库姆巴？也许她还在睡觉,库姆巴?"

这是亚莉亚姆在说话,她总是很有礼貌地先敲门。因为房门没关,她掀开门帘,小心地探头看向屋里。

"库姆巴,有人来看你。"她补充说。

亚莉亚姆留了些时间让女儿整理长袍,然后让她从隔门那里走到客厅去。她转过身,让身后的两个年轻人从另一个入口进去。

"你们进来吧,她在客厅里。"

来者是库姆巴的两个表哥。亚莉亚姆带法迪吉娜散完步回来,刚好看到她的两个侄子站在家门口。简单问候一番之后,他们便在椅子上坐了下来。亚莉亚姆和她女儿一样坐在了简朴的长沙发上。之前,两个年轻小伙子已经和陪同库姆巴参加葬礼的人一道来过了一趟,他们刚刚又经过村子,想在回达喀尔的住处之前再看一看他们的表妹。一阵沉默之后,他们解释说自己会一大早坐船回到吉费尔,这样能够赶上去往达喀尔的第一班车。两个女人表示赞同。亚莉亚姆向他们道谢,念了几句祷告词,随后四人又陷入沉默。看上去更年长一些的迪耶加纳小心地清了清嗓子,他取下太阳镜,然后用低沉的语气说道:

"库姆巴,我还是要再次向你表示慰问。我们所有人都在为他祈祷。你要加油。我们一直都在,你完全可以依靠我们。"

库姆巴的眼睛盯着自己的脚,只是轻声说了句谢谢。法迪吉娜开始在她外婆的背上动来动去,不过,就算库姆巴在外人面前喂奶不会感到不自在,她也不希望当着两个表哥的面给女儿喂奶。亚莉亚姆想说些话,让话题继续下去,接着迪耶加纳表示他们该出发了:

"姑姑,天很快就要黑了,我们现在必须得走。"他想和库姆巴对视,又补充说,"等服丧期过去,我还会来看你们的。求主垂怜,也许甚至在守丧结束之前就能过来。好了,到时候见。"

亚莉亚姆把他们送到门口,说了很多客气话,主要是让兄弟俩转达对他们父亲的问候,不过实际上,她早上才和他们的父亲见过面。等她回来之后,库姆巴已经回到了自己的房间,依旧坐在原来的位置。她手捧着脸坐在床边,眼睛扫视着地漆布。亚莉亚姆把外孙女递给她,对她说道:

"库姆巴,你几乎一句话都没有和你的哥哥们说,就算这样,他们还是很担心你。他们俩不仅之前就匆匆赶来看你,现在也还是花时间赶过来,尽管他们有自己的工作要做。达喀尔不是隔壁的房门,更别说还要越过一片海了,不过,我敢肯定迪耶加纳会说话算数,他还会再过来的。"

"恩娜,你想让我对他们说什么?他们不是已经知道发生了什么吗?"

"确实,但你至少应该祝他们一路顺风,或是和迪耶加纳说上一句'回头见'呀。"

"他为什么要这么坚持再回来?"

"够了,库姆巴。他想在你困难的时候给你支持,这个理由难道还不够吗?他已经和你说了,你可以依靠他。况且,他不也是这个村子的吗?"

"嗯。"

"好了,我看你有些累了,是不是我们把你从梦里吵醒了?或者,有什么不顺心的事情吗?"

"嗯……嗯。"

"'嗯'是什么意思?清醒一点吧,库姆巴。我能想象到你的痛苦,但好歹试着和我说说话呀。你需要什么东西吗?"

"嗯……嗯。"

夜幕已经降临,亚莉亚姆终于决定离开女儿,她还要回家准备晚饭。第二天她还是会过来的,就好像库姆巴需要她一样。是谁让她这么想的,是她的女儿还是她自己?对所有母亲来说,一遍遍的唠叨只是想要靠近孩子,尽管他们已经长大成人,离开了自己的臂弯,却还是一直住在她们心里。

"好吧,库姆巴,我明天还是这个时候过来。"亚莉亚姆又一遍说道。

"明天见,恩娜。"库姆巴微微抬起头回答母亲。

每天晚上都是如此。只要她没有这样回答,亚莉亚姆就会没完没了地说自己要走了,一遍遍地告诉女儿,然后拖延着不离开。她跺着脚,就像被一条无形的绳索束缚,只有她的女儿才能够解开它。最后,在无数次抚摸着法迪吉娜道别后,亚莉亚姆温柔地看向自己的女儿,轻轻擦过女儿的肩膀,消失在夜色中。库姆巴则点亮防风灯,开始幻想着夜里的相会。

第五章

夜晚的相会！把真正的我还给我自己，让我去见他！库姆巴这样默默哀求着。你们这些人赶紧吃完晚饭去休息！你们的古斯米上不是装饰了猴面包树叶好让你们能大快朵颐吗？晚餐里的鱼刺甚至也被剔除了，完全不会让你们卡住喉咙。既然这样，还不赶紧离开厨房！快点吃完，然后上床睡觉！把夜晚留给我，黑夜无垠，它足以让我迎接轻声诉说着爱意的海浪。把真正的我还给我自己，让我解缆起航，潮汐可不等人！就在瓦西亚姆与她道过晚安之后，库姆巴立刻把门关上，像饥渴的人奔向绿洲那般奔向她的记事本。

墩墩！一位王子回应着墩墩鼓的呼唤，唯有晨曦才能结束这二重奏。

"你太美了，你一定会成为我的妻子！"

库姆巴闭上眼睛，过了一会儿又睁开，然后低声说：

"当然啦，勇敢的男人！我一直都是你的妻子，你也是我唯一爱着的男人，此生唯一的男人……"

　　墩墩！对库姆巴来说，是萨卢姆的一整座竞技场在她的胸口发出墩墩声。就像是舞步追随着音乐一样，深情的库姆巴跟随着大师的指挥棒，她狂热的通灵状态被谱上了"拉"这个音。她把在夜间相会的每个音符都捕捉并记录下来。布巴说："别仅仅只是爱我，我的宝贝，这还不够，请让我沦陷！"而现在仍然深陷其中的却是库姆巴。

　　墩墩！墩墩鼓的咚咚声穿越心脏，沿着筋脉，向身体的每一部分注入维持生命所需的能量，随后，在这漫长的一生中，唤起这份回忆的所有一切都重复着最初的震颤。通灵！突然间，铁杖竖起，萨勒蒂盖①变换了时空。闪回或是投影？时间的箭头在心中指向何方根本不重要！一生中所经历或面临的一切可以共存，因为灵魂在这唯一且相同的人类宇宙中反复蹦极。通灵！这是欲望之舞，是一曲华尔兹，是一支探戈，在这些舞蹈中，现实与过去调情，逗弄着未来并让未来苦苦等待。通灵并非源于一种意愿，它是音乐所引起的效果。通灵不是应召而来，它像海浪一般将你裹挟，然后送往某个地方。灵魂难以自制，任凭摆布。在库姆巴的眼底出现了哪些地方，又回想起了哪些时刻呢？在那些日子里有一架阶梯，情绪拾级而上，在听到呼唤之后又应声而下。库姆巴保持沉默，倾听的同时也在被倾听着，然后她

――――――――――

① 谢列尔专门主持宗教仪式和人民事务的祭司。

开始和布巴说话。布姆——布姆——布巴,她的心在怦怦跳,发出墩墩声。通灵!库姆巴一动不动,追溯着过去。从前,萨卢姆有两个年轻人……这两个人呢,在库姆巴的眼里,他俩总是形影不离。她把这个故事写下来,变成自己的故事,因为她确信有一天失去父亲的小法迪吉娜会从中找到一丝安慰,随着时间流逝,也许她的子孙后代会把它变成更为美好的故事。也许很久很久之后,在这场悲剧发生的几十年之后,他们会嘴角挂着微笑说道:"从前,在尼奥焦尔岛那边,也就是桑戈马尔角的对面,有两个年轻人……"

从前有两个尼奥焦尔的年轻人,他们的内心像无人踏足的海湾那般纯净,梦想飞出了海湾,沿着鹈鹕的航迹在蔚蓝的天空翱翔。库姆巴和布巴在一座岛上出生,他们见证了彼此的成长。因为村子里没有初中,更别说高中了,他们俩小学毕业就去了塞内加尔的不同城市,不过每到暑假,两人就会在椰子树下相会,回忆起小时候在那里玩的游戏。虽然库姆巴年纪更小,但他们俩还是进了学段相近的两个班级,因为村子里的小学习惯把孩子按照三岁一个年龄段进行分班。当年轻女孩走过时,男孩即便捂住嘴巴,也无法掩饰嘴角的笑容,更无法掩饰青春期的粉刺与笨拙。"你太美了,我要娶你做我的新娘!"库姆巴永远也忘不掉布巴那一天充满自信的神情。那天,村子中央的丹加雷按传统举办了摔跤表演,晚会刚一开始他们俩就遇到了彼此。布巴成了刚上高一的高中生,而库姆巴正在另一座城市的初中念初二。这一小小的差距在男孩的自信面前显得无足轻重。"我和你说过你一定会成为我的妻子,这让你感到好笑吗?等着看吧,会考、大学、工作,然后,嘿!你就嫁给我了!"他双手插在兜里,肩膀耸得老高,看样子像是要和椰子树并肩。美丽的库姆巴感到有些不好意思,笑了起来,装出一副不把他的话当回事的表情。她之所以笑也是因为对一个女孩子来说,受到别人的关注让她感到开心。为了取悦女生,男孩子在这个年龄总是想让自己显得很厉害。布巴想要站在高高的基石上,这样他就能看到美丽的心上人。他的伙伴们感到惊讶又有趣,便笑话他,不过他们越是取笑布巴,他越是坚持,就像小公鸡那样。然而,他一直盯着库姆巴,就好像余生要依赖她的回应才能活下去那样,布巴的朋友们这才发现他也不过是比那位受他追求的女生勇敢一点点而已。他还在坚持着,也许只是害怕丢脸。库姆巴尽管还是面带微笑,却只是和他说了句再见,之后便和她的同伴离开了,不过她的注视足以燃起这个男孩子的希望。

雨季不停歇,假日与邂逅也还在继续。田野里,粟米慢慢成熟,梦想也无须农肥的滋养。两个年轻人去田里或是从田里回来的路上会偶遇彼此,不过因为父母都在身边,他们也只能互相交换一下眼神。在这场属于他们的新游戏里,从来没有人写下规则。几百年来,人们面对暧昧的感情总是即兴发挥。对于

库姆巴和布巴来说,小心翼翼、害羞腼腆才是恰当的表现。就算
彼此交换的目光没能躲得过大人的眼睛,他们在夜里的低语却
只有月亮才能听得到。虽然人们很少这么想,但是不通电的村
庄还是会有一些优点:许多事情可以悄悄发生,繁星璀璨的夜
晚也格外迷人。

返校前几天的一个晚上,在尼奥焦尔岛的沙丘上,在小伙
伴们看不到的地方,库姆巴给了局促不安、小声低语的布巴一
个答案,她的回答也让两人在几年之后成为了法迪吉娜的幸福
的父母。年轻的姑娘装作被男孩撒下的渔网紧紧套牢,乐于扮
演被鹈鹕捉住的鲤鱼的角色。"如果魔鬼的名字叫做布巴,那
就让他把我带走吧!"她一定是这么想的。比起其他所有人,她
最喜欢布巴的陪伴,那她还有什么理由不这么做呢?"你太美
了,我要娶你为妻!"诚然,这略显轻浮的态度可能会让西蒙
娜·德·波伏瓦的信徒预感到一种男性主导的未来。然而,无
论是否奉行女权主义,一位求爱者的热情与决心总是要比畏手
畏脚地暗送秋波来得更有魅力,因为这种热情能够让一个勇敢
的男人脱颖而出。在萨卢姆,女人们为了每天能够从泥潭里找
出贝壳,已经习惯陷身于大西洋中;而她们的男人若不是大男
子主义者——也就是说如果他们是总会担心另一半会受到惊
吓的柔软的石头,那他们也无法抵挡住海洋的脾气。在科西嘉
岛、布列塔尼或是西西里,这些地方都像萨卢姆一样,水手的母

亲总是为儿子像他们的父亲感到骄傲。瓦西亚姆也是如此,她很欣慰地看到布巴成长为一个男人,一举一动都让她看到其他水手的影子。

两个年轻的恋人继续回到学校学习,上学期间的分离让他们体会到相思之苦,变得忧郁起来,这也让二人的重逢变得备受期待。"我们会一直相爱。"两个中学生许下誓言,就好似命运之斧并不存在。四季流转,他们的誓言越发坚定。"我们会结婚,会有可爱的孩子!"一个温柔的夏夜,他们在星空下对彼此承诺。他们断言得那样轻易,就仿佛只是计划了一次在方迪永格树林里浪漫的散步。在他们看来,没有任何东西,没有一片云彩、一场暴雨、一阵狂风能够阻碍他们对未来天马行空的幻想。在他们所勾勒的未来里没有一丝污迹,他们是用绳子牵制住了魔鬼吗?又或者他们只是全然无意识地说出这些话来?热血的年轻人不懂得什么是条件式,一腔热情把所有假设送到多马①那里让他做出诊断。况且也不是只有疟疾才会让人产生幻觉。无论在什么年纪,一旦爱意之火被点燃,人类便会由着自己的意愿分发上帝所给出的那副牌。如果……那要是……要是把大西洋装进一个瓶子里?这会是一个墨水瓶,会有一支笔写下所有条件式的结局,因为所有假设都能够得以实

---

① 耶稣召选的十二门徒之一,天主教亦称其多默,对他的记载多集中于《约翰福音》中。

现,这会让人类感到无比幸福。人们充满希望地洗牌。可是,万一这副牌很差劲呢?打扑克牌的输家有时候会想要再来一局。人们一遍遍地洗牌,心脏在跃入未知之前怦怦乱跳。然而若是已经投入了自己的一生,那还余下什么可以用来当作筹码?爱情具有欺骗性,布巴在爱情这副牌里并没有虚张声势。他的的确确娶到了美丽的库姆巴,一辈子,永永远远。

回忆?这是一叶扁舟,把你带入生活的海湾,走上分岔路,来到了奇妙的红树林,从一座岛去向另一座岛。库姆巴不停地追忆,她在暗无天日的阴郁里寻找阳光普照的岛屿。她从沉思中回过神来,站起身迈着沉重的步伐走到房间角落的水罐那里,一口气喝光了一罐水。像骆驼那样饥渴!很明显,她和她妈妈喝得一样多。吞咽时发出的咕噜声像是在肚子里养了一群青蛙。在回到床边坐下之前,她突然停了下来,长久地盯着墙上的照片,然后轻轻说:"是魔鬼或是别的什么人背叛了我,但一定不会是你,我的布巴。"

库姆巴带着这份信念忍受白昼的折磨,等待将布巴召回的那一刻。她有满满一脑袋的问题,相思之情就快要从心底溢出来,她在耐心地等待。作为习惯了潮涨潮落的岛民,她认为写作的时刻已经到来。当家禽们回到鸡舍的时候,库姆巴为法迪吉娜支起蚊帐,然后像猫头鹰似的等待月亮升起。她把婴儿包裹在襁褓中,给她喂奶,然后耐心地等待着。有人把她的晚饭送到屋里,吃完饭之后,她把法迪吉娜哄睡着,继续耐心地等待。在全家人都睡着之后,她才终于感到自由。在黑夜编织的网中,她重新找回了无法对母亲吐露的思绪。她写了整整一夜。库姆巴独自一人,眼睛在暗夜里闪闪发光,就像诺亚舀出船舱里的水那样无止境地写作着。因为月亮不会把她说的话告诉任何人,所以库姆巴和它分享了自己的所有秘密。月亮也不会因为悲伤而流泪,所以库姆巴把自己咬牙忍受的痛苦都告诉了它,这是她母亲曾乞求着想要听到的。当女巫骑上扫帚的时候,库姆巴拔出她的笔。不过在写作之前,她需要重新调整一下呼吸。她胸口的压迫感是怎么回事?难道是章鱼的触手将她束缚住了吗?

触手!爱情的触手即便是来自九泉之下,依旧能够让它的猎物饱受折磨。库姆巴对此并不否认。但也许会有神志不清的人向圣安多尼①发出询问;这名水手会告诉你爱情的绳索能够延长遇难者的呼吸。哪怕是从太平洋的偏僻一隅,男人的声音也会传到他心爱女子的耳边。不朽!"亲爱的,我的甜心。"海浪翻滚,将这句话传给了库姆巴,美丽的女人转过身去,想要寻找是谁给她带来了这份战栗。"亲爱的,我的爱人!"温柔的低语并不像因季节而损坏的录音,它能够穿越时空。"亲爱的,我

---

① 又称里斯本的圣安多尼,旅行者、穷人、失物者及航行者的主保,是今日天主教最著名的圣人之一。

的甜心……"库姆巴心弦紧绷,竖起耳朵捕捉夜里的声音。"亲爱的,勇敢的男人,我温柔的船长!"她轻声说道,海浪退回,把这句话传到了另一边。潮涨潮落!库姆巴的心也如潮水般跌宕起伏。即使长庚星无法把布巴带回来,它也会指引库姆巴重回她爱人的怀中。在尼奥焦尔岛的夜空之下,总有一只萤火虫划破黑夜,那是一个男人看向他心上人的目光。"你过来吗?我就在这儿!"库姆巴一直在那里,总是追随着爱人的步伐。不朽的火焰,这把火在向黑夜宣战!每当萤火虫飞过,库姆巴的心便会热切地呼唤:"我的爱人,救救我,燃烧我!在冰冷的灰烬取得胜利之前,请让我产生幻觉,点亮我,温暖我!这片沙漠曾经是如此青葱!我们俩曾迈着默契的步伐,一直走到方迪永格那边去采摘鲜花和水果。回来的路上,金色的太阳慢慢变红,与海平面相接,却不会灼伤人们的眼睛。凋零的花朵不会忘记阳光,正如我的脖子还记得你炽热的吻那样。明明点亮它的人已经不在,为何太阳还会再次升起?我的爱人,救救我,燃烧我!"

在长达几个小时的时间里,库姆巴的视线一直追随着在她脑海里肆意飞舞的萤火虫。里斯本的圣安多尼,水手们的主保,哪种纤绳才能够引领爱情的遇难者回到理智的码头?库姆巴还能有什么别的念头?将耶稣从抹大拉的马利亚身边夺走、将穆罕默德从阿伊莎身边夺走的人可曾告诉过人类怎样才能戒掉爱情,继续生活下去?每个人都用各自的方式变得脸色苍白,颤抖着、蜷缩着，与悲伤纠缠。人们责备那些为爱自杀的人，但死去的痛苦怎么比得上让你陷入绝望的痛苦？库姆巴心里想。然而布巴并没有把她抛弃，是善妒的大西洋把布巴挟去做了人质。库姆巴没有闭上眼睛，记忆之光点亮了她的黑夜。爱情从微光中走来，吸引着她。即便是在无尽的昏暗之中，那个秋天反射出的光线仍在库姆巴的眼皮间闪动。对她来说，微笑会在夜里出现，也将一直出现在夜里。

有时候，她会在蚊帐下自问自答："'乔拉'号，你直直沉入海底，带走了什么？永不淹没的爱情已将你的船舱清空！被爱之人，永垂不朽！'乔拉'号在海底安息，但陷入流沙的梦不会从守护者那里夺走一分一毫！被爱之人，永垂不朽！不要大理石也不要花岗岩！青铜做的纪念碑会被氧化。就算是极其珍贵的黄金也可能被死神窃取。不，不要大理石也不要花岗岩！罗格·塞内为证，所有这些材料终将消解，日渐被摧毁。是我们的存在才让他们得以永生！我要为了法迪吉娜把这一切都写下来。"

在库姆巴看来，对布巴和那些像他一样只把浪花当作墓碑的人来说，她那小小的记事本就是献给他们最美丽的墓地、最恒久的纪念碑。最长久的先贤祠是书写历史的一页纸。穿越时空航行的船舶是用纸做成的。小小的一页纸！没有它，亚伯拉罕和他后辈的故事无法流传千年。库姆巴想要为了布巴把本子填满，就像其他人建造庙宇、搭建教堂、圣化清真寺那样。一个本子，一支笔！库姆巴要为了布巴把大西洋变成一座泰姬陵。

当然，像所有人一样，布巴也在进行着属于自己的战斗。他和别人一样也经历了一些失败。不过，他最大的成功是占领了库姆巴的心，而库姆巴又用笔赢得了这场终极战役：抵御遗忘之战。纪念！纪念诉说着爱意，直至时间尽头！因为，即便人们说：作者已死，但当你翻动书页，字里行间隐藏着的始终是一颗跳动的心。这完全不是在为尤瑟纳尔或是其他作家博关注，但如果你忘记在下雨的时候带上一本书，那有的人可就要感冒了！染上了风寒，那就把鼻涕擦干！不过若是悲伤让你留下了鼻涕，那么总会从书里伸出来一只手为你递上手帕。手帕，库姆巴曾经为女儿织过一条。她在字句之间刻下对布巴的怀念，法迪吉娜的父亲会继续存活下去，甚至是以献礼的名义。在库姆巴笔下，纪念并不意味着永别，这是一种对忠诚的许诺。服丧期之后，她想，我们的爱意藏在每个鲜花盛开的春天，甚至是鸟儿也在歌唱着纪念！

每个人在纪念爱人时都像对待上帝那般虔诚。甚至，当库姆巴念诵着"布巴，勇敢的男人！"的时候，她的目光还在寻找着喜马拉雅山。既然没有一座塔楼的高度足以阐明这样的爱恋，那只能依靠写作，将字词串成花环，来达到由石块构筑的清真寺所达不到的高度。布巴，勇敢的男人！

第六章

　　刚一黄昏，库姆巴的心就跳得越来越快，和"乔拉"号沉没之前一样，她把自己的夜晚留给了布巴。

　　幽会临近之时，有些人梳上冠冕式的新发型、穿着让卡萨诺瓦①都不禁语塞的诱人礼裙、脚踩夸张的高跟鞋卖弄风情，同时又忍受着它带来的折磨。自从夏娃时期开始，优雅、魅惑以及愉悦对女人来说都相当于是一种酷刑，哪个恶魔做出了这样的决定？也许之后当法迪吉娜问起她时，库姆巴会再重新思考这个问题。不管怎样，库姆巴可没心情把又细又高的鞋跟扎进岛上的沙子里；她也不打算和墙上的照片携手跳一曲伦巴舞。她又将为了谁而扭动腰肢？况且，她那曼妙身躯已经被寡妇穿的宽大白袍遮挡得严严实实，现在的她并不比一只章鱼更能激发男人的欲望。不，库姆巴在准备与爱人夜会时，不会考虑自己时尚与否。她还在看着的唯一一样花边状的东西就是竹篮的网

---

① 极富传奇色彩的意大利冒险家、作家，其生有不计其数的伴侣，18 世纪享誉欧洲的大情圣。

格,她妈妈用篮子装了一些水果,尽管这些水果只会让来访的客人感到高兴。像大火烧毁房屋那样,现有的种种问题将对于美的关心付之一炬。让人神采奕奕、散发光彩的不是精心打扮的脸庞,而是悉心整理的心情。只有愉悦的心情才能让人有调皮逗弄的空闲,愿意去细细装扮、卖弄风姿,而悲伤只会让人疲惫不堪。无论白天还是黑夜,悲伤始终呈现出同一副面孔。和布巴在桑戈马尔的约会就要来临,库姆巴却并不想为此做任何打扮,只要她那未经触碰的回忆能为布巴讲述那日彼此许下的诺言就足够了。那些他们曾相拥低语许下的诺言。

"宝贝,在达喀尔,"布巴曾经这样说过,"只有你和我两个人,我们两个人就是一支队伍,把我们的小船开到海上去。"

"这支队伍肯定配合得很默契,一个船员,还有一个超级厉害的船长!"库姆巴笑着补充说。

有布巴在,她已准备好迎接未来几千年里会遇到的所有战斗。说到做到,无论在什么情况下,只要他们俩在一起,便能默契地取得所有胜利,直到这一天……这可怕的一天,没有马蹄铁也没有四叶草①。这黑暗的一天,没有星星也没有天使加百列②,在这一天库姆巴失去了她的船长,只得孤身一人面对最严峻的考验。

---

① 马蹄铁和四叶草均是好运的象征。
② 本为炽天使,作为天使长,在天堂位于重要的守护职位,担任整个天界的警戒工作,传信为其职能之一。

在收集与记录桑戈马尔守夜者的秘密之前，库姆巴决定先像写一份详尽的报告那样，把她最后一天在达喀尔的种种感受都写下来。她写了好几个晚上。因为库姆巴只能独自面对二人的美梦留下的深渊，她想要记住所有一切，来向布巴详细描述那个他不曾见过的达喀尔，他们不曾想象过的达喀尔，如今却永远留在了库姆巴的脑海里。

自从在广播里听到"乔拉"号沉没的消息之后，库姆巴几乎没有再睡过觉了，随着"乔拉"号沉入海底的还有她在这世上最珍爱的人：布巴，她的同学、儿时的伙伴，是知己也是她温柔的伴侣。那天，她和五个月大的女儿在夫妻二人逼仄的公寓里等待着布巴。雨季就快要结束，庄稼在潮湿的空气里慢慢成熟，然而，这条坏消息却压得整个国家都喘不过气来。布巴的家人一开始并不相信，等待了漫长的一天之后，直到傍晚才确认了这一噩耗：他们的儿子、女婿、堂兄，很不幸地没有出现在少数生还者的名单里。"该走了！"住在城里的家族中的年长者——布巴的一个叔叔对还留在达喀尔的亲人们说道。第二天，他们离开了这个伤心地。离开！因为生活本身就在扰乱他们，让他们拮据难行，处于焦虑之中。他们熬夜到很晚，轮流守护着库姆巴，就算躺下休息也只是为了之后还能有再站起来的力气。水！天一亮，他们便大口地喝水，因为他们的眼泪已经流干了。空气！他们需要空气来让被痛苦压抑的肺部放松一下。离开，赶紧离开！丧钟敲响,他们疲惫地离去。他们身后的天空一片片塌下来,从一个街区到另一个街区,人们都被悲伤的情绪所压垮。

2002 年 9 月的那个早晨,在达喀尔,每片秋叶都蕴藏着一个灵魂,处处都传唱着同一首安魂曲。亚伯拉罕、耶稣、穆罕默德！你们听得到地上的声音吗？人类悲伤过度,所有人都发出了惊人的呐喊:"快点,派一位求情者到上帝面前！"即便是不做或是很少做祷告的人都会带着热忱重复这句话:"我们来自真主,必将归于真主！"然而,有些人在向无动于衷的上帝高喊自己的忠诚时,会不禁开始思考。当他们看到地狱就在脚下展开,他们的真实想法究竟是什么？诚然,真主是能够随心所欲掌控一切的君王;真主是法官和智者;真主也是强制执行者,他支配、限制他的创造物,让他们屈服于主的意志。但不管怎么说,居然给达喀尔安排了这样一种命运！"除真主外,别无强权！"一位在平日里主张无神论的人呐喊道。在这里,恐惧说着阿拉伯语！那一天的达喀尔,任何具有像扬德·科杜·塞纳、桑巴·迪亚巴蕾·桑布、恩迪亚加·姆巴耶①一样能力的乐手都应该把那一天记录下来,唱给后人听。那天早晨在达喀尔听不到任何歌声,所有语言都变成了哀歌。"求主垂怜！"行人的眼里发出这样的呐喊。一位母亲将双臂伸向天空,大声喊道:"仁慈的主

———————
① 均为塞内加尔著名歌手。

啊!"同样绝望的男人用温柔的声音不停安慰她:"亲爱的妈妈,要有勇气①。"

那天的达喀尔,甚至是鹈鹕也会从港口逃离,它们怀着沉痛的心情,扇动着如铅般沉重的翅膀,想要飞向南方寻求一丝怜悯。必须要离开这里,像库姆巴和她的家人那样。

离开!人们要把沉痛的重担卸在何处?当上天毫不留情地让那些满心欢喜勾勒的美梦变得一片灰暗的时候,人们总是会选择一个航向。不,凡·高没有疯!各种颜色在他的眼中焕发出生命的光彩。凡·高没有疯!老天爷总爱变卦,让他感到头晕目眩,手中调色盘的颜色也变得越来越丰富。当人们再也认不出自己的那片天空,他们又能做些什么?离开!在陷入不幸之前,划出另一条航线。

在达喀尔,在九月那个阴郁的早晨,库姆巴和她的亲人有一种深深的流亡感,就像在挪威的苏丹人那样。邻居向他们打招呼、用沃洛夫语表示慰问,他们机械地用谢列尔语作出回应,就仿佛只有用母语才能够表达出他们的悲伤。必须要离开这里。快点,快点,坐上一辆快车!吕菲斯克、巴尔尼、加姆尼亚久、姆布尔②,经过这些城市而不做任何停留,也不向任何人致意。如果可以,他们本想飞越这些地方,在送奶工来之前回到吉

---

① 原文为沃洛夫语。
② 均为距首都达喀尔不远的市镇。

费尔。水手兄弟们在那儿翘首等待,他们会乘着独木舟横穿大西洋的海湾,然后在午饭前回到尼奥焦尔母亲的怀抱里。

库姆巴从来没想过会是这样一种归途,陪伴着她的人们也不曾想过。在首都的一个郊区里,他们满怀希望地打开行李箱,却只能用悲伤将其填满,再把行李箱一直拖回村子里。对于岛民来说,潮涨潮落不只是关于水的故事,也是他们一生的起起落落。从三角洲到大西洋,从沙滩到柏油路,从启程到溃逃,他们几百年来一直如此生活,随着命运的潮水颠簸摇晃。逃亡是他们存在的一部分,它既代表着希望又是他们最可怕的束缚。就像钱包里缺少的钱一样,海浪无法带来的一切、岛上无法催生的一切一定来自其他地方。这种求助于别处的想法是岛民们的诅咒! 有时候,经济上的庇护所会变成一座露天监狱,让他们迫不及待地想要逃离。和村子里她的同龄人一样,库姆巴的母亲亚莉亚姆已经经历过这种迫切所带来的暴力,她不曾与女儿说过,库姆巴自己也发现了这种暴力的存在,却同样未向母亲倾诉。"和我说说吧。"亚莉亚姆有时候会这么请求道,已然忘记女儿的这份缄默是她从自己的母亲那里遗传来,而后又把它传给了女儿。岛上的居民沉默寡言,他们极少提及海难,若是他们说出命运的潮水是如何变化无常,那他们的子女可能便不再有解缆起航的勇气。"孩子们,风势正好,桑戈马尔会把你们平平安安带回来的!"父母这样对孩子们说道,同时却担心会发生最坏的情况,但从不会对孩子们提起。孩子们也想要表现出和他们的榜样一样的勇气,说着让父母们安心的话:"亲爱的爸爸妈妈,回头见!"然而,海浪不只是让大西洋暗流涌动,它还让萨卢姆的人们夜不能寐,湿润了父母和伴侣们的眼眶。

没有丈夫的陪伴,库姆巴回到家里,就像她之前的无数岛民那样,都怪凶恶的风。这些水手之子怎样才能避免风暴?海风滋养了尼奥敏卡人,赋予他们生命,却同时也是杀害他们的凶手!如同他们与海洋缔结合约的祖先,水手之子不知疲倦地登船启程,不论每天大海的脾气如何,航向由自己决定,以尊严为目的地!勇敢的男人!正是这样一种航行引领库姆巴与布巴一直来到达喀尔,就像刚杜内群岛上无数的孩子那样。然而,船舱中存放之物并非总能反映出水手的功绩。库姆巴仓促之下准备的行李也让人感受到了一丝悲伤。

车轴摩擦作响,车子在添上机油之后,便很快马力十足地再次启动,加姆尼亚久、迪亚斯、姆布尔、尼安宁、若阿勒,经过这些地方不久后再转一个弯便直奔吉费尔。司机开着他那破旧的老汽车,恐怕逃难的时候也不会开得这么快。尽管他十分认真,库姆巴的表哥迪耶加纳还有其他乘客还是不停地对司机说"开快点,先生,再开快点①!"当汽车越过草原、沿着"小海岸"

———————————

① 原文为沃洛夫语。

行驶的时候,一种残酷的现实在库姆巴的脑海中展开:人们只是为了更好的生活而流亡,一旦不幸在别处不请自来,那别处也会变得可怕起来。"妈妈……在母亲的怀里波涛也会停息!"远离家乡的游子陷入悲伤,这样想道。忧伤的情绪在异乡将你裹挟,总是唱着:"谁在睡觉就会死去!今晚,谁在睡觉就会死去!"而乡愁在浅声低语:"妈妈,我的大地,温柔的妈妈",尽管摇篮已经布满了荆棘与贝壳。因此,死神就在身后,对库姆巴来说,回家和鼻息一样不可或缺。她朝着相反的方向航行,心想,不管讲故事的人安放在猴面包树下、在每一片灌木丛中的那些怪物有多么可怕,村庄的黄昏也不会有路灯冰冷的眼神那般危险。

人们只有在故乡才能够忍受命运的背叛,不会去控诉身处之地。旅人肩上若满是苦痛,必然会责备那所谓的应许之地,它竟吝于给予他们一丝一毫的幸福,哪怕只是弥补这一路的舟车劳顿。就算岛民习惯长途跋涉去寻找改善生活的办法,他们也总是会回到村子里为死者哭泣,可能是需要牢牢守住他们的根,才能更好地抵御离家的悲伤。

汽车发出轰鸣声,颠簸晃动,吐出厚厚一层尾气,这个时候,沉浸在悲伤中的库姆巴勉强看到围在她身边的一群人,这里面的所有人她都认识,无一例外。另外,她也知道自己与每一个人有何等程度的亲缘关系。她把头靠在车窗上,想起她还是小姑娘的时候,村子里的人总会翻来覆去问她一些问题,让她感到气恼:"你来自哪个部落?哪个部族?哪个母系家族?是卡雷卡雷还是萨涅阿耐姆家族?是迪亚卡诺拉又或是瓦加杜家族?你了解自己的家谱吗?你母亲没和你说过我们的亲缘关系吗?从我们母系家族的第三代、第七代、第九代来看,我们算是表亲!"萨卢姆的历史如此错综复杂,就像是嗅到带有哈喇味的陈年牛奶,哪怕是女巫都会迷失于此。在一个有着身份证、护照、户口簿、领英职场社交平台的时代,这样的遗传学纽带似乎显得格外笨重。不过,若是有一天你的房子着火了,你会发现被这样一种亲缘关系包围有多么幸运。这也是为何在祖先加布-尼昂提奥的时代过去那么久后,尼奥敏卡人仍旧一再重复着他们的家谱,每个人都用水手结把自己和亲人们牢牢系在一起,像是吮吸着乳房那般。的确,地球母亲编织着谱系线,让它分出许多枝杈来,扔给尼奥敏卡人一根细绳束缚其手脚,不过也正因如此,她也为他们织成这样一张坚固的网络,让尼奥敏卡人脚踏这张网越过所有悬崖。当库姆巴还是小姑娘的时候,她的妈妈和外婆就告诉她岛上每间小屋里都住着她的表兄弟和表姐妹,当时库姆巴只能勉强掩饰住自己的不耐烦,是到了达喀尔之后她才知道原来意外险对自己来说是这样的一种保障。

的确,当达喀尔堆起它的铁锹,准备把黑窟窿排列整齐时,岛民们便组成一条安全绳,将库姆巴圈起来。当她迷失了方向,他们知道恐惧会把他们带向何方：在那儿，在大西洋的一道海湾之后，在那盘曲的博泷尽头，鹈鹕和苍鹭在红树林间等待着他们，慰藉也是。村子里，潮水并不只是带来满载海鱼的船只，它有时也会送来巨大的不幸和那些不得不诉说这些不幸的人。同样，尼奥敏卡的母亲们端来的午餐里总是蕴含着满满的爱意。欢迎回家！总有一个暖心的声音欢迎旅人归来，然而，并非所有的归来都值得被庆祝；离开的人知道，等候他们的人也知道。库姆巴刚回到家，她的母亲便赶紧帮她一起整理行李，不过最后还是亚莉亚姆独自一人收拾完。年轻女人站在她面前，不说一句话，她的灵魂似乎已经走远，远远地离开这些行李，去往她恐惧的目光仍在游移的那座城市。

　　九月的那个早晨，心情像是垂死那般沉痛，达喀尔曾向库姆巴承诺的是另一副模样。但她看到了什么？可恶的背叛者，达喀尔那美丽的海岸线孕育着这些命运的魔鬼，它们不知道会从哪里突然出现，然后摧毁游客的梦想！库姆巴不再认得这座她曾经如此渴望的城市，她眨动眼睛，脸上充满了疑问。她与同行人一起等待为返回吉费尔而租用的二手面包车，她沉浸在自己的思绪里，心中的泪水浸湿了一整包手帕纸。人们什么也没听到，但是库姆巴却在脑海里哭喊："歌唱吧，恩迪亚蕾圣灵①！令

---

① 达喀尔-约夫镇的保护神，保护所有约夫人，让他们能够安居乐业。

人尊敬的达喀尔-约夫保护神,当你的子民和他们的客人一同沉入海底时,你做了什么?'乔拉'号躲过了你的监护吗?恩迪亚蕾圣灵,当亡灵的笑声离开你的街道之后,他们又去向了何方?歌唱吧,恩迪亚蕾圣灵!谁还会再向你献祭?孤独是吸引生者坠落的深渊。你看这九月灰暗的一天,生者的沉默与逝者的无声同等沉重,若呼吸只是为了延续悲伤,那还有什么意义?"

　　没有喧闹的萨巴鼓,也没有喋喋不休的塔玛鼓,达喀尔像是个快乐的舞者!然而带着歉意的达喀尔在朗朗晴日下畏畏缩缩,在半旗之下蜷成一团。甚至连英勇的士兵也放慢了脚步。从巴尔尼经过蒂亚鲁瓦到迪亚勒-迪奥普,然后一直到双乳营①,士兵们的步伐始终缓慢,他们侧耳倾听着逝者从大西洋底发出的声响,这声音让他们血液冰冷。一名军官说道,"嘿——噢!解散!",然而死神已经打散了如此多的联结。无数亲爱的人们一辈子朝向大海启航。信风吹向何方?鼻子不知道,它始终保持湿润,没有什么能让它变得干燥。海边的达喀尔,风儿急促,独立广场不知道怎样才能让塞内加尔人摆脱双翼的桎梏。"嘿,恩迪亚蕾圣灵,你把子民们对你的信任当成了什么?"库姆巴并不是唯一一个默默抱怨这个问题的人。

---

① 　达喀尔两座火山丘状似双乳,该营地位于两座山丘附近,故而得名。

达喀尔这座城市广场,总是充斥着喧闹的争论声,而骤然间,她失去声音,伤痕累累,甚至忘记了她的锡伯迪安①与阿塔亚②。爱笑的达喀尔也不再露出一丝笑意,只是发出一声声长叹。俏皮的达喀尔如今无人在意,破烂不堪,与她优雅的长裙格格不入!爱炫耀的达喀尔不再对靓丽的系带长裙感兴趣,对她引以为傲的长袍套装也漠不关心,她心里只有那场最终极的时尚:最后一场会面时必须穿上的衣长7米的白袍。造型王后达喀尔的编发已经不再,任华丽的头纱四处飘散。达喀尔曾是头高傲的母狮,如今却带着一副落败的惨然,面朝噬人的大西洋双膝下跪,然而,这不过是徒劳。歌唱吧,恩迪亚蕾圣灵!难道阳光不为它照亮了这凄惨的日子而感到羞愧吗?整个达喀尔都用手帕蒙住了脸。四下皆是丧钟之声。唉,苍天啊!从约夫到巴克尔,到处是这相同的嘶哑声,从波多尔到科尔达,所有人都在呐喊:苍天啊!那一日的达喀尔发出求救信号,亚伯拉罕、耶稣、圣母马利亚、圣若瑟③、穆罕默德,人们向你发出了多少次求救?那么多的人向圣母马利亚致意,哀求着她。她的救援迟迟不到,人们便为她找借口:和蔼可亲的圣母马利亚一定是还在忙于迎接这些可怜的罪人们,他们不曾告诉自己的亲人,便

---

① 米饭和鱼,类似于炖鱼饭,是塞内加尔的一种传统菜式。
② 茶会,塞内加尔的一种茶文化,是塞内加尔社会生活的重要组成部分。
③ 天主教的译名,基督新教译作约瑟,是达味家族后裔、耶稣的养父、圣母的净配。

不告而别。他们的求救全是徒劳,历经苦难的人们吟诵着《天主经》:"我们的天父,愿你的名受显扬,愿你的国来临,愿你的旨意奉行在人间,如同在天上……"天父正是如此!至少人们认为他是如此。他们祈祷得十分虔诚,甚至开始恍惚起来。有些人呼唤着真主安拉的九十九个尊名,按照每个尊名的不同含义发出乞求,他们还恳求上帝,直到精神出现错乱。然而,既然他的尊名之一代表耐心,人们也只能耐心地忍受他们的痛苦。那一天在达喀尔,无论是无神论者还是信教者,他们都有着相同的信念:无力感像是沉重的负担,将人类压垮,没有一架卷扬机能除去这重担,千百年来一直如此!那一天,又是谁给谁带去了安慰? 甚至连桑达加集市上游荡的疯子也在服丧,他们头一次和正常人保持一致,在蒂莱纳集市和苏姆贝朱纳集市①也是一样,所有人都在重复写着相同的书信,乌鸦把它们带到拉·迪奥之国②的各个角落。尽管音乐大师苏恩迪乌·西索克③已经离去,但是集市里手握科拉琴④的疯子也可能谱出九月的《安魂曲》,让大西洋的哀歌从塞内加尔一直回荡到世界尽头。科拉琴诉说着人们的真切感情,正因如此,全世界会更加为非洲的泰坦尼克号感到悲痛。

---

① 文中的三个集市均位于达喀尔。
② 沃洛夫族的贵族阶级。
③ 塞内加尔民族音乐家,被誉为"科拉琴之王"。
④ 西非的一种民间乐器,介于竖琴与琉特琴间的弹弦乐器。

一首抒情诗这样写道:"天下一家"①,真诚地呼唤着世界友爱的景象,正如约翰·列侬所设想的那般。然而,在热带地区,疟疾患者在头脑清醒时可能会反驳说:"唉,有些人想把这世界据为己有,比起别人,他们更在意自己!"理想主义者想方设法让我们团结起来,而资本主义却让我们四分五裂。显然,舆论对于每起灾难性事件所给予的关注度总是与牵涉国的经济实力成正比。身份认同感的确会影响共情程度,不过,哪怕奶牛的皮色不同,也并不会妨碍它们在牧场里辨认出彼此。在道琼斯指数与 CAC 40 指数横行的股市时代,情绪像是多变的几何图形,尤其因为它的变化服从于华尔街证券交易所的市价走势。第三世界人民的生命行情如何? 比起疟疾,全球金融界更关心入侵谷歌的病毒,然而要知道,在热带地区因疟疾而死的人要比全世界因艾滋病而死的人还要多。穷人的死去在全世界引起的波动微乎其微,这让受难者家属们感到被忽视,仿佛他们身处另一个星球,被全人类抛弃。约 2000 人溺死于达喀尔海湾,这则消息可曾在欧洲或是美国的任何一座城市引起哪怕一分钟的静默? 不管怎样,库姆巴未曾这样听说过。对于强权者来说,穷人是生是死都无足轻重。

库姆巴知道布巴船长在她心里是无价的。也并非只有她

---

① 原文为英文。

在为无法取代的鲜活生命哭泣，就连本该抚慰民众的乐师们也红了眼眶、声音颤抖。又有谁能比疯子更好地诉说这疯狂的苦痛？达喀尔，一座被谋杀的城市，在寻找她的莫扎特。她化作点满蜡烛的停尸室，呼唤着一位音乐大师，能够把她的悲痛谱成曲传到上帝耳边。这一天是千年孤独的开始，马尔克斯可能也无法讲述；若是在达喀尔既没有母亲的怀抱也没有父亲的注视，那人们为何还要在此多停留一刻？

库姆巴听到消息后备受打击，陷入迷茫之中，她像是被困在原地，无法采取任何行动。村子里的一些侨民包括她的表亲团结一致，对库姆巴进行照顾并前来组织一系列后续事宜。在极短的时间里，她的亲人朋友还有普通熟识筹集起足够多的一笔钱，除了贴补旅费外，余下的钱被慷慨地赠予了这个伤心的家庭。库姆巴不知道他们是如何做到的，也没有人觉得有必要把给予她的帮助说个详细，每个人都冲在前面。也只有在这样凄惨的境况里，库姆巴才觉得自己仿佛是一个活跃蜂群的蜂王。他们一群人陪着库姆巴回到村庄，大家都在等她回来，为那个她心中还不曾放弃的人举行葬礼。按照风俗，库姆巴来到婆婆家里，立刻被执行仪式的长者们围住，参与到治丧仪式中。库姆巴任由他们摆布，像是被拆解的玩偶那样忍受着她服丧期的开始。"随我念，诵真主之名……；随我念，噢，真主安拉……"一个女人不停地这样命令道，这个女人已经死了三任丈夫，再也无法找到配偶,却因尽了太多苦行而被当成祷告的典范。当一群乌鸦遮住屋子,人们便立刻出发前往南边或北边的墓地寻找能够让亡灵栖居的紫衫,而这个女人,她总是能越过岛屿和各族亲戚找到一条捷径,然后再回来让寡妇跟着她做。就像之前那些不幸的寡妇一样,刚失去丈夫的库姆巴只能为自己的毫无经验向她表示抱歉。不管怎样,这个女人本可以用阿拉伯语抑扬顿挫地念出制作塔吉①还有摩洛哥古斯古斯的菜谱,她也该听见唱给上帝的悲歌中蕴含的起承转合。库姆巴重复做着人们想让她做的事情。然而,在她肩后,她自己的另一部分在想:究竟出于怎样说不清道不明的原因,她无法用自己民族的语言来呼喊上帝、创世的安拉或是造物主,尽管他也同意赋予她说谢列尔语的能力。安拉,他是首创万物的安拉,也是造物者,是塑造生灵的安拉。真主安拉是先驱者,他领先于万物,赋予了语言多种多样的版本与声调,难道他不是第一个通晓多种语言的人吗?既然真主创造了如此丰富的语言,那为何人们只能用一种语言向他祈祷?人世间,帝国主义将自己的语言强加给所有人,山姆大叔让我们的思想与莎士比亚渐行渐远,还将轮回②这一观念据为己有。当然③,伊丽莎白二世尖声叫道,她

---

① 一种北非菜式,它以所使用的容器命名,这种容器可以保持菜肴的水分,可用来制作鸡肉、羊肉、鱼等,用姜、孜然等调味。
②③ 原文为英文。

这个贸易者之首,甚至还妄想垄断非洲！不管怎样①,库姆巴不再分得清英文单词 eat 和 heat,不过这并没什么影响,因为她也不打算去麦当劳吃那些不冷不热的东西,更何况达喀尔还没有麦当劳。年轻女人仍旧为语言问题感到头痛。那位重复祷告的女人含混不清地说着班图②化的阿拉伯语,库姆巴的耳朵受尽了折磨,她心里想在天堂是否也需要口译员。这个过分虔诚的女人并不识字,却强迫库姆巴用阿拉伯语祷告,她是否知道《古兰经》里写着:安拉是全听者,他甚至在话还未说出口时便能听到一切？库姆巴确信,在最终审判时,她会用谢列尔语为自己犯下的罪行辩护,而在审判前,她将会延长自己的问题清单。哈利路亚或是真主至大,为何上帝要让这世间无数的心灵受到伤害？他甚至让女人还未白头便成了寡妇。她们或说话或沉默、或反抗或顺从,每个人都在用自己的方式表达她们对命运咬痕的怨恨,不过她们并不需要翻译。她们的痛苦是一门通用语言:无论在何处,她们都一样咬紧牙关。在尼奥焦尔,有一位寡妇已经磨坏了牙齿。

白天,即便是亚莉亚姆命令库姆巴"和我说说话",她也只是把一切埋在心里。她相信若是向母亲倾诉,只会让母亲感到

---

① 原文为英文。
② 非洲尼日尔-刚果语系、大西洋-刚果语族中的一个语支,其中包含约 600 种语言,有约两亿母语者。在整个非洲中部和南部很普及。

更加悲伤,所以库姆巴保持沉默,然而在远离人们视线时,她会把自己的感受细致地记录下来,希望能与桑戈马尔那头的布巴分享。诚然,沉默会让人忧心,甚至令人受伤,不过在这种情况下,爱比秘密还要沉重。库姆巴在夜里写作。这样母亲便无须承受她幻想的重担。她想,尽管写作无法减轻任何折磨,却能让她独自背负重担,而不是将这担子压在别人的背上。写作无法止息任何波涛,却能挥动船桨划出一条航线,毕竟比起溺死,无论哪一条河岸都会让人感到安心。库姆巴整夜整夜地写着,一直写到白昼的岸边,她正是像这样准备着献给布巴的报告,然后越来越频繁地与桑戈马尔守夜者见面,却不会被他们当作疯子。库姆巴是静止的旅人,她每夜都与心爱之人相见,在萨卢姆这片土地上,祖祖辈辈流传着迷人的魅力,库姆巴也因此能够航行于生者的世界与亡灵之国桑戈马尔之间。

第七章

随着岛上的沙滩渐渐冷却下来,库姆巴感到自己被一阵陌生的热忱侵袭。

耐心就是她的码头,她在此处停靠,等待着妈妈引的盘古尔与晚风,准备向桑戈马尔启航。嘀嗒,嘀嗒! 客厅里,没完没了的打铁声,多么不知疲倦的木槌! 时光铁匠锻造着他的时刻,漫不经心地为每一天嵌下凹槽、标出刻度。难道他不会因此而扭伤手腕吗? 嘀嗒,像被蚊子叮咬那般! 幸好,匆匆吃完晚饭之后,疲惫的小岛开始忙着关上窗户、闭上眼睛,用早起巧妙地缩短了漫漫长夜。没有定期的摔跤比赛也没有晚间的庆典,晚上十点以后,也只有流浪狗、少数小偷和流氓在街上游荡。瓦西亚姆很少等到这么晚才探着头从儿媳妇的门缝看进去,然后念出一段属于她自己的祷告词:

"库姆巴,法迪吉娜还好吧?"

"还好。"

"她已经睡了吗?"

"是的。"

"那好吧,晚安。但愿娜克威整晚都不要来,承蒙真主恩惠!"

"明天见。"年轻女人只是这么回答道。

"明天见,上帝保佑。"瓦西亚姆在离开前又不忘重复一遍,就像一只兔子在狼群临近时成功抵达它的洞穴一般。

库姆巴每晚都会听到婆婆那些充满不安的祝愿,就像是人们白天端给她吃的各类阿拉伯-班图-伊斯兰-异教化菜色的大杂烩。这个女人自认为十分虔诚,却被各种迷信思想纠缠。瓦西亚姆丝毫不觉得将安拉和噬灵女巫娜克威放在同一句话里有什么不妥!不过,这里距离恩戈诺利与伊图姆贝圣林如此之近,划一小会儿船便能到达桑戈马尔,因此,这样的失礼之言已经太过频繁以至于人们根本毫不在意,只会在角落偷笑罢了。

然而,库姆巴沉思了好一会儿。瓦西亚姆不是唯一一个将各种信仰杂糅在一起的人,她将菜汤做成一锅大杂烩,而后赋予它一种神圣意味。非洲大地上的所有传教士都不得不使用这种诸说混合的稀释法,不然的话,他们的教堂可能还没自己的摇篮大。不管巴赫怎么想,他所创作的《圣诞节清唱剧》仍在猴面包树下回响,即便没有管风琴,耶稣也能够适应萨赫勒地区杰姆贝鼓①和谢列尔族民间吉他的乐声。若不具备这种灵活

---

① 原产于西非的一种用绳子调音的蒙皮高脚鼓,徒手演奏。

应变能力,那可能没有一位神父能够有足够多的木头用来制作热带地区的十字架,耶稣也无法在复活节享用塞内加尔鲜美的恩加拉克①甜粥。即便可能会让施洗者感到不悦,当地人却已经习惯了向罗格·塞内祈祷,若是耶稣还没学会去吃拌着猴面包果的古斯古斯,人们可能会把他送回伯利恒②去看守他的羊羔。在锡内-萨卢姆地区,上帝要比基督教徒和清真寺存在得更为久远。和表面看起来相反,并非只有班图人选择改宗,所有那些擅自占据非洲灵魂的人都变成了掌握变色龙艺术的大师。另外,无论谢列尔人信奉什么新宗教,他们总是把上帝称作罗格·塞内或是罗格·欧·亚尔。

由于还在服丧期,前来参与祷告的访客送来一堆宗教用品将库姆巴团团包围。哈利路亚还是真主至大? 安拉还是亚拉③? 耶稣还是俹稣④? 无论什么样的称呼,她都对他们说:阿门! 因为无论在哪,对善的认可总是放之四海而皆准,相反的是,给上帝取的名字总会让一部分人无法发音,他们只能用当地的民族语称呼。因此,是否可以说上帝才是第一位改宗者?在她婆婆一番奇怪的祷告之后,库姆巴也在心里开始了另一场

① 一种塞内加尔的小米粥,混合小米、花生糊和猴面包树果,以橙花水调成甜味。
② 对于基督教而言,伯利恒是耶稣的出生地,也是世界上最早出现基督徒团体的地方之一。
③ 塞内加尔人对于真主的称呼。
④ 塞内加尔人对于耶稣的称呼。

祈祷:"但愿巴别塔的音乐优美动人,但愿它能将人类的悲痛传至上帝耳中,不论上帝被如何称呼!"疯长的草木在她脑中交错缠绕,她便用这种方式将它们一一铲平。在萨卢姆平静的夜里,比起迷失在通往上帝的那些令人难以琢磨的道路之中,她还有其他更值得去做的事情,眨眼间布巴的王国已经在她面前展开。的确,就算她婆婆说的话在很多方面都让人难以理解,库姆巴还是从中察觉到了自己期待已久的信号:与桑戈马尔守夜者的会面亮起了绿灯。

萨卢姆的夜!萤火虫在人世间与亡灵之国之间指引着被感召的人。萨卢姆的夜!当沉睡让怯懦者不再惧怕黑夜时,盘古尔却在陪伴着那些敢于冒险旅行的人。当瓦西亚姆在床头呼呼大睡并用鼾声赶走尼奥焦尔附近所有的娜克威时,熬着夜的女人任由自己陷入萨卢姆夜晚的魔力之中。库姆巴像祭司那样去敲亡灵的门,尽管她掌握着一套仪式用语,却只是小心谨慎地把它说出来。房门终于关上,女儿也沉沉睡去,她迫不及待地念出咒语:

"桑戈马尔,是我,库姆巴,在你的河流里沐浴过的孩子,我回到了你身边。桑戈马尔,亡灵之王,我为你、为妈妈引的盘古尔撒下了小米与凝乳①。桑戈马尔,请赐予我一双能够看破黑

———
① 塞内加尔人的日常食物,他们常常在小米中加入凝乳制作成凝乳小米粥。

夜的眼睛,我的丈夫布巴和他的同伴都在你的王国里,请召他们来见我。噢,亡灵之王! 我卑微地请求你赐予我能够看破黑夜的眼睛。"

库姆巴闭上眼睛,双手交叉在下巴下方,低声重复着她的祈祷词。乞祐! 库姆巴祈求着亡灵之王,就像人们敲打着另一格宇宙的门那样! 咒语,总是残缺的人在大声叫嚷,总是不知满足的人要求填满人类的欲望。库姆巴那被遗弃的爱情在夜里大声发出呐喊,喊声在靠近它月亮上的目标时愈渐增强。库姆巴满怀热情地念诵圣歌。她不时深深吸上一口气,仿佛有另一个灵魂滑进她的身体。突然,她再次睁开双眼,露出一抹微笑。记忆恢复或是回忆再现? 都不是。她眼底浮现的是自己从未经历过的事情,这正是萨卢姆夜晚的魔力。桑戈马尔迎接他的孩子,库姆巴将河岸相连,到达了无法触及的世界。每天晚上,那些被很多人认为不可触及的亡灵应库姆巴恳求出现在波涛之上,聚集在桑戈马尔岛的中央。开启另一个世界的钥匙隐藏在人们的意识之中,库姆巴便拥有其中一把。魔力! 一群人从夜色中走出来,因为这是在萨卢姆的夜里,这些不在场的人回答道:"到!"魔力! 霎时间,桑戈马尔守夜者全部来到库姆巴面前。他们如约而至,为能够与人世获得联系感到欣喜,他们一个接一个地开始说话。每个人都向库姆巴做自我介绍,而库姆巴几乎在每次的会面开始都会问上一个同样的问题:他们是如何聚在那里的?

一天晚上,布巴的朋友西亚勒布第一个说起话来。忏悔的心灼烧他的舌头,让他急着一吐为快。库姆巴也无须再搭把手,西亚勒布已经迫不及待想要请求她的原谅。

"晚上好,库姆巴,"他开始说道,"我想你一定十分怨恨我当时催促布巴赶紧出发。我和你一样,我也恨透了自己,要不是波利娜和我那时要留在卡萨芒斯,让布巴改变了计划,他也不会在那天登上'乔拉'号。我不知道他在出发前和你说了什么,不过,看到事情变成这样,我想自己欠你一些解释。你知道的,我给他打电话的时候……"

在"乔拉"号遇难前一个月左右,布巴的一个生活在马赛的朋友打来电话,说是之后要和他妻子回塞内加尔待上一段时间。两人为很快能够见面而欢呼雀跃。他们像所有好朋友那样聊一些有的没的,然后在这欢快的气氛中,西亚勒布高兴地向布巴发出邀请:

"布巴,我的好兄弟,就像我和你说的,我和我妻子很快就要回国,九月初,我们就要在达喀尔-约夫机场降落了! 我在乌苏耶的房子也已经建好,终于可以住进去了! 我和波利娜想在那儿再过一次蜜月,不过这次,我们想让你来卡萨芒斯陪我们一起!"

"啊,西亚,这可不行,别指望让我来给你们端蜡烛!"布巴开玩笑说,"你们多幸运呐,能在卡萨芒斯慵慵懒懒过完整个夏天。而我只是短暂地路过那里,去桑达加集市采购些做生意要用的腰果和棕榈油。"

"这次你就给自己放个假来找我们。来吧,兄弟,向南边启航! 你还是不是尼奥敏卡的船长了?"

"西亚,你在开玩笑吧,给自己放假? 我也只敢勉强过个周末。在这里,人们不会唱'这好似在南方',这的确是南方,却不是诗人笔下的南方,而完完全全是全球经济分界线以南。只有游客才渴望阳光,而我们呢,我们在无情的烈日下不停奔跑,已经受够了阳光。你知道的,像我这种懂得随机应变的人是没有带薪假期的。我在想政府究竟为我们这种人做了什么。"

"老朋友,别再发牢骚了,快答应我!"

"不,西亚,我认真的! 他们为我们这样的年轻人做了什么? 告诉我,我们读了这么久的书有什么用,只是为了过上这种苦役犯式的生活吗? 你还记得我们上大学的第一年吗? 我们有着天马行空的幻想。然而我的朋友,你看,我们的所有梦想都成了泡沫! 坦白讲,你决定离开这里是对的。那些国家管理者应该明白,哪怕是让驴长时间不吃草,它也会无法忍受,最后冲进马厩。要是这里还不做出改变的话,那有一天,一切都会乱套。"

"你知道的,布巴,当时因为闹罢工,我们留级了一年,最后也还是没把这一年读完,所以这并不作数。况且,就算在欧洲,我们只拿着高中毕业证也走不长远。你知道,我在这儿也吃过苦。这么说吧,有了迪奥拉人信仰的神灵阿塔·埃米特①的帮助,事情变得没那么难解决。不过,你也没法今晚就闹革命,咱们还是回到原来的话题! 你真的绝不改变主意吗? 上大学的时候,你就很会写闹罢工要用的宣传单。我在想你为什么没去从政。说真的,那些管理国家的人要是聘用你可就赚到了。再说了,虽说你在抱怨,但是你的处境也没那么糟。依我看,与其说你需要政府,不如说是政府需要像你这样的年轻小伙子。看吧,两年之内,你靠自己白手起家,小公司也会稳定经营。见了鬼了,一个大学没毕业的文科生倒是个成功的商人! 兄弟,你放心吧! 你只是需要稍微休息一下,来和我们一起看看翠绿的景色吧。还有,拜托了,你可千万别拿钱当借口,邀请你的可是你兄弟。"

布巴并不怀疑朋友的慷慨,不过他自尊心太强,一点也不愿意依赖别人。对他来说,那段时间出门并不是特别合适,所以布巴还是不好意思地再次婉拒了朋友,他更希望西亚勒布和他的妻子波利娜来到自己家,品尝美味的锡伯迪安。他还提议一起去格雷岛②、玫瑰湖③或者"小海岸"那边玩一玩。但是西亚

---

① 即"乌苏耶之王",西非迪奥拉族传统宗教信仰中的神灵。
② 又译作戈雷岛,位于塞内加尔达喀尔港外海约2千米远的大西洋洋面上的一个岛屿,与达喀尔隔海相望。
③ 又名瑞特巴湖或粉红湖,因为湖内生长的嗜盐微生物作用,每年的12月至1月天气较干时,湖水呈现粉红色,因而得名玫瑰湖。

勒布还是坚持说：

"别这样,布巴!你还是能来这里待几天的!我还邀请了其他朋友,波利娜的好朋友阿曼达也会过来,你原本就认识她,还有她的丈夫马克西姆晚一些也会来找我们,也有可能和其他人一起过来。你看,这样我的朋友可以一起为我和波利娜庆祝乔迁之喜,庆祝我们夫妻俩住上真正的新房,或者说住在我们夫妻俩的国家,住在乌苏耶王国。直到现在,她还不知道济金绍尔和比尼奥纳①。你也不要反驳我,我们也才只看过巴黎和图卢兹的远房表亲达喀尔和圣路易,塞内加尔还等着我们去探索。波利娜和阿曼达一起出差的时候确实已经去过很多次'小海岸'和锡内-萨卢姆三角洲了,不过这次我想让她知道为什么我这么爱吃米饭。若是你能听到就好了,她时不时抱怨:够了,西亚,我们也不能每天都吃白米饭呀!"

布巴仍不改变主意。西亚勒布只好对波利娜解释说迪奥拉族正是因为吃了尼昂卡唐——白米饭才能够人人长着一双大眼睛。母亲在自己的孩子还是小婴儿的时候就喂他们吃白米饭,这迫使他们睁开眼睛,焦急地抬眼看向天空,仿佛是在寻找他们的神灵阿塔·埃米特。傻傻的迪奥拉人无论有没有喝

---

① 非洲国家塞内加尔西南部的城市,由济金绍尔区负责管辖,距离大西洋80公里。

棕榈酒,始终抬头看着云来云往! 让他们用卡迪昂杜①把云朵驱散,而不是被棕榈酒搞得云里雾里! 况且,从卡丰廷到卡布鲁斯、从津贝伦到塞久,无论这些人有没有喝醉,他们总是重复着"你好,迪奥拉人的耳朵"②,每一声"你好"都会刺痛迪奥拉人的耳朵! 要是波利娜再也忍受不了白米饭,她会用一只蟹钳夹住西亚勒布的耳朵,或者请求谢列尔人喂饱这个爱吃古斯古斯的贪吃鬼。

不过,西亚勒布是否告诉过他的妻子为何自己与这位忠实的谢列尔朋友关系如此特别,甚至亲如兄弟? 传说中,塞内加尔南边的一个村子里有对双胞胎姐妹阿盖娜和迪昂博涅,姐妹二人美丽聪慧又受过良好教育,因此格外受到大家喜爱。她们认为没有任何敌人存在,觉得自己被所有人爱着,甚至也被所有人都害怕的女巫爱着。有一天,女巫提议她们两人出门钓鱼,而按照传统那天并不允许海钓。她们听了女巫的话,去海上钓鱼。不幸的是,女巫其实是想让她们二人在这世上消失,以此作为对村庄的惩罚,因为村民把她看作噬灵女巫娜克威家族中的一员,贬低她,对她毫不宽容。美丽的双胞胎姐妹刚一来到海上,大海便掀起惊涛骇浪,猛烈的浪花将独木舟劈成两半。村民四

---

① 迪奥拉人用耕作传统农具,同时它也能用来筑堤和犁沟。
② 原文为迪奥拉语,一种用来取笑迪奥拉人的问好方式。

处寻找她们,却一无所获。姐妹俩各自乘着半叶小舟,侥幸存活下来,然而,她们没有被冲到同一个地方,迪昂博涅飘到了萨卢姆的岛上,而阿盖娜则漂向了卡萨芒斯。年复一年,二人各自婚嫁,却长久以来无法得到慰藉,因为她们对彼此的命运一无所知。很久之后,姐妹俩再次重逢,那时迪昂博涅生育了谢列尔一族,而阿盖娜生育了迪奥拉一族。为了纪念姐妹二人重逢的喜悦,迪奥拉人和谢列尔人之间就保留了一种日常笑话,他们要对彼此友善,互信互助,否则将会给自己招来不幸。由于这项古老的约定,布巴更喜欢和西亚勒布开个善意的玩笑,借此来逃避真正的问题,毕竟他没有权利拒绝来自迪奥拉朋友的好意。

"可笑的谢列尔人!"西亚勒布反驳道,"继续中伤你的迪奥拉邻居吧!若是你惹恼了阿塔·埃米特,罗格·塞内以后不会把你从任何苦难中解救出来。况且,你不感到羞愧吗?一个地道的谢列尔人却取名叫阿布巴卡尔①,老实说,我看透你了!信仰罗格·塞内对你来说还不足够吗?"

"表兄,有好几个名字也还是一样,我现在有两个名字。两个保镖更让人安心,难道不是吗?我的迪奥拉表亲都是些无用的看守,他们用棕榈油做的米饭把肚子塞得满满当当,然后躺

---

① 源于阿拉伯语,意为"公骆驼的父亲",多被伊斯兰教徒使用。

下来,一直休息到他们一年一度的乌玛波尔节①,紧接着再重新开始。"

"好吧,如果你想收集神灵的话,就让阿塔·埃米特也收你作为信徒吧,他很热情,不过你首先得保证不能对波利娜说你那些关于迪奥拉人和米饭的连篇谎话。就说到这吧,你要知道,波利娜现在要是觉得一个人很固执的话,她不再把他当作骡子脑袋看待,而是会说:'啊,这个人,真是个实实在在的谢列尔人的脑袋瓜子!'猜猜是谁让她明白有关你们这些人的德性的!布巴,我不该向你坦白每次波利娜指责我对米饭不加节制的热衷时,我是如何回应她的。可恶的谢列尔人,你可能还会利用这点来取笑我。忍住别笑,我回答波利娜说没有任何食物能比白米饭更让迪奥拉人感到幸福。然后呢,她一边哈哈大笑,一边准备着四季豆或是别的什么可怕的营养菜谱。"

话题逐渐转向他们的妻子。尤其是波利娜,一个善良的女孩,在西亚勒布当着她的面狼吞虎咽的时候,她还为了丈夫努力节食,想要保持好身材。她亲爱的、温柔的丈夫已经有了啤酒肚,波利娜对此又作何感想呢?这个贪吃的迪奥拉人想吃什么就吃,不停地和妻子说只要她一个人承受节食的痛苦就好,她

---

① 即"国王节",迪奥拉族为纪念乌苏耶国王而举行的盛大节日,九月或十月初雨季将尽时举行。

的胯骨已经开始硌疼他了,然而什么都没有改变。波利娜依旧和各种脂肪做斗争,她自己的、西亚勒布的,甚至是牛排的脂肪,她用放大镜仔细勘察,像做外科手术那样把它切开,然后再丢到垃圾桶里!她躲开西亚勒布的白米饭,而他再也无法忍受波利娜吃的四季豆和鸡胸肉的味道。尽管波利娜对自己的身形有着更高的要求,但在西亚勒布看来,妻子的身材已经十分完美。他为妻子感到骄傲,想带她走遍所有地方,甚至一直走到卡萨芒斯的稻田!若是让她花上两三个小时推着卡迪昂杜在泥泞地里走,这个美丽的马赛女人的体重可能会掉好几斤。她不会因此而感到不幸,她的丈夫说,作为补偿,她可以吃一整碗白米饭恢复精力,到时候她肯定会十分满意。

而布巴呢,他很难想象波利娜在泥泞地里行走,毕竟她在城里的时候,双脚总是那么完美无瑕。西亚勒布带着愉快的语调提起他们夫妻二人之前的假期:当时只是为了参加一个在夜总会举办的晚会,波利娜却想要立刻找到一个美容师来为她修剪指甲。库姆巴是波利娜坚定的支持者,她对布巴和西亚勒布说起这些时总是滔滔不绝。"你们去过玛尚酒店吗?在佩托什诺克那边。"她问道,"或许应该问你们住过迪韦尔蒂热街上的那家酒店吗?你们还是去看看那家酒店,在阿迪亚戈迪亚克那边。"布巴还不知道他的妻子对达喀尔如此了解。两个可怜的男人一头雾水,他们的车刚停下来又立即重新启动,这个时候,波利娜始终充满活力，为能够有这样一个坚定的同盟感到高兴。这两人是一对多么好的童子军领队啊！毫无疑问，若是她们能常常见面，一定会一致同意让两个丈夫去跳肚皮舞。这两个淘气鬼知道，哪怕是让自己的丈夫去弄来狮子胡须或是没有水分子的水，他们也会足够疯狂地为了她们做到这些，毫无怨言。说回波利娜找美容师修剪指甲的夸张故事，他们为此找遍了当地的各大酒店，最后好不容易才找到一个女美甲师，不过，她为自己这门当代艺术的要价几乎赶得上当地一个工人的薪水了。然而，即便是被这样骗钱，波利娜也感到十分高兴。提到这段回忆，两个好友又说起了妻子们在精致打扮上花的功夫。布巴举了另一个例子：库姆巴能花整整好几天来做头发，任由理发师把她的脖子转来转去，即便到了晚上，她就会抱怨脖子酸痛或是头痛。

"不过，"布巴说，"为了手指甲花一下午，苦苦堵在达喀尔，明明一把剪刀就能解决问题！既然这样，西亚，我拿自己的店铺和你打赌，波利娜绝不会把她的脚放进稻田里！要是她愿意为了你那双美丽的眼睛去尝试的话，我一定要看看当时的照片！"

不过西亚勒布却不满足于只是让布巴看到照片。他坚持让自己最好的朋友亲眼看到波利娜在卡萨芒斯的第一次旅居生活。在西亚勒布看来，布巴若是不相信爱情的力量，那他很可能会输掉赌局。波利娜是个爱玩的女孩，她说不定想尝试一下卡迪昂杜。或许是因为她和丈夫的姐姐妹妹们生活在一起,又或许对她们的生活感到好奇,如果波利娜跟着她们到处走,她一定想去看看她们为了存满一整年要用的粮食,是怎样在稻田里工作的。

"行了,布巴,拜托你努努力,和我们一起上船吧!你只要一边干活一边享受生活就行,先和我们待上几天,然后在回达喀尔之前把东西买好。况且你也可以和库姆巴一起过来,充满爱意的忙里偷闲一定不会让你感到不舒服,波利娜肯定也这么想。"

"西亚,这确实很吸引人,但是你也知道,我女儿才四个月大,还是个小婴儿,我觉得现在还不能带她出这么远的门。"

"哈,现在又要和我玩贴心爸爸的游戏,你变聪明了!那好,我绝对不会放弃的。我和波利娜还是坚持想让你和我们一起庆祝乔迁之喜,这对我们夫妻来说是非常特别的时刻。如果你担心孩子的话,我也可以理解,那这样,你先征求库姆巴的同意,我给你几天时间。要是有必要的话,等我到达喀尔,我会在她面前苦苦哀求,直到求得她的同意为止。"

说到这里,西亚勒布情绪十分激动,他停了下来。一阵凉风吹过,涌起无数浪花击打着桑戈马尔岛的四岸,然而,古老而又神圣的猴面包树却屹立不动,毫不在意这狂风。一只鸟儿从他们头顶上方飞过,回荡着怪异的叫声,它不是猫头鹰,没有人知道还有什么其他名字来称呼这只鸟。为了确保库姆巴有在认真听他说话，西亚勒布喊道：

"库姆巴，我不知道布巴是否和你详细说过我们的计划。如果他没告诉你的话，你一定会埋怨我之前什么都没有和你解释，毕竟我、波利娜和阿曼达已经在你家吃了很多次饭。我们也和你们分享了一些出游经历。在所有这些场合里，我本该告诉你更多事情。但当我刚下飞机，布巴就让我放心，说不需要担心，他已经得到你的允许了。相信我，库姆巴，我从没打算向你隐瞒任何事情。就像我刚刚说的，我告诉过布巴等我一到达喀尔，我就会请求你的同意，我都准备好在你面前跪下了，但很可惜，我没这么做。人们总是过于轻率地对待一些事情，然而有时候，意外会压垮他们，让他们追悔莫及。库姆巴，我真的非常抱歉。我为让你们二人分离感到深深的内疚，但又有一个疑问折磨着我：你是真的同意了吗？还是布巴为了我和波利娜强迫你同意我们的计划？总之，你当时愿意他离开吗？库姆巴，告诉我……"

长久的沉默。库姆巴似乎在用目光寻找某人的身影。她不再区分现实与想象，短暂地忘记了失去丈夫的空虚。"这是一场亡灵上演的剧目"，是观众在观察、讨论，而不是演员。一旦布景对调，库姆巴便进入了另一个世界。在桑戈马尔，就在她爱人身旁，她像是重生一般与别人交流，感受每一种情绪，就像在别处没有活过一样。然而，亡灵之王随心所欲地安排见面，库姆巴可以请求一场会面,却并不是由她来决定亡灵是否出现或是按照何种顺序见面。因此,桑戈马尔的想法总是让她感到意外。

当西亚勒布接连问她问题的时候,库姆巴却在想着另一些问题。他们两个人是一起离开的,那为什么没有一起出现?布巴在哪里?为什么布巴那天晚上没有来参加桑戈马尔守夜者的聚会?那她的爱人又身在何处?若是他在白天不出现,在库姆巴一直到亡灵之国桑戈马尔寻找他时也没有出现,那他究竟在哪?他难道不想再见到她吗,哪怕只是为了知道法迪吉娜的消息?

第八章

浓浓夜色开始逐渐消散。聚集在桑戈马尔岛中央的亡灵们为了躲避日光,立刻分散开来。令库姆巴感到遗憾的是,布巴始终没有出现。难道他像那些无耻的诱惑者一样,为能让美人急得直跺脚而洋洋得意,便让妻子这般苦苦等待吗?不,在库姆巴的心里,布巴不是那种人。那他又为何没有像他的朋友一样来到库姆巴的面前?

就在库姆巴准备问西亚勒布的时候,一个小小的温热身体在她身旁胡乱摆动着手脚,紧接着,微弱的哭声撕裂黑夜。床上,棉布包裹的小肉球挣扎着、呻吟着,蹬得越发厉害。微光浮现,在百叶窗后边,黑色的天鹅绒变成靛蓝色,仿佛有人在洗涤、漂染天空。天空的洗染工让婴儿喜怒无常。若不是为了折磨母亲,他为何要在这个点把婴儿叫醒?微弱的哭声逐渐增强,仿佛渐渐地感到不耐烦,一直持续不断。突然间,婴儿大声喊叫起来,这声音引起了娜克威的注意,这些食人女巫还需要再给她们那装满夜间罪恶的铁锅添把火。哇!呜——哇!库姆巴被惊醒,落回已经被她遗忘的世界,她眯起眼睛。哇!呜——哇!在夜里听到这么高分贝的声音,这可未必是在外游荡的驴发出来的。这时候,是一位君主在命令她可怜的母亲。哇!呜——哇!甚至萨卢姆王国的王后也没有这样高的权威。哇!呜——哇!库姆巴深吸一口气,大声地呼气,就像是有东西要赶紧从她身体里逃脱出来一样。陆地上,一件珍宝在呼唤着它的守门人。库姆巴小心地把手放在女儿的背上,温柔地抚摸她、轻轻拍着她的背。"嘘!好了,法迪吉娜,嘘!"不过,谁又能在蚊帐里把一条鳝鱼哄睡着呢?"嘘!好了,法迪吉娜,嘘!"诚然,萨卢姆王国瓜尔瓦尔家族的小公主的确值得奏起墩墩鼓与佩兰盖埃得到安抚,但一个寡妇却没有唱歌的权利,哪怕只是唱一首摇篮曲。法迪吉娜对此一无所知。她哭泣着,想要攥紧一切她所能抓住的东西,却没有任何平息下来的迹象。库姆巴能再将她哄睡着吗?这和让驻守在卡洪的萨卢姆国王手下的士兵睡着一样困难,因为这些战士从不会打盹片刻。况且,位于阿蒂乌的富拉尼人知道这些守夜人十分警惕,他们总是会提醒自己的小弟说:"停下,别轻举妄动!"①这些偷牲畜的贼很快会在富塔被发现,要知道在萨卢姆王国的首都卡洪,哪怕是幽灵也无法悄无声息地经过。哇!呜——哇!"法迪吉娜,嘘!嘿,罗格·塞

①　原文为富拉尼语。

内,为何会有那么多的哭泣声?"库姆巴叹息道,也并没有蚂蚁在啃噬床板。这个小家伙有着一双闪闪发光的眼睛,就像黑夜里的贝壳一样,难道她的身体里住着一位谢列尔哨兵的灵魂吗? 她看向房间的各个角落,皱缩着小脸蛋,咕哝抱怨着,而后又开始大声叫嚷,就仿佛她那看不见的父亲不知道从哪里出现,想让法迪吉娜告诉别人他的存在一样。"嘘,法迪吉娜,好了,嘘!"库姆巴苦苦哀求着,完全败下阵来。婴儿们毫不在乎母亲那迫切渴望安静而撅成漏斗型的嘴巴。这些可爱的小魔鬼似乎在反驳:哎,还是把你这副可怕的鬼脸给别人看吧,妈妈的安宁只由我来决定! 呜——哇,呜——哇,呜——哇! 库姆巴接收了女儿的命令:当小家伙像这样一直哭泣的时候,只需要一只乳房就能让她安静下来。她把孩子紧紧抱在胸口,调整蚊帐,然后换了个更舒服的姿势。她靠在墙上,给了女儿她想要的,顷刻间,沉默将她们笼罩。

库姆巴格外温柔,看着法迪吉娜贪婪地吮吸着,她笑起来,心里想小家伙这么旺盛的精力是从哪里来的。"不过,你这脾气究竟是像谁?"她轻声说,仿佛已经看到一只鹈鹕从水雉窝里走了出来! 法迪吉娜是海边的雏鸟,她在母亲给予的狭小空间里试验双翼,尤其是当她母亲想要看向别处时。法迪吉娜还无法一整夜安睡,库姆巴心里在想这可能意味着什么。也许这个未来的失眠患者在用她的方式表达请求:"妈妈,请你让我和你一起走在地面上吧,让我在你的岛上有个位置。"法迪吉娜喝饱了,但当她的嘴巴轻轻离开库姆巴乳头的时候,两个人似乎都不想改变位置,她们凝视着对方,就仿佛从没见过彼此一样。在寂静的夜里,母亲和女儿发现了属于她们的二重奏。只有时间能让她们的双人舞步更加稳健,法迪吉娜似乎有足够的活力让她的母亲坚持下去;库姆巴呢,她在学着去分辨女儿的心情,像她之前探索潮汐的秘密一样。

法迪吉娜的脾气究竟是从谁那里遗传的?库姆巴一定是在逗小家伙,因为即便是岛边的紫地蟹也准备好挥舞着钳子准备把答案说出来了。"从那儿,准确来说,是从那儿!"它们可能会这么回答。了解一个地方便能了解当地的居民。当我们没看到萨瓦的山时,我们对萨瓦人又了解多少?渗透并不只限于分子间的相互作用!就像阿尔卑斯山表明了夏尔巴人①的勇气,同样,没有谁能比大海更好地描绘尼奥敏卡人,几百年来,大海将他们包围,哺育他们的同时也威胁着他们,却从不曾让一个尼奥敏卡人放弃他的独木舟。勇敢的男人!在这里,女人们有节奏地划着船,她们扬帆的技术与男人一样好。她们腰上串着珍珠,缠腰布紧紧裹在背上。她们手握船舵,面对海岸线,不管

① 藏语意为"来自东方的人",散居在喜马拉雅山脉两侧,主要居住在尼泊尔,少数散居在不丹、印度、中国。

天色如何。勇敢的女人①和勇敢的男人一样,母亲嘴里这么说,
粟米地也这么说! 法迪吉娜已经和她的长辈们一样勇敢。即便
还会哭泣,她也带着女王的性情慢慢长大。在萨卢姆,红树林下
的牡蛎什么都不需要,它们从博泷那里得到了一切,博泷承载
着萨卢姆的历史,缓慢地流动着、盘旋着,分支到各个方向,最后
却总是冲向被那屹立不倒的椰树林守护着的平静港湾。在这
里,甚至连草木也笔直地矗立,让人想到祖先誓死不屈的姿态。
在萨卢姆,人们会用椰奶来接待你,不过别对你的味觉太自信,
妄想判断它们是用什么做成的,与其这样,还不如想一想在码
头浸润你双脚的海水的味道。诚然,他们的殷勤让周围的博泷
平静下来,不过在把他们当成生活在淡水里的鲤鱼之前,要记
得,尼奥敏卡人根本不懂得平淡为何物。小法迪吉娜也不例外,
她已经让母亲的夜晚不再乏味。

　　当库姆巴的心跳回归正常之后,她开始环顾整个房间。守
夜者全都不见了! 我们不能打扰亡灵。"啊,我可真是谢谢你
啊,法迪吉娜!"库姆巴轻声说。为什么孩子们总爱搞砸母亲的
约会? 若是只有圣母的话,这世界根本就不会存在。亡灵之国
桑戈马尔再次变成一座岛屿,一个小小的点,在那壮丽的蓝色
海浪之后,这是一座只有划着独木舟才能到达的岛屿。

---

① 原文为谢列尔语。

　　法迪吉娜喝饱了,换上干尿布,在母亲的温柔呵护下再次入睡。库姆巴看着她安详的面容。公鸡扯开嗓子嘶鸣,质问着拂晓的亡灵,穆安津①回应着它。"喔喔!谁告诉你我是在冲你说话的?"公鸡恼怒地说道,"喔喔喔!"清真寺的广播又响了起来,惊落了一堆椰子。库姆巴轻声叹息,她想,又有人要争论个不停了。库姆巴无法入睡,她拿起纸和笔,然后开始写下西亚勒布没有从她这里得到的答案。明明西亚勒布如此恳求她,向她解释,让自己饱受煎熬,为何库姆巴还是缄口不言?这是出于克制、怜悯还是出于好意,不愿让已经认错的西亚勒布更加痛苦?库姆巴草草勾勒出晨色,她一定要拥有解开这一秘密的钥匙。聒噪的公鸡仍在叫嚷,穆安津也还在反驳,而库姆巴却在专心写作。因为无论是公鸡还是穆安津,他们都无法带给库姆巴她在夜里所恳求的东西,她并不理睬他们,一心投入到写作中,这是她对拉,也就是罗格·塞内的献祭。当太阳神掀开云帘,高傲地看向大地,他会听到库姆巴的宣示。

　　罗格·塞内为证,她开始写道,我所写内容皆忠于事实,正如我忠于我的爱人一样。我什么都记得。为了接受朋友邀请,布巴的确成功说服了我,不过他却很狡猾地没有把他们要度假的计划说清楚。他只说要去卡萨芒斯更新店里产品的库存,我

---

① 阿拉伯语音译,意为"宣礼员"。伊斯兰教职称谓,旧译为"鸣教"。

也同意了。可恶的迪奥拉人,这群人贪吃到想要保管全国的粮仓!就让罗格·塞内把你们变成海牛,然后夺去你们的海草!可恶的迪奥拉人!尽管看好你们的稻米、腰果还有无法抹去的棕榈油吧,但是请把我的丈夫还给我!他比你们的这些宝贝还要珍贵!我的爱人高大伟岸,你们的国王也只能在他胳肢窝下站着!你们的保护神阿塔·埃米特甚至连"乔拉"号都保护不了,还不如让他去卡丰廷给你们钓些鲤鱼!我诅咒你们一辈子吃卡尔杜①都没有洋葱也没有柠檬!把我的丈夫还给我!没有一个迪奥拉公主配得到布巴的微笑。把他还给我,否则罗格·塞内会赏你们一顿木棍!当然,我也尝试过留住布巴,不过我只能小心翼翼地试探,毕竟他要去进货来维持生意,这样的理由我也无法拒绝。况且,除了不舍得他离开,我也没有流露出任何反对的情绪。不管怎么说,我内心里有个微弱的声音告诉我,不能给布巴的计划带来一丁点儿阻碍。难道我们不要靠布巴的生意过活吗?尽管和往常相比,布巴这次要在卡萨芒斯多待上几天,我肯定会想他的,不过总之,这对我们两个人都好。我们不算特别富裕,但日子过得比周围人要好一些。这种简单的安宁是靠布巴一趟趟出远门来维系和巩固的。在这里,梦想就像鳝鱼一样从手中溜走,如果没些手腕,怎么能抓住它呢?我的

---

① 塞内加尔南部卡萨芒斯省的特色菜,类似于煎鱼饭,洋葱和柠檬是其主要配料。

尼奥敏卡，我的船长，他什么都知道。他说，需要渔网般的想法和一些花花肠子才能拖住鲸的尾巴。我的男人是萨卢姆之子，在这片土地上，人们还在学习走路的时候就已经开始学搏斗和捕鱼了。我的男人强健有力，从不会摇摆不定，他笔直地矗立着！布巴只会因为爱情而动摇，他就像用来制作独木舟的桃花心木那般巍然。跟随这样一位船长，我不再害怕经历漫长的四季。我已准备好在他的船上度过好几百年。布巴确定航向，海岸线似乎就在我触手可及的地方。海上的波浪也只能老老实实，但我的船长不会畏惧迎击逆风。勇敢的男人！布巴是个不知疲倦的战士，在残忍的资本主义博弈场上勇敢面对不发达的境况。不过，我的战士从不杀害任何人，他只会在战斗中让自己精疲力竭！我的男人样样全能，既是雇主又是员工，他的白昼是别人的两倍长，晚上只有很短暂的睡眠时间。当雇员们必须听从雇主的指令保证店铺顺利经营的时候，老板也只是满足于一碗小米粥，从不发牢骚。在条件十分艰苦的那些日子里，他还是细细品尝，大口吃下简单的饭菜，仿佛在品味皇家珍馐一般，然后还一边夸赞我说："宝贝，这真是太好吃了，你的厨艺又进步了。"看到我怀疑的神情，他继续说道，"你知道的，我的宝贝，肚子从不会告诉别人它里面藏着什么，我的肚子里满满都是对你的爱，我什么也不缺。"然而，即便他用沉着冷静来对抗不稳定的生活，却还是尽力改善我们的生活条件。布巴从不会让我长

时间面临饥饿的窘境。他很会处理难题,下定决心要让我们摆
脱困境,不停寻找解决办法。布巴四处奔波,家里的菜变得丰富
起来,也让我们的每个夜晚变得有滋有味。黄昏为我送来了被
善妒的黎明夺走的东西:我的朋友、我的丈夫,我爱人的剪影,他
的微笑点亮了我的夜晚。可恶的迪奥拉人,把我的仙境还给我!
没有了布巴,天上的星星躲到了萨博达拉金矿最深处;没有了
布巴,法迪吉娜无法整晚安睡,她和她的母亲一样害怕那些常
常出入寡妇房间的魔鬼。每当夜幕降临,就让那二十多号迪奥
拉战士在我的门边密切监视吧!让他们明白我衣服花边的颜
色永远不会被他们知道。另外,就让他们在斯克林角①的海滩
上用沙子堆城堡吧! 一小支队伍的卫兵无法取代那看不见的
军团,他们守护着我的夜晚。有布巴在,孤独无法找到我家门,
恐惧也是。布巴总是在让我感到安心之后才会离开。他会在门
口说:"别担心,我的宝贝,照顾好自己和小家伙,我会尽快回
来。"他不在的日子里,我总是抱着法迪吉娜在门边眺望。我的
王子信守承诺:他很快赶了回来,我充满喜悦的微笑却总是比
他先到一步。布巴是为了我们离开,也是为了我们回来,他对离
别的痛苦只字不言,就像他从不诉说自己的疲惫一样。以布巴
的性格,他只会谈论家人重聚的美好,治愈那些没有我们陪伴

_____

① 大西洋沿岸的一个小镇,位于塞内加尔卡萨芒斯,是著名海滨度假胜地。

的日日夜夜。那么,让他去卡萨芒斯或是阿迪亚戈迪亚克吧,有哪个鬼怪胆敢阻挠这样一个男人?给他支持,就是我最美的反抗。不是反抗他,而是反抗热带地区的命运,它让我的爱人变成了现代社会的苦役犯、为了经济奔走的游牧者。无论他做什么,我都会支持他:勇敢的男人!无论他去到哪里,布巴只会为他家人寻找最好的一切。无论他去到哪里,我心里的摆钟总是吟诵着同样的祷词:但愿他有足够的爱意,总能记得归程的航线;无论他去到哪里,我希望他的指尖都能记得我皮肤的纹理;无论他去到哪里,我希望我的香气能让他在梦境里沉醉;无论他去到哪里,罗格·塞内为证,我希望他能轻松地出发。如果他要去为我们摘星星,我为何还要让他的双脚更加沉重呢?每次他出发前,我还会轻声对他说些咒语,让他脚步变得轻盈:去吧,我的爱人,安心去吧。我会思念你的,记得把最美的礼物带给我,安然无恙地回来见我。他最后一次对我说的话会变成耳环戴在我的耳朵上,一直到我们重聚的那一刻。布巴唯一不被允许的事情就是不回到我的怀中。

不,西亚勒布不需要双膝下跪。况且,哪怕他只是试着跪下,也会有不知道从哪里冒出来的,随敲击声出现的迪奥拉人的鬼魂给他几耳光,直到让他什么也听不到为止,因为在和西亚勒布同名的那位高傲国王的记忆里,下跪是无法忍受的。守护着乌苏耶的史前巨柱巍然屹立,它不会鞠躬,只会接受人们的跪拜。行屈膝礼,乌苏耶之王西亚勒布·迪亚塔①驾到,行屈膝礼! 因为有关他的记忆让理智屈服于崇拜。总有一些人,任何东西都无法侮辱他们,哪怕是军队的炮火也不能。西亚勒布·迪亚塔便是这类人,令人无法忘怀的乌苏耶之王,因为他拥有最骇人的武器:决心! 在他的王国,人们用迪奥拉语"kassoumaye"表示"你好"。热情好客的迪奥拉人会回答你"kassoumaye kèpe"。不过请注意,尽管 kèpe 并不是指 képi(法国军帽),却依然象征着无数坚强不屈的战士,满载荣光的战士。在发出"kèpe"这个音时,嘴巴状似密不透风的尊严之墙,能抵挡住所有对卡萨芒斯孩子的侮辱行为。在卡萨芒斯,甚至连棕榈树都还记得艾琳·西托·迪亚塔②巍然挺立的姿态,她一个人便相当于一整支突击部队。她像所有迪奥拉人一样只担心稻米不足,却完全不畏惧战斗。在卡萨芒斯,人们不只用卡迪昂杜来耕种他们喜爱的稻米,还用它来汲取卡萨芒斯这片土地深处所蕴藏的人的荣光。他们大汗淋漓、磨破了双手、累垮了身子,然而,他们的勇气却不曾枯竭,因为西亚勒布国王教会他们要经得起一切考验。所有承载着这位祖先精神的迪奥拉人都值得被称颂:勇敢的男人! 行屈膝礼,从萨卢姆河岸直到乌苏耶圣林,所有人向西

---

① 曾为乌苏耶国王,被法国人俘虏,因不愿离开自己的国家而被活活饿死。
② 塞内加尔反抗法国殖民统治的民族英雄,生于卡萨芒斯,被称为"比男人还强的女人"。

亚勒布行屈膝礼！谢列尔人信仰的神灵罗格·塞内至高无上、不可分割。毫无疑问，对迪奥拉人来说，阿塔·埃米特便是他们心中的罗格·塞内，也是他赐予了西亚勒布国王之位。就像锡内与萨卢姆王国的国王一样，乌苏耶国王在其统治期间也英勇地抵抗殖民主义，就像抵抗任何形式的改宗那样。与此同时，锡内国王库姆巴·恩多费内二世①亦如库姆巴·恩多费内一世②一般挺直脊椎，萨卢姆国王塞姆·恩古耶·迪乌夫③秉承着不屈的血脉，手持王杖，矗然挺立，梦想着能与马雷奥塔纳·迪乌夫国王④一样勇敢与长寿，要知道他是整整在位四十五年的萨卢姆雄狮。勇敢的男人！试想一下，若是让这些宁死不屈的祖先知道他们的迪奥拉表亲西亚勒布居然屈膝下跪，他们会说些什么？毫无疑问，他们会厉声咆哮：决不允许！我的耳朵不会听到这种事情！绝无可能，我的耳朵从不曾听说过这种事！去查查法国的档案资料或是去乌苏耶问问卡萨芒斯的后代！他们还留存着关于父辈的记忆，会告诉你西亚勒布国王站立得如同他的王杖那般笔直，直到让那些懂得奴役活人却无法掌控死亡的殖民者感到绝望，这样西亚勒布才能够安然接受死亡。不，西

---

① 锡内国王，信仰谢列尔传统宗教，对其他宗教持反对态度，目前认为其在位时期为1898—1924年。

② 锡内国王，他认为传教士是法国派来动摇其统治的间谍，在位时期为1853—1871年。

③ 萨卢姆国王，在位时期为1903—1913年。

④ 萨卢姆王国在位时间最长的国王，在位时期为1567—1612年。

亚勒布不曾下跪！这个难以驯服的迪奥拉人任由自己在法国人手中饿死、渴死，也绝不愿有失帝王体面，不愿让子民蒙羞。西亚勒布既尊贵又神圣，既是政治首领又是泛神信仰的领导者，他不应当在众目睽睽之下吃饭或是睡觉。请把这一切告诉那些贪食嗜睡的人，那些卧于华盖之上，被侍臣围绕的人！人人皆有自己的生活习惯！而不幸的是，殖民者不止想要他国的土地，还要将当地人与他们的风土民俗剥离开来，如此一来，被殖民者失去文化依托，便如同牲畜一般易于驯养。西亚勒布国王是有肉身的神灵，他不应当离开自己的王国，尤其不应该在众目睽睽之下沉湎于低贱的口腹之欲，也不该被令人掉以轻心的睡意打倒。1903 年，法国殖民者将西亚勒布流放到塞久区，企图将他束缚于此，然而，为了让他的王国能够永恒地持续下去，西亚勒布宁愿放弃短暂的荣光，也不愿受降于帝国统治。他从不曾跪下！真正跪下的是那些殖民者，他们跪在地上捡拾这位国王不屈的遗骸，而阿塔·埃米特早已将他身体里蕴含的精神全部清空。西亚勒布的灵魂已来到别处，统治着乌苏耶夜里的亡灵们。如今，当萤火虫在乌苏耶的夜里穿梭的时候，人们还会说它们是在跟随这位永生的国王。恭迎当今乌苏耶国王西比兰巴侬·迪耶久，他会带来关于西亚勒布的新消息。神圣而又尊贵的西比兰巴侬与他赫赫有名的前几任国王进行交谈。丰收季节之后，乌苏耶一年一度的乌玛波尔节盛大召开，连接两个世界的西比兰巴依国王在这时不仅会赠食于生者,也会为那些看不见的邻居提供食物。因此,在谢列尔人或是他们的表亲迪奥拉人之中,从不会有无家可归的流浪者,甚至身处时间尽头的亡灵也能够找到食物与庇护所。无论是谢列尔人还是迪奥拉人,每一个信仰泛灵论的人都知道亲人的亡灵依靠他也为了他而存在,若是他对亡灵漠不关心,最后被伤害的人只会是他自己。"死者并没有死去",比拉戈·迪奥普①白纸黑字写道,这不仅仅是为了音韵美,缪斯女神用非洲妈妈土地上的水源滋养了这位诗人,在这片土地上,微风有无尽的生命,它无处不在,陪伴着亡灵的后代们。如此,西亚勒布国王的灵魂得以重生,任意改变形状,可以随时去到他想去的任何地方。这位正直的迪奥拉人从不喜欢沉闷,他总爱开些小玩笑来消磨时光。随着晚风,西亚勒布在卡萨芒斯四处游荡、盘旋,有时甚至一直闲逛到谢列尔人的土地上,他在那里也总是受到欢迎。

这晚,他带着酒兴缠上一个尼奥敏卡女人,她也没有办法让他清醒过来。库姆巴还在写作,这时,一阵清爽的微风吹过,时不时将窗帘掀起。不知她是疲惫或是分了心,握着笔的女人停了一会儿,她仔细看向窗子,笑了起来,然后责备起这个爱开玩笑的黎明的访客。

———

① 塞内加尔诗人,1930年代黑人传统文化运动中活跃的作家,十分擅长说故事,他的代表作为《阿玛杜·库巴的故事》。

　　嘿,西亚勒布!我倒是很愿意供奉些东西给你,不过可别向我要那混着乌苏耶棕榈油的无滋无味的白米饭,它简直让人难以下咽!对了,你的孩子们如今都悉心装扮去教堂做礼拜。他们对着另一位神灵而非阿塔·埃米特领圣体、施按手礼、忏悔与赞美。要知道你可是为了拒绝这一切而选择活活饿死!若是先辈提前知道有时后代们会毫不在意他们的牺牲,他们也许会变得不那么好斗。总而言之,若想从我这里寻求庇护,便请入乡随俗。在这儿,在萨卢姆的岛上,每个夜晚,当穆安津热衷于让人们忘记马雷奥塔纳国王的谢列尔信仰时,人们总是在感恩罗格·塞内——在享用完美味的西卡特,也就是小米做成的炖鱼饭之后——不过,他们用的却是另一种语言。马鲅、鲹、鲷、箭鱼、鲔鱼,这些鱼类尚能做到和而不同,而人呢,他们发动大大小小,无谓的战争,互相转化,达成所谓的统一;数学上,他们只会做减法,加法却总是不及格。好了,西亚勒布,这是混着各种鱼的古斯古斯,也是我的晚饭,不过我一点都没碰。但它怎么说也要比拌着卡拉版纳①鲤鱼的白米饭要好吃得多!啊,你想吃萨鲁鲁②的虾吗?我倒是更推荐萨卢姆岛上的虾,不然你就自己去钓好了。西亚勒布,别在这些琐事上纠缠不休!如果我的菜

---

① 位于卡萨芒斯河河口,塞内加尔最西南端的一个岛屿和村庄。
② 位于下卡萨芒斯的一个村庄。

让你不满意的话,那你就去阿迪亚戈迪亚克看一看,在哈伊雷拉奥①那里,人们会让你吃上凝乳小米粥! 西亚勒布,好好吃你的饭,让我专心写作,别再对我说这些七七八八的事情,我可没有闲情逸致听你说这些! 西亚勒布,我没有穿那诱人的束腰网纱,所以你也无法用权杖钩住我的花边,这些束腰带早已被忘得一干二净! 西亚勒布,让我静静!②把我的笔放下;难道你不知道它会让你的权杖变得更长吗? 西亚勒布,谢谢!③如果你听不懂谢列尔语的话,那我便用迪奥拉语告诉你:"别烦我"!④把我的笔还给我! 赐福于它,然后让我安静地写作。为何我的笔是淡紫色的? 啊,充满好奇心的老国王,要是你能看懂法语,你就会知道了,不管怎么说它写下了你的名字! 它也和你一样说着迪奥拉语吗? 不,你还要再问些什么? 粗鲁的迪奥拉亡灵,若是你再继续下去,我只好让你跪下了! 啊,不,你不能下跪吗?是什么阻止了你呢? 难道迪奥拉先贤的亡灵也会受关节炎之苦? 啊,你无法这么做,因为下跪意味着对神灵的亵渎!

在亡灵之国也是如此,那里的居民不应该看到他们的国王进食或是就寝。之前,西亚勒布和他在世时一样悄悄溜走,同另一个世界的亡灵一起吃饭、休息,而他现在逃离亡灵之国,来到

---

① 塞内加尔北部的一个市镇,邻近塞内加尔河,与毛里塔尼亚接壤。
②③④ 原文为谢列尔语。

生者家中填饱肚子、找些消遣。他来到人们家里寻找祭品和祭酒，不过从不会为了把它们拿走而下跪。像所有亡灵一样，他用一阵微风把它们抱在怀中，然后活力满满地离开。西亚勒布的灵魂化作一阵风穿过乌苏耶圣林，融入椰子林的晚风中，一直吹到萨卢姆的河岸处，他在那里出现，一如他在世时那般笔直地站立着。"不，西亚勒布不曾跪下！"库姆巴把本子上写下的这句话特别标注出来，然后又加上一句："布巴也不会！"他的朋友，年轻的西亚勒布想知道我和布巴当时的道别是否愉快。我想是的，因为我们最后一句告别的话仍在诉说对彼此的爱意。然而，为何他在我与桑戈马尔守灵会面时没有来见我呢？我一定还会与亡灵见面的，等着看吧……

　　法迪吉娜还在熟睡，库姆巴在一旁写作。夜晚的黑色落地裙几乎已经完全消失，黎明将它蚕食，照亮了这座古老村庄的狭窄街道。库姆巴没听到靠近的脚步声，不过房间里突然响起三下清脆的敲门声，她那仿佛在亡灵的手下自由舞动的笔只好停了下来。库姆巴看向房门，这时，一连串的问题已经向她袭来：

　　"库姆巴？早上好，库姆巴。你念诵完《黎明章》①了吗？要是还没有的话，你得抓紧点时间了，穆安津早都停止唤拜了。我看你房里的灯已经亮了，估计……不过，我一直没看

————————

① 《古兰经》第89章经文，著名的中国《古兰经》翻译家马坚将"黎明"音译为"斐智尔"。

见你出门……"

又是瓦西亚姆,讨人厌的婆婆!每天早晨都是如此。若是她能继续自己的信仰,不去强迫别人,那她的天堂可能会更加靠得住!况且,她是如何做到既要每晚躲开食人女巫又能一大早打扰库姆巴安宁的?要知道黎明前这段时间对库姆巴来说是如此珍贵。几声长叹之后,库姆巴按照论文文体在本子上写下几句话。人们总是讨论女性团结互助的话题,如果这世上恶婆婆要比讨人喜欢的婆婆还要多,那女性又怎能团结一致?为什么有些婆婆认为自己就应该像一根刺一样紧紧钩住儿媳妇不放?她们只需要从儿子那里就能得到足够的忠心。再说了,这些婆婆是否知道尽管大多数女人并不承认,但她们实际上更愿意嫁给一个孤儿?因为这样至少可以让夫妻间的矛盾减少一半。

认为库姆巴是在诽谤的人,只需要去听听那些充满魅力的王子们的忏悔,就算他们欣赏历久弥香的红酒与干酪,却很少想要接近那个代表着自己未来妻子模样的人。女婿或是儿媳妇总是被审视或评价,他们很难拥有一个自如的处境。

砰!砰!瓦西亚姆又在敲门。"库姆巴,你知道现在几点了吗?这会儿做祷告已经晚了。你还在等什么?"

库姆巴在等待着从驭象人手中解放出来。不过,她暂时只能选择顺从,尽管还要忍受瓦西亚姆沉重的鞍子和硌人的鞍鞲。她唰的一下站起来,把本子藏在枕头下面,拿起水壶,推开了房门。她的婆婆站得如同扫帚那般僵直,双唇抿紧,带着审判的目光注视着走过的库姆巴。愤怒总是会相互传染,然而,在净手时,库姆巴心情平静了下来,她想充满耐心的真主是如此慷慨,他在夺走人们耐心的同时还赋予了其他东西。这种美好的品格来源于他宽厚的内心,她的婆婆却很少能做到。当瓦西亚姆急到跺脚、不断刺激库姆巴的神经时,她是失去了多么巨大的馈赠啊?年轻的寡妇又要忍受一个白昼,等待着晚风的到来,在夜间与桑戈马尔守夜者相会。她想,害怕桑戈马尔神灵的人最好还是先不要相信自己的同类:人类和他们的巫术!

第九章

潮涨潮落！海浪总会回来轻抚沙滩,这是必然,只需要等待
着涨潮的来临。可惜的是,库姆巴那不可思议的会面还要依赖
妈妈引的盘古尔,祖先的亡灵随心所欲地为生者提供救助而毫
不在乎潮水涨落的幅度。潮涨！就像忧郁从脑袋里汲取水源,
让胸口发胀,从心底溢出而后从鼻子里流淌出来。潮落！库姆
巴被忧郁的浪潮淹没,悄悄地吸了吸鼻子。的确,潮水也总是静
静地从博泷撤回,媚妇将汹涌的思绪付诸笔端,这是她为自己
铸就的堡垒。桑戈马尔是海洋之神,也是亡灵之王,他全凭自己
意愿施舍帮助,就像人类一样,桑戈马尔也有自己的脾气。

好几个晚上过去,库姆巴的恳求始终没有得到回应。耐心
是提出请求的人应该具备的美德,她这样说服自己。然而,有些
欲望是如此强烈以至于不存在任何一种智慧能将其平息,库姆
巴的欲望便属于这一类。如若这种馈赠只是让人感受到被剥
夺的残酷呢？布巴,她的心里只想着布巴。她每晚都向桑戈马
尔呼唤着他。她的恳求是否在桑戈马尔看来过于迫切？他是否

决定要为库姆巴这种无礼的急躁情绪而惩罚她？难道是法迪吉娜醒来时的哭闹声让亡灵们不愿再与她相见？库姆巴困惑不已，做出一个又一个猜测。然而，她是那么坚定地想要看到布巴，以至于不再祈求盘古尔的帮助。一天晚上，她和前人一样心之切切，姿态十分谦卑，内心的渴望愈加灼热。她双手合十。闭上眼睛，然后低声重复她的咒语：

"桑戈马尔，是我，库姆巴，在你的河流里沐浴过的孩子，我回到了你身边。桑戈马尔，亡灵之王，我为你、为妈妈引的盘古尔撒下了小米与凝乳。桑戈马尔，请赐予一双我能够看破黑夜的眼睛。我的丈夫布巴和他的同伴都在你的王国里，请召他们来见我。噢，亡灵之王！我卑微地请求你赐予我能够看破黑夜的眼睛。"

法迪吉娜在蚊帐下熟睡，做起了梦，在梦里机械地吮吸着母乳。难道这种婴儿的安宁在成年之后要被生活反复鞭笞吗？蚊帐下面，库姆巴靠墙端坐着，她空落落的臂膀在拥抱虚无。这不是一个女人在祷告，而是一种祈盼之情在恋人的唇边流连。在防风灯下颤抖着的轮廓不是一位虔诚的祷告者，而是吞食恋人身体的思念之情。当库姆巴终于再次睁开她的眼睛，一群守夜者已经默默地聚集起来，出现在她面前。她想要找到布巴的身影，这时候，一对夫妇从一群亡灵中走出，手牵手向她走来。她立刻认出了这是波利娜和西亚勒布，不过她还没来得及问出盘旋在心里的问题,波利娜已经开始询问起她来。

"亲爱的库姆巴,我非常抱歉,"她以此为开场白,"西亚已经向你解释过为什么事情会发展成这样。我们为你感到非常抱歉。你接到我父母打来的电话了吗?如果没有的话,我保证他们肯定很快就会打给你。噢,可怜的爸爸妈妈!想象一下,他们身在马赛,而我却被困在这里。妈妈!这个可怜的女人,她现在是一种怎样的心情啊?!你能想象得到吗?我也很担心我的父亲,不过我母亲……"

她仿佛要从库姆巴的眼神里寻找答案,波利娜被这种想法纠缠着、折磨着,让她在亡灵之国无法得到安宁:她的父母过得怎么样?他们要怎么面对自己的离开?库姆巴像是被催眠一样,对她的话没有任何反应。看到波利娜情绪如此激动,库姆巴不敢打断她。晚风将波浪的喧哗声传向远方,混杂在海浪声之中的还有波利娜话语的回声。库姆巴听入了迷,她要在遗忘之前把波利娜说的每一句话都记录下来。她写下这一切。突然间,另一个声音盖过了波利娜的说话声。

哇!呜——哇!这不是军官在夜里为部队行进喊口令的声音。哇!呜——哇!并不是只有狗才会在夜里汪汪乱叫,向亡灵们发出质问。哇!呜——哇!有时猫头鹰会搅乱夜里的安宁,但并不会发出这样的声音。哇!呜——哇!这并不是一位王后在呼唤她的女佣,不过结果是一样的,因为这样的呼喊声意味着："这是属于我的,我的妈妈首先要属于我!"效果立竿见影,库姆巴的脉搏仿佛已经在女儿的身体里跳动,小家伙哪怕发出一点点咕哝声,库姆巴就会中断所有其他想法,没有一丝迟疑。若是桑戈马尔施法赋予库姆巴一种穿破黑夜的目光,那么法迪吉娜便能拥有咒语般的声音将她带回地面。爱埋怨的小家伙一声令下,库姆巴立刻浑身发抖,从亡灵之王的魔法中清醒过来,然后转过身准备安抚女儿。法迪吉娜再一次让夜里的会面戛然而止,赶走了母亲的宾客。这个捣蛋鬼具有让人无法抵抗的力量,她难道不是萨卢姆所有女巫的首领吗?

又是一次突然中断的会面,布巴还是没有出现!库姆巴叹息道。然而,她的沮丧很快被另一种截然不同的情感所取代。她安抚着女儿,暂时忘记了自己的命运。她想到另一位身处马赛与她处境相同的母亲。她也会在夜里一遍遍地呼唤自己的孩子。"你能想象得到吗?"波利娜这么问道。不,因为没有人能做到。不过只有那些因为痛苦而哭泣过的人才会懂得眼泪的味道和无能为力的沉重。波利娜的父母过得怎么样?这个问题在库姆巴心里挥之不去。在马赛,每个夜晚都更进一步证实了他们的女儿已经离开的这一事实,他们要如何迎接每一天的到来?迁徙归来的鹈鹕会告诉库姆巴有关这对父母的消息吗?

在距离萨卢姆很遥远的那一边,尽管大海有另一种叫法,但悲伤的苦涩却与大西洋海岸这边一样。在马赛,守护圣母在码头忠实地守候着。人们离她远去,这其中,有些人回来了,有些人却再也无法回到她身边,然而这从来不是因为她。有一天,她再也见不到波利娜了。

守护圣母是观察命运浪潮的智者,她始终保持镇定,对那些着迷于别处海岸而解缆起航的人,她从不会挽留他们。无论你是去往勒阿弗尔、达喀尔或是塞佩蒂巴①,在那些遥远的地方,请保持好平衡,全凭自己运气!守护圣母会为你祈求好的风向,但不会在你收帆时助你一臂之力,她不会离开自己的位置。像所有水手的守护者一样,她拥有为你牵引油轮的力量,等待让她在夜里守候,却不会将她压垮。因为自远古时期以来,她的孩子们便嗅着海湾的空气、假扮海盗,并在这个过程中慢慢长大。当欧洲的风雪从他们背后吹过,非洲的阳光会轻抚他们的脸庞。海水中的碘元素让他们身体强健,所以即便他们有时会忍不住打喷嚏,也是因为某处传来的香气让他们鼻子发痒。地中海和大西洋一样,它不会浸润栗子树下懒惰的双足,长期久坐的生活方式和水手的后代们并不十分相称。"离开吧,我的孩子,若这是你心中所想,那便安心离开吧!归来吧,再带着人们满满的呼唤回到故乡吧!"这便是守护圣母用沉默诉说的话语。正是航行让不知疲倦的水手家中拥有充盈的粮仓。水手的

① 巴西东南大西洋沿岸港口,位于里约热内卢西部。

母亲或是妻子不会在码头哭泣,生活在大西洋海湾间的尼奥敏卡人认为这样会惹怒大海。他们的地中海兄弟又是怎么想的?他们也有自己的小伎俩能够让水手的妻子保持微笑,让水手能够毫无牵挂地启航吗?无论港口上的步伐多么轻快,比海风还能够驱赶悲伤,却始终没有人会上当受骗:尽管戴着面具跳舞,人们也知道被面具蒙住的脸庞满是汗水。

在马赛,当她的孩子们扬帆起航时,守护圣母或是任由自己在阳光下熠熠生辉,或是在雾中遮住自己的脸庞。"正是如此!"圣殿的古钟一字一句地说道。的确,自有纪年以来便是如此,水手们扬帆起航,去往希望的尽头,去寻找鱼群和那些让他们感到愉快的事物,却从不会忘记他们的守护圣母,她始终静静地等待着。因为所有母亲都知道,或早或晚,她们乳房的温存总会把孩子们带回来,哪怕是最摄人心魂的歌声也无法改变。除了好运气之外,她还会在祷告中为这些游子祈求归来的力量。善良的守护圣母会接待久别重逢的水手们,如果有需要的话,她会抚慰他们,让他们感到安心,从漫长而痛苦的航行中振作起精神。然而,她就像是严守岗位的哨兵,从不会去寻找那些在旅途中丢失了方向的探险者。她尽管听得到痛苦的密谈、语气坚决的质问和揪心的抱怨,却始终还是坚持自我,像毫不在意汩汩沟渠的卡西斯港一样沉着冷静。"这个人,他出海已有一段时间,怎么总是不回来?"守护圣母也不会猜测究竟是什么原因。"这个人已经好久没有消息了，她怎么还没有回来？"问一问你的小拇指就知道了！守护圣母抱在怀里的是圆滚滚的婴儿，而不是一个水晶球。风的方向根本不重要！守护圣母知道人们的叹息会吹净她脚下的灰尘，然而，她一动不动地眺望着海湾，不说一句话。因为她把自己的呼吸都用来祈祷，祈求能够得到天平之神的宽恕，这位神灵已经压断了孩子们的脊椎。阿门！路过时只需要说一句"阿门"，别去问守护圣母你那帅气的水手是否没能如期赴约。她只负责掌管神灵的秘密，却不会关心游子们的归期。心急如焚的人们只需要祈祷，不然，就让他们去问一问老码头上那窃窃私语的海风。不，守护圣母什么也不会说，她也不会询问任何人。一方面，若是她把自己知道的一切都说出来，那便不会再有水手愿意出海；另一方面，若是海风不时向她讲述那些身处远方的孩子们的遭遇，她便不再能平静地守候于此。我们的天父，她说，愿你的旨意奉行在人间，如同在天上。然而，关于大海她又请求了些什么？有一天，她再也见不到波利娜了。她等待着，就像等待许多其他的孩子那样，而不会去计算潮涨潮落的次数。

　　2002年秋天，守护圣母守护着马赛，她俯瞰这座城市，同样也俯瞰着这尘世间的种种不安。不论风是来自北方还是南方，都只会吹乱漂亮女孩的短裙或是她们为了保暖而系上的丝巾。无论什么天气，守护圣母总是默默守候那些向她寻求庇护的孩子们,她已看过世间种种,哪怕最阴暗的乌云也无法遮住她的视线。她总是集中注意力,一如既往地倾听人们的请求,不过她却没有给波利娜的父母——吉拉里与琳达任何回复,他们没完没了地重复着同样的问题:波利娜发生了什么? 在撒哈拉沙漠那边,甚至在更南边,在离马赛几千公里的非洲,波利娜究竟遭遇了什么? 守护圣母啊! 在塞内加尔到底发生了什么?"乔拉"号为什么会倾覆,又是怎样倾覆的?

这些问题萦绕在他们心头,所以一听到"乔拉"号遇难的消息,他们便立即出发前往塞内加尔,期待能够在那儿得到答案。他们冲上飞往塞内加尔的第一班飞机。他们的女儿女婿如果也在幸存者之中的话,可能会需要帮助,他们用这样的想法让自己安心。琳达和吉拉里登上飞机,尽管心中充满恐惧,但也怀着隐隐的希望,他们希望能够和波利娜、西亚勒布一起回到法国。库姆巴还不知道这一切,不过当她和一群陪同自己的亲属到达萨卢姆的时候,波利娜的父母和他们的侄子马克西姆已经来到了达喀尔,马克西姆到最后也没能够和他的妻子与朋友们会合。

琳达和吉拉里来到达喀尔,发现这座城市一片混乱,政府部门同那些向其求助的民众一样处于惊愕之中。"哪里能看到那些幸存者?""有遇难乘客的名单吗?"马克西姆从未放弃追问。多少人去向不明? 只有大西洋知道答案。在达喀尔,这一周简直如同末日,人们惊慌失措,恐惧让他们的肩膀如同旋紧的陀螺,琳达和吉拉里也是如此。他们大声呼喊:"不,这不可能!"然而,这就是残酷的现实,苦难不会错过任何一个靶子,"乔拉"号的确已经沉入大海。吉拉里和琳达坐立不安,四处奔走,仿佛这样就能假装苦难不曾发生。他们先是来到法国大使馆,因无法忍受官方输液式挤出的点滴消息而离开,紧接着,他们不顾路途奔波,找遍一家家医院,看过一间间停尸房,都徒劳而返。他们疲惫不堪,被绝望压得喘不过气来,最后决定在达喀尔逗留几晚。夜晚的炙热笼罩着这座城市的所有街区。守夜,像其他人一样祈祷,这是琳达最迫切的要求。吉拉里和马克西姆不知做些什么,也随她一起。琳达从来不是虔诚的基督徒,却也开始用尽力气呼唤耶稣、圣母马利亚、圣约瑟:"普度众生的圣母马利亚,我把我唯一的孩子、我最疼爱的波利娜托付给你。普度众生的圣母马利亚,请守护好她,无论她身处何方,都不要抛弃她!"甚至当琳达在浓浓夜色中回到自己床上的时候,她还在低声祈祷。这时,吉拉里抱住她,抚摸她的后背与发丝。为了安慰琳达,他在她耳边低声说着那些虔诚的愿望:

"亲爱的,不要丧失希望,也许当时在'乔拉'号附近有其他船把乘客救了下来。海上还有一些周边村庄的渔船。谁知道呢?"

"你真的觉得还有希望吗?"

"要有希望,亲爱的,要有希望……"

吉拉里尽力让琳达平静下来,他的眼神袒露了那些他作为男人永远不会说出口的话,这也让男人真正成为一个男人:"我也是,我也很担心。我也很害怕。我也会感到痛苦。亲爱的,我是你的后盾,但千万不要松开我的手,如果你倒下了,我也再无法站起来。"这就是男人专注的眼神中倾诉的独白,他用双肩保护妻子与儿女,不让她们在这残酷的世界受到伤害。谁为英雄编织了披风?他应该也为英雄们锻造一副铠甲,这样他们在每次为了保护妻儿而接受命运捶击时才能够不受伤。像所有勇敢的男人一样,吉拉里知道光填饱肚子还不足够,他还要有让人安心的力量,也就是要有勇气去面对生活中最糟糕的境况。他就是琳达最可靠的英雄。吉拉里是家里的顶梁柱,他从不会对家人的忧伤置之不理。不过他也并不是大理石做成的,不愿说出口的话在他的心里发酵,然后在眼睛中注入象征灾难的红色。什么样的闸门才能拦住泪水?教养?偏见?绷紧的神经?还是骄傲做成的密闭堤坝?一个男人当然有权利为了玛德莱娜哭泣,无论是玛德莱娜小蛋糕还是穿着裤子的女人玛德莱娜①,另外他也完全有权利像那些穿着短裙蹦蹦跳跳的女人一样哭泣!

_____

① 此处法语原文为 Madeleine,既可以指小玛德莱娜蛋糕也可以指女性人名,这里作者使用了文字游戏。

这些由来已久的蠢话是为了让年轻小伙子们相信"男儿有泪不轻弹",但这并没有赋予他们勇气,反倒只会否定他们作为人的本性。胆量与冷漠没有一点儿关系。若勇气与感性相互排斥,那么保罗·艾吕雅①便不会在1914年成为一名前线护士;第二次世界大战期间,桑戈尔不会成为一名步兵,忍受斯达拉格战线集中营②的折磨;被称作亚历山大队长的勒内·夏尔③也不会在游击队基地写下《修普诺斯散记》。不,他们可以作为人类哭泣,可以写下情诗,也可以赏耳光给那些罪有应得的人。勇敢的心不代表没有喜怒哀乐,勇气便是这所有情绪中最美丽的一种。一个人若称得上英勇无畏,那他心中所钦佩的会是诗人而非刺客!

小时候,吉拉里不会没有缘由地打架,不会肢解昆虫,也从不会剜下小猫的眼睛,他远离那些有虐待倾向的同学,嫌恶一切暴力。长大之后,他不畏惧任何人,向来沉着冷静的他首先要把勇气用在捍卫家人的幸福上。就像狮子把羊后腿带回洞穴之中,吉拉里也总会将他奋斗的果实带回家里,点亮家人的生活。这个男人体格强健,心灵也满是温柔。面对任何不安,他的

---

① 二十世纪法国著名超现实主义诗人,于1914年做了前线护士,后因支气管炎离开前线,前往医院治疗。
② 二战时期德国军队在法国德占区设置的战俘集中营。
③ 当代法国著名诗人,法国抵抗运动成员。《修普诺斯散记》是他写于抵抗运动时期的著作。

妻子总能在他怀抱中得到庇护。然而,琳达和吉拉里共同面对这场悲剧,也都快要被悲伤的情绪压垮。2002 年 9 月 29 日这天,他们像往常一样相互扶持,而一个充满歉意的可怜人却抹杀了他们最后一丝希望。"夫人,先生,十分抱歉,"这位官员一边揉拧着手中的文件一边说道,"根据我们目前掌握的名单来看,波利娜小姐和西亚勒布先生的名字都没有出现在幸存者名单中。很抱歉,目前找到的遇难者遗体中也没有他们二人,不过搜查还在继续,遇难者和失踪者的身份核查也会继续进行。我感到非常抱歉,向你们致以我最真诚的慰问。但愿仁慈的神能庇佑他们。"

他们脚下的土地开始塌陷。有些拥抱只有巨人的臂膀才能给予。在极度的悲伤面前,无能为力的人们又能用双手做些什么?又能说些什么?"亲爱的,冷静一点",这样的话显得多么微不足道,人们只有变得像巨人那般伟岸,才能够用一只手掌托住坍塌的天空。吉拉里慢慢地将妻子带到出口。马克西姆紧随其后。他们必须回到旅馆,从这一暴击中恢复过来。街上,吉拉里把手里的水瓶打开,递给琳达。她摇了摇头,视线追逐着远方看不见的蜻蜓。吉拉里喝了一口水,转过身把瓶子递给马克西姆,马克西姆把自己的那瓶水落在了公园的长椅上。他握住琳达的手,与琳达的步伐保持一致。然而,即便步调一致,苦难却紧咬他们的小腿,让他们无法甩开。二人被相同的悲伤裹挟,他们共同学习如何以失去孩子的父母这一身份开始失独生活。他们一言不发,仿佛被包裹在一个玻璃气泡中向前行进,对城市的喧嚣毫不在意。无论汽车是否鸣笛,体内的嗡鸣声摆动着他们的四肢,让他们机械地前行,而他们的心里已是一团乱麻。

的确,他们之前幻想过能够在撒哈拉沙漠以南的非洲待上一段时间——就像琳达说的那样——不过一定不是像现在这种情况。是哪个恶魔在门口听到了他们的愿望?一定就是它把搞砸人们的白日梦当作乐趣。他们偶然间走过一条又一条街道,经过一道又一道死胡同,不得不往回走。呵,城市里的人,他们似乎是吸了大麻之后画的城市设计图!琳达和吉拉里彼此交换眼神,之后又重拾脚步。紧接着,他们又遇到该死的圆形广场,害得他们不得不选择一个方向!然而,他们已经分不清左右了。无论如何,他们只能奔向海边来判断旅馆的位置。什么破地方要走这么远的路!好像这旅馆不是他们自己选的。二人继续往前走。那位官员的只言片语就像录音带那样在他们耳畔回响。人的肤色头一次让事情来得更容易,可却用在这种最糟糕的情况之下。在鲜少的幸存者和不计其数的黑人遗体之间,一位白人女士能够很快被辨认出来。无论搜查有没有继续,吉拉里和琳达知道,以后他们在周日吃午餐时再也听不到波利娜和西亚勒布的笑声了。被关在大西洋底的一条船上整整三天,

就算是鲸鱼也没办法存活下去。无论有没有 DNA 鉴定,满头的
白发也让他们知道时间会摧毁人的躯壳,更何况身体被淹没在
热带水域之中。对于这两个笛卡尔主义者来说,从科学角度来
说,失去女儿已经是毋庸置疑的事实。亲爱的波利娜的丧生就
像是一口黑井,站在井边的他们感到眩晕,却没有像库姆巴那
样掌握对抗绝望的办法。她解开晚风的密语,成为了亡灵之国
中的守夜者。

　　库姆巴平躺在女儿身旁,想着和布巴无关的事情进入梦
乡。那天晚上,桑戈马尔依然随心所欲地安排会面。然而,当库
姆巴醒来时,她很感谢昨晚见到了波利娜和西亚勒布,因为他
们一定会让布巴来与自己相见,至少她是这么希望的。她一点
儿也没有气馁,决定继续祈求亡灵的恩惠。即便永远不知道会
等来什么,她依旧像猴面包树一样拥有足够的耐心。

第十章

见面？约会,哎,哎,哎唷！取笑这种狂热心情的人一定没有爱过！若是有谁不曾为一次约会坐立不安过,那么希望能够给他一次机会让他感受这种心快要跳出来的紧张之情,这就是深情的库姆巴的真切感受。不过,等待王子的人才不在乎印在日历上的日子,也不会在意所谓精确的时钟。被爱着的王子不死,他的统治永存！然而,库姆巴再怎么说服自己也是徒劳,她无法在原地等待。她心里想:"布巴,勇敢的男人,回来吧,不然就把我带到黑暗中去,总之别再让我继续等待！"哎,哎,哎唷！她在炭火中起舞,只有萨卢姆夜晚的女巫才能让她脱身。库姆巴上气不接下气地恳求着:

"桑戈马尔,是我,库姆巴,在你的河流里沐浴过的孩子,我回到了你身边。桑戈马尔,亡灵之王,我为你、为妈妈引的盘古尔撒下了小米与凝乳。桑戈马尔,请赐予我一双能够看破黑夜的眼睛,我的丈夫布巴和他的同伴都在你的王国里,请召他们来见我。噢,亡灵之王！我卑微地请求你赐予我能够看破黑夜的眼睛。"

库姆巴合上眼睛,双手在胸前交叉,和黑夜融为一体。"就让一阵风来把我侵袭,让魔鬼把我带走!只要能把我带到布巴面前,我什么都接受!"这并不是她在祷告中所说的话,而是库姆巴用整个生命做出的表达。在布巴还活着的时候,他是否知道自己美丽的妻子愿意为了他跨越整个宇宙?人们常说彼此有多么相爱,却没有意识到这份爱意究竟有多深厚。的确,年轻夫妇总是向彼此诉说爱意,然而当他们的心发射出爱意时,廉耻心就像是一面被骄傲蒙住的镜子。一方向另一方释放出光线后,却很难接收到反射回来的光。约会!孤身一人的真情流露最令人痛心。正是在等待之中,爱意才被全盘接受。库姆巴接受丈夫不在的事实,她头一次开始衡量自己对丈夫的爱有多深。她热切地念诵祷告词,苦苦渴求着萨卢姆夜晚的神奇魔力。也许祖先的亡灵会从四面八方的圣林中赶来,她心里这么期望着。幸运的法迪吉娜在蚊帐下熟睡,自在地舒展身体,仿佛大地只容得下她的小脸蛋似的。婴儿像个小傻瓜,甚至不用考虑任何人的感受!在她像一株绿植一样慢慢长大的过程中,她的母亲照料着她,给她喂奶、擦屁股,把她包裹在襁褓中,用充沛的母爱一天天地把她浇灌成人!有一天她也许会索求自己的权利,给她母亲的权利带来限制!不过当法迪吉娜喊出一声"妈妈"时,这两个字就像咒语一样治愈了库姆巴的一部分悲伤。现在,圆鼓鼓的小家伙轻轻吮吸着母亲的拇指,这也许是一位祖先看不见的乳房,想要在黑暗中哺育自己的子孙。在谢列尔人的国度里,没有人会对这种想法感到惊讶。库姆巴孤身一人,乞求祖先的亡灵能够让布巴出现。桑戈马尔是一轮明月,那里栖息着亡灵世界的居民。天狼星给华盖以指引,让它把恋人们送到他们渴望的月亮上。恳求持续了多久?苦苦哀求的女子并没有计算时间,法迪吉娜也没有。突然间,库姆巴停了下来,她将视线聚集在房间的某处,仿佛一场演出吸引了她的注意。

"晚上好,库姆巴!你接到我父母打来的电话了吗?很抱歉坚持这么问你,我真的很想知道他们过得怎么样。"

约会?兔肉被蘸着芥末酱吞进肚里,然后气味冲向鼻端,哎,哎,哎哟!库姆巴需要一条手帕。她很爱波利娜,然而她做了那么多次祷告,浑身发抖甚至险些抽搐过去,这一切却都不是为了她。哎,哎,哎哟!女孩子们到哪一年才会明白好姐妹永远取代不了男朋友或是老公的位置?傲慢的女人!她们即便是死了也要破坏恋人间的关系,哎,哎,哎哟!库姆巴可以察觉到祖先的存在,能够埋怨他们,指责他们,但是她却只能忍受现在的状况。乞丐虽然幻想着更慷慨的施舍,却从不会拒绝任何一个铜板。

诚然,桑戈马尔能够赋予人们一双看穿黑夜的眼睛,不过若是他借你这双慧眼,你也只能看到他愿意让你看到的地方,他决定了谁会在与桑戈马尔守夜者会面时出现。桑戈马尔是海水与亡灵之国的掌控者,他伸出六只手臂,随心所欲地将萨卢姆三角洲盖上再掀开。他也是这样对待人们向他许下的愿望,全凭自己意愿控制潮涨潮落。然而,无论是否身为寡妇,不能支配潮水的人只能在小船上控制好自己的耐心!哎,哎,哎唷!

库姆巴被困在她的岛上,无法划船去往爱人所在的地方,她再一次想到了波利娜的问题。不,她没有收到波利娜父母打来的电话,不过她听到广播说有遇难者的亲人已经从欧洲赶了过来,库姆巴不知道波利娜的父母和马克西姆也在其中。也许有一天,他们会打电话向库姆巴具体讲述在达喀尔经历的那些日子。

琳达和吉拉里打算好好把握在达喀尔的这段时间,他们想去看一看那个让女儿踏上不幸旅程的港口,之前波利娜是那么欢呼雀跃地计划着这场旅行。对他们来说,比起漫无目的地走动,默默待在旅馆里被动地等待回程航班似乎要更难以忍受,他们算是遇难者家属中比较勇敢的,愿意去往船只失事的地方悼念亲人——距海岸将近 40 公里,位于冈比亚海域,离尼奥敏卡岛不远。他们是什么感受?这艘船上载满了悲痛欲绝的乘客,当他们在船上的时候心里又在想些什么?

上帝啊,人无往不在危险之中!即便外出度假,他们自以为躲过了工作中会遇到的意外,却仍可能一命呜呼。哈利路亚!

都市里的人想要逃避城市的疯狂,认为乡间田野有着无穷魅力,这仅仅是因为他们还没有遇到可怕的眼镜蛇、发了疯的鬣狗或是怒吼着战绩的饿狼,它们的出现为人们敲响了丧钟!越过草原,自负的摄影师无法躲过狮子的攻击,它所觊觎的并非是相机而是拿着相机的那块肥肉。来自大自然的这一馈赠缩短了人们的假期,让上帝的羔羊留在牛群的时间变短。不过看管牲畜的神灵又在做些什么?难道他沉睡了千年吗?需要奏响墩墩鼓来把他叫醒吗?的确,城里会有一些酒鬼和瘾君子,他们在街道上杀害的人要比因野兽而死的人还要多,乘坐电梯时也可能会出现意外。然而,在城市里迅速发出求救信号便能救自己一命,至于大自然呢,她完全听不到人们的呼救。人们是哭还是笑,她也根本不在乎!大自然是至高无上的君主,她统治着自己的家园,而不是为了取悦人类!地球已经受够了人类的所作所为,他们污染了河流与土壤,甚至连空气都变得令人难以呼吸!愚蠢的人类,你们害怕窒息,继而开始大喊大叫!大自然要比她的客人吼得更大声,这些无礼之人已经掏空了子孙后代的粮仓。饕餮之徒!在世界的各个角落,大自然开始了反击,给那些向小小自然界索求无度的人们一些教训。爱之深,责之切!白蚁摧毁了如此多的树木,却无法抵抗一场森林火灾!啊,难缠的害虫!上帝啊,人类今后无处不置身于危险之中!末日钟的指针指向了哪里?

遇难者家属乘船去往失事地点,在船上,琳达和吉拉里茫然地注视着海平面。他们为想要寻找的东西而感到心烦意乱。

大西洋的美丽是个圈套!即便身处热带干枯的支流,人们也可能会窒息而死,尤其是在受到大西洋洋流压迫的情况下。年纪小的岛民也知道食人女巫会在树林里监视小孩子,有时甚至会把他们抓到海边去。大海啊,如此美丽而又浪漫!从没下过水的大话精才敢这么言之凿凿。就让这些疯子去桑戈马尔神圣的猴面包树下摆放供品。只有在恩迪亚蕾圣灵举办的恩德普仪式①上才能改变他们的思想!接着,让他们去问一问岛上的居民:有多少水手为了养活下一代出海捕鱼而丢掉了性命?牢牢收紧的渔网还留在海岸!宿命之网就这样编织而成,让水手离开了他们的家人。大西洋的美丽是个圈套!美丽的蓝缎之下隐藏着贪婪的食人狂魔,它猛烈地撞击海上的独木舟和船只,扔出套索将人们捉住,让他们坠入深渊。海滩上,人们细细地品味着薄荷汽水或是洛神花茶,没有人想到要去悼念谁,然而,海浪便是移动的墓碑。悼念!

摇摇欲坠的生活就像是在海浪上飘摇的小船!乘客们心情沉重,身体摇摇晃晃,没有一根船锚能让船只不在达喀尔海域发生颠簸。不管是否能够保持平衡,有些人已经在请求上帝

---

① 信仰泛灵论的塞内加尔少数民族雷布族所举办的盛大仪式,旨在帮助人们在社会中找到身心的平衡状态。

给他们一些食物来填饱肚子,不过吉拉里和妻子并没有这么
做,他们二人为彼此提供依靠,互相扶持。吉拉里倚靠着船舷,
从不曾像现在这样观察着海面,他不时叹气,悄无声息地吸了
吸鼻子。他也好几次同样小心翼翼地把手放在自己的胡髭上,
没抹完的泪水落在了鼻尖。然而,比起自己的眼泪,另一个人的
泪水更让他感到担心。他要如何去描述那一天的琳达,那个被
自己紧紧抱住的,变得有些陌生的琳达?她的呼吸说明了一切。
一位知道自己的孩子被沉入海底的母亲要怎么呼吸?琳达没
有呼吸,至少,没有刻意地呼吸。这就是生活,它是如此专制,攻
击她、强迫她,直逼她的口腔,打断她沉默的呜咽。在狭窄的空
间里,被羞耻心压抑的呐喊声在她胸口涌动。因为这是必然,无
论有没有发出声音,一位忧伤的母亲总会呐喊,就像在提醒上
帝她的宝宝那令人难以忘怀的啼哭声,她的宝贝出生时扯破嗓
子哭喊,在第一次呼吸时吸入了生命的许诺。"我的宝贝,上帝
啊,我可怜的宝贝……"琳达一遍又一遍地说道。这些话投向
海浪之中,海风让她的声音忽高忽低,也让吉拉里的感冒愈加
严重。那天晚上在旅馆里,他用选中的字母仅仅写下一个单词:
噩梦!他们任由让矜持感丧失的极其残忍的情感冲击——沮
丧与感冒①。那天晚上两人都染上了感冒。

---

① 原文中此句每个单词的首字母组成了法语"噩梦"(cauchemar)一词。

在回到马赛之前,吉拉里和琳达希望能够得到关于女儿的一些详细消息,他们想知道女儿最后一段日子在达喀尔和卡萨芒斯是如何度过的。然而,即便是在与西亚勒布的父母通过话之后,他们还是没有力气再前往乌苏耶拜访两位亲家。不仅是因为那里离达喀尔太远,还因为西亚勒布家的地址看起来过于古怪,让他们不敢冒险去寻找,况且他们连去那个区的路都不知道怎么走。除了地形上的障碍之外,吉拉里和琳达还有另一个困难,但这个困难不是一两句话或是简单的行动能解决的。人与人之间的关系有时像是荆棘密布的草丛。

的确,即便两家交往不深,始终以礼相待,但琳达和吉拉里知道让西亚勒布的父母同意自己的儿子和波利娜结婚并不容易。"这下可好,那些移民还要抢走我的儿子!"他的父亲曾这么说过。这个男人还生活在从前那个时代,指责达喀尔变得过于西化,因为不愿意经过费代尔布大桥①。他也从不去圣路易市②,这位时代的滞后者还停泊在上世纪的港湾,他兴许更愿意一路游到第三个千禧年?从前,西亚勒布的父亲总是很开心能够收到儿子的消息。然而,在过去几年里,西亚勒布的信里开始

① 以路易·费代布尔命名的大桥,此人是当时法国殖民统治下的塞内加尔的重要管理者。
② 位于塞内加尔西北部,该城自1673年起便成为法国殖民统治下的塞内加尔首府,直至1960年独立。

提到自己和一个白人女孩的爱情,这让他父亲感到十分痛苦。
"不,天哪,他竟然带着祖先的名字做出这种事!"他大声喊道,
然后把儿子的信丢进棕榈油点燃的火里烧毁。不过,即便西亚
勒布有愧于他的名字,不公正的国际贸易却让他为家里提供了
生活保障,这位骄傲的父亲最终还是喝了掺了水的棕榈酒。然
而,他仍旧在圣树下摆放大量的祭品,想悄悄地恳请祖先让西
亚勒布迷途知返,不被那个美丽的欧洲女人引诱,而是走入一
位班图女子的怀抱。班图女人不抽烟,不会在公众场合亲吻,她
们像西亚勒布美丽的姐姐们那样在稻田里勤劳地耕耘。他的
父亲对于这位美丽的白人护士波利娜几乎一无所知,他只在照
片上看过她,却足以让他忧心得彻夜难眠。琳达和吉拉里得知
了这位父亲的态度,便总是与他保持着礼貌的距离。尽管通常
情况下这种悲伤的意外会让两个家庭聚在一起,但是他俩却不
打算在没收到对方邀请之前就贸然拜访。显然,这一尴尬的关
系让二人感到更加痛苦。

如果有一天,"礼仪太太"受够了区分抹布与餐巾,无法忍
受把玻璃罐和玻璃桶配成一套,对于教会那些琐碎的少女餐桌
礼仪感到不耐烦,她会因此为不同人种结合的家庭建立一所外
交礼仪学校吗?若是她不愿意这么做的话,那列日大学或是根
特大学也一定会就此开设一个教学课程,名为"国际轻声细语
学"。在这个全球化的时代,这将成为一个颇具潜力的市场,它

可能会避免许多悲剧的发生,也许还会成为全人类的共同计划。难道教育不是为了让人类变得更好吗? 想要扫除那些蠢蛋为隔绝同类设立的精神边界,人们就需要比推土机还强劲的工具。赫拉克勒斯在面对猴面包树时也不得不举起自己的肱二头肌! 人们要寻找比赫拉克勒斯①还要强壮的大力士,寻找那些能够用光芒笼罩他们的人! 若是炭火无法在寒冷的夜里被分享,那它又有什么用? 让天狼星的信使在马群里遭受折磨,该多令人绝望啊! 他们受够了那些马蹄的践踏! 不管怎样,人在蠢驴的背上永远无法创造最好的千年! 在这个见证着跨种族爱情的时代,不同民族间的关系应该要像他们的身体一样融洽地结合。某某先生与某某小姐如此隐秘地生活着,若是他们能跨越疆界与彼此相遇,微笑与对话也应该能够通过神经元将我们相连。当然,无论那些令人扫兴的人如何密谋,兄弟姐妹间的友爱仍然可以实现! 这甚至算是一场考验当今人类智慧的测试。那么,请无休止地开展教育! 来吧,各位教授,别让任何一个脑袋无所事事。按情理来说,这个关心着动物生存的时代也不该任由人类用牲畜的干草填饱肚子,否则连素食主义者也会对此抱有怨言。

在等待之中,就让温柔代替傲慢。哎,哎,哎唷! 琳达和吉

---

① 古希腊神话的英雄之一,宙斯与阿尔克墨涅之子,天生力大无穷。(编辑注)

拉里还没看到波利娜和西亚勒布在乌苏耶的房子便再次出发。在达喀尔,他们内心受尽折磨,一直在思索同一个问题:谁能够告诉他们这对年轻夫妇最后几天是怎样度过的? 琳达看到自己的手提包,突然想起什么,让她抓住一丝希望的微光。就像吉拉里说的,两个孩子在从马赛出发的前一天晚上去探望了他们,波利娜给父母写了张纸条,琳达把它珍藏在了钱包里。西亚勒布在纸条上写下了布巴的号码,也写上了库姆巴的号码,他还说了一些逗岳父岳母开心的话:

"琳达阿姨,这张纸条给你,希望这样能让你安心一点。在我们沾上跳蚤之前,你们晚上完全可以到旅馆找我们。不然的话,这是我朋友的手机号,我们会经常和他在一起,除非我们被外星人绑架了。还有,为了以防万一,我还把他妻子的电话写在了上边。"

在达喀尔,这对马赛老夫妇很容易就找到了孩子们居住的旅馆,波利娜和西亚勒布在那儿住了几个晚上,所以他们来到达喀尔之后也选择了住在这里,希望能找到一些孩子们生活的痕迹。不过,尽管他们问了很多问题,却没有了解到任何有用的信息。这个地方挤满了游客,员工们也几乎不记得这对年轻的夫妇,他们之前总是很早离开,很晚才回来。琳达受到吉拉里鼓舞,决定抓住仅存的最后一丝希望,她拨打了好几遍这两个塞内加尔的号码,却始终没有人接。

"这该死的第三世界国家！连他们的通信网络都没法正常运作！说真的,我的女儿来这个鬼地方做什么？这个地方叫什么来着？这个,这个……哎呀,我的女儿,她真是脑子坏掉了！不,这一切都不是真的！"

"冷静一点,亲爱的,别这么生气,"吉拉里宽慰她说,"电话能够打通就说明网络是正常的。也许他们还在忙,没空接,又或许有什么别的事情呢？总之,这儿的电网还是能正常运作的。"

"胡说八道！我们从早到晚所有时间都试过了。真正的问题是这串没有意义的数字是不是随便哪个人的号码？这我们可说不准！"

"亲爱的,这两个号码肯定是他们的,不然,为什么西亚勒布要把它给我们呢？"

"这我可不知道！为了让我们安心睡着,然后把波利娜带走,带到穷乡僻壤的鬼地方,带到他的村庄里去！你知道他多么油嘴滑舌,有时候……"

"好了,琳达,你真是这么想的吗？再说了,乌苏耶是座城市,甚至是首府,孩子们告诉过我们多少次了？"

"话是没错,但这又有什么区别！"

"好了,亲爱的,冷静一点。这可不像是你说出来的话,一点儿也不像！孩子们在一起生活得很幸福,你也是知道的。乌苏耶的那栋房子,他们俩也一直很希望能住进去。波利娜不停地和我们说她想去卡萨芒斯看一看。好吧,也许她这样做是为了让她的丈夫高兴,但这也是西亚勒布的错吗?况且,谁不想让自己牵手度过余生的人去自己的家乡看看?你不是也和我一起去过好几次阿尔及利亚吗?而且我们大部分假期也是在你的老家西班牙度过的。好了,好了,你需要好好休息一下。你现在这样完全是因为太累了。你也知道,在这里不是所有人都能交得起电话费。不然,我们下次再试一试。"

琳达不再说话,为自己刚才近乎歇斯底里的抱怨感到羞愧。年复一年,她和吉拉里的生活对她来说是那么自然而然,以至于她已经忘记他们自己也来自两个不同的民族,像他们的女儿和西亚勒布那样。她刚才说的话,和年轻时人们评价她和吉拉里的几乎一模一样,要是这些人听到琳达的这番话一定会忍不住发笑。记忆没有延长的电话线!如果有的话,那按照几何学来说,说出的蠢话可能会让这根电线相应地缩短一截。

诚然,习惯会让曾经以为新奇的事物变得司空见惯,但不管怎么说啊,之所以斑马会批评霍加貑①屁股上的条纹,是因为在热带草原上缺少一面镜子能让它照照自己!把马儿身上的鬃毛剃光,全然赤裸,它们会相处得更好!在她的母亲看来,波

---

① 一种大型哺乳动物,分布于非洲的刚果东部的热带雨林和高山森林,后背有黑白交替的条纹,外形酷似斑马。(编辑注)

利娜太过疯狂。罢了！实际上，西亚勒布可能要更加疯狂，更无法自拔，毕竟他已经离不开美丽的波利娜了。两个幸福的疯子，幸福地带着条纹的人，即便条纹被涂抹干净，他们对彼此的爱仍足以勾勒出一道彩虹！当他们有勇气和耐心让那些评判变得馊臭，他们的爱情便能够更加根深蒂固，茁壮成长，让那些因循守旧的人感到无趣。这些守旧者要比他们的婚约年长两千岁。未来的颜色该是淡紫色！未来应当是做加法。为何明明红色和黄色混在一起便能拯救单调，却任由它们在各自一边日渐凋谢、萎靡呢？对于真正勇敢、具备好奇心、勇于创新的恋人们来说，反对的声音反而是刺激他们爱欲的一剂春药。每当克服一个障碍，便又多了一份爱的证据。专制的父母也许对此一无所知，实际上，指责或是禁止一段爱情是让其变得无与伦比，进而坚不可摧的最好方式。理想的女婿可以趾高气扬，极尽谄媚，他只会骗到那些为关节炎而忧心的父母；内心炽热的女孩不会为此争吵，比起眼前平淡的生活，她们渴望更多的东西。生机！琳达和吉拉里曾经充满着生机，因为适应、磨合彼此的差异让他们始终处于一个正在建设之中的世界。生机、警惕，他们将彼此的土地叠加，让彼此的沃土混合，与此同时，他们的爱情在恶语的滋养下变得更加肥沃。他们年轻时的态度意味着："随便你们怎么议论吧，善良的人们，耽于亲吻的嘴巴会让海鸥来给出答案！它为你们保留了些许诗意——海鸥会向你们描述它的爱情宝宝有多么美丽！啊哈哈！"自琳达和吉拉里相遇的那一刻起，为上帝的牲畜盖章的挑选者便已在二人身上烙下鲜红的烙印，他们仍旧充满生机，因为从两人第一次亲吻开始，他们便面向世人也抵抗着世人来相爱。为了度过接下来充满爱意的数十年，琳达和吉拉里不顾所有诋毁者牢牢守住了他们的爱情。叹息着经过他们身边的善妒者可以从苏贝兰悬崖跳入地中海，却并不会让两人看向彼此的温柔目光改变一分一毫。即便他们成为父母后也遭遇过生活的打击，琳达和吉拉里却始终保持活力，也就是说，他们在对彼此密切关心中焕发出活力。

琳达和吉拉里在这份默契中渐渐变老，这份默契也随着二人打下的一场场胜仗日渐加深。当一个人在说话时，另一个人便能立刻捕捉到对方的情绪，而非仅仅关注到话语的字面意思。就算他们对情绪的表达不尽相同，但是对塞内加尔却都感到一样的失望。因为他们无法得知更多关于孩子们的消息！看不到波利娜和西亚勒布的遗骸！没有一座能为逝者默哀的墓碑！还有更多的事情让他们感到无所适从。由于无法接受这样的情况，这对老夫妇在达喀尔停留的时间比预想得更久。无数次与当地人的会面只是在白白浪费时间，让他们处于相同的迷惘之中。在两次推迟归程日期之后，他们最终带着一种从迷雾中走出的不适感回到了马赛。守护圣母在码头迎接他们，她自己也被云层笼罩着。当世界变得模糊不清时,守护圣母不再劳心劳力地看守伊卡洛斯①,不管怎么样,他总会跌倒受伤。

他们打开行李箱。琳达和吉拉里开启了一种新的生活。他们旅途中的物件一样不少,甚至连牙刷也没丢,他们只是把自己的心留在了塞内加尔。行李箱里依旧装满了和出发时一样的问题,如今在那边得知了少得可怜的信息之后,反倒又增添了一些新的问题。当时发生了什么? 2002 年 9 月 26 日那天晚上,在塞内加尔,在济金绍尔和达喀尔之间,在桑戈马尔海域究竟发生了什么? 一夜之间,将近两千条生命就此消失! 仿佛两千年来的每一年都在索求一个灵魂! 波利娜的父母还很难接受这个事实。"这不可能!"有时候琳达一个人在浴室或是厨房时会这么叫出来。吉拉里不爱说话,常常情绪低落,双目无神,他心里想的一定和妻子说出来的那句话一样。明明这艘船最大承载量只有 550 人,为什么能够让那么多人上船? 谁该为这致命的疏忽负责? 像所有遇难者家属一样,吉拉里和琳达无法也可能永远不会从这次灾难性的打击中恢复过来。大脑就算再灵活也是枉然,这种不可思议的事情让人无法想象。在他们对两个数据进行比较之后,巨大的偏差更反映出那些失职之人

① 希腊神话中代达罗斯的儿子,与代达罗斯使用蜡和羽毛造的翼逃离克里特岛时,他因飞得太高,双翼上的蜡遭太阳融化,跌落水中丧生,被埋葬在一个海岛上。

当时冒了多大的风险。这样鲁莽的行为超出了人们认知范畴。毫无疑问,他们觉得必须有人来承担这一切!但又该是谁?况且,又有谁能来负责?谁有能力扛下这样一场战斗?

有时候,脆弱的成年人也希望能拥有像大卫这样的勇士,来对抗社会、政治、经济上司法审判的歌利亚巨人①,就像一个孩子希望他的大哥哥能赏那些在操场上找他碴的人几耳光那样。谦逊是种美德,但当你处于这种境地时,幻想着拥有恺撒大帝一样的权力并不意味着极度傲慢,而近乎是一种绝望。琳达和吉拉里只是渺小的市民,他们很勇敢,却没有能力与一个国家抗衡,即便它是像琳达所说的一个"第三世界"的国家。他们手上的钱并不足以雇佣律师团队,也不曾和任何一位权贵共进过晚餐,这些人弹指间便能改变命运齿轮的转向。琳达和吉拉里投票支持并为这项伟大的事业战斗,他们多次拜访了许多心地善良的人,但是没有人能在这个世界的掌权者面前说上一句话。面对命运的獠牙,他们除了愤怒以及无法言说的悲伤,就仅有永恒不灭的爱。琳达时常叹息道:哈利路亚!吉拉里也会不自觉地用他的母语说出一样的话来:一切赞颂全归真主!②不

---

① 根据《圣经》记载,歌利亚是非利士人的首席战士,带兵进攻以色列军队,他拥有无穷的力量,所有人看到他都要退避三舍,不敢应战。最后牧童大卫用投石弹弓打中歌利亚的脑袋,并割下他的首级。大卫日后统一以色列,成为著名的大卫王。
② 原文为阿拉伯语音译。

过,雅威①、安拉或是雅·拉斯塔法里②,他们所赞美、恳求的伟大的造物主,难道什么都没听到吗?求主宽恕!有时候,琳达会清楚地听见波利娜的声音,不过这只是在她的记忆中浮现,而不是一句哈利路亚就把她的女儿带了回来。在他们简陋的公寓里,琳达或吉拉里有时会自言自语,大声地喊道:"这不可能!"他们亲爱的女儿再不会从卡萨芒斯回到马赛!波利娜那么乐观,总是充满热情,难道她真的再也不会回来向他们讲述那些她对非洲的美好印象了吗?

库姆巴从没见过波利娜的父母,不过她从西亚勒布那里知道他们只有这么一个女儿。她知道他们唯一的女儿被留在了桑戈马尔王国,所以一想到这对老夫妇,库姆巴就会感到心神不宁。她抱着孩子,不敢去想象琳达和吉拉里有多么绝望,不过她能料想到会有一个问题不可避免地折磨着他们。他们的阳光已经不在,今后的退休生活要怎样度过?这份沉甸甸的未来压在他们的肩膀上!在本该颐养天年的年纪,琳达和吉拉里曾希望静静地离开这个舞台,可现在他们曾拥有与维系的三口之家却变成了另一副模样。幕间休息!停止表演,咔嚓,剧目中断!这就是掌管钟表与塔楼的神灵所想要的。嘿,罗格·塞内!

---

① 犹太教尊崇的最高神的名称,也可译为耶和华。
② 拉斯塔法里教对埃塞俄比亚皇帝海尔·塞拉西的指称,该教的教徒将其视作上帝在现代的转世。

所有这些满怀着希望的帆船,是谁在辽阔的大海上卸下了它们的桅杆? 嘿,罗格·塞内! 当人们在寻找梦想的碎片,试图开启新征程时,天狼星又在哪里发着光? 的确有个吸着大麻的伟大人物!

库姆巴也提出了同一个问题:她和法迪吉娜的未来会是什么样子? 她无从知晓。不过如果这对老夫妇选择挺下去,那她这么年轻,更没理由主动放弃。无论是为了法迪吉娜还是为了她自己,她都会重新抬起头来,注视着海平面。自萨卢姆海岸起,便是由她来选择航向。无论是用风帆或是发动机,船首始终与船长的下巴平齐。向前! 生于这样一个素以航海本领著称的民族,库姆巴不会像四处游牧的富拉尼族搭建的帐篷那样泄了气! 身为尼奥敏卡人,她伴随着大西洋的咆哮声与战鼓声慢慢长大,她尊重大西洋,也从不畏惧战斗。布巴不在身边,而她为了他们爱情结晶的未来,已经做好准备迎接一切挑战。那她既要当父亲又要当母亲吗? 不,她只会做她自己。布巴很勇敢,他的妻子也不输分毫。在尼奥焦尔,谢列尔语中 Okiine 这个词既可以指"人"也可以指"人类",并不区分性别。它是中性词,阴阳性形式相同,只是单复数有所区别。在谢列尔-尼奥敏卡地区,甚至没有女权主义这个名词的存在。勇敢的女人和勇敢的男人都一样,在传教士和布道者到来之前,这样的说法代代相传,以至于根本没有人会为此进行争论。然而现在,依靠母亲才获得瓜尔瓦尔一族血脉的男人却想要让妻子处于他的监督之下。何时能让独木舟像听命于男人那般听命于女人，何时能让所有人享有相同的受教育机会，这是一项难以应对的挑战。嘿，罗格·塞内，天狼星照亮了谢列尔-尼奥敏卡人的海洋与陆地，需要多少人才能遮住它的眼睛？这个历史悠久的民族养育出一批水手、建筑师与几何家，它延续了成百上千年之久，自以为能够将它保存在钟罩之下的人倒不如去奏响钟声宣告潮汐的来临。

为了指引法迪吉娜，她保留了几支蜡烛，并且不会将手中的船舵放开。法迪吉娜这个名字的意思是"做一个完整的人"；字面意思是"作为人，去成长，去绽放"，也可以说是"成为人"。库姆巴站在挂在墙上的，与布巴的合照前面低声说道："法迪吉娜会成为一个完整的人，我会为此付出一切，我保证。"她慷慨激昂地许下承诺，然而她是否衡量过这项任务有多么艰巨？水手的勇气可以掌控他的船，却无法控制海风。

第十一章

"嗯!",您或许感到十分愉快,因为您正喝着科特迪瓦的热巧克力、肯尼亚的咖啡、法国阿梅尔斯克维的葡萄汁,又或者是塞内加尔的青春之水——洛神花茶? 干杯!"嗯……",您是在天堂门口吞食"修女的叹息"①还是"修女泡芙"②?"嗯……"您是在品尝一种美味的古斯米——尼奥焦尔的鱼汤古斯米,美味多汁的阿尔萨斯苹果派抑或是您亲爱的祖母那无与伦比的拿手菜? 如果这些都不能使您满足,那就刻录一部电影,午夜之后播放;您一定会沉湎其中的声色,未成年人是不被允许这么做的。正是这种行为使得参孙③睡在大利拉的腿上被剃掉发辫,害死罗密欧与朱丽叶,造成了萨德侯爵的痛苦,驱使唐璜将自己的

---

① 一种油炸泡芙,直译为"修女的屁",后来人们认为这是对修女的不尊重,改名为"修女的叹息",据说是一名修女在厨房准备盛宴时放了一个屁,其他修女都放声大笑,手中的小麦粉掉入油锅而得名。

② 一种法式糕点,由两个一大一小的泡芙堆叠而成,也称"主教冠",因其形状相似而得名。

③ 参孙个性顽劣,纵情声色,爱上狡诈的大利拉,并告诉她自己力大无穷的秘密,最终被剪去发辫,失去力量并在狱中惨死。参孙的故事常被用来警醒后人抵御诱惑,不被自己的欲望俘虏。(编辑注)

灵魂出卖给嫉妒他的魔鬼。这种行为竟然在今天还会导致人的死亡！让人忍受失望，遭受背叛，还有不要忘了那些荣誉谋杀事件的受害者，这种谋杀罪行势必会让野蛮的行凶者蒙羞。但是，"嗯⋯⋯"不同于"嗯⋯⋯嗯"！寡妇可没有心情发出"嗯⋯⋯"。

当库姆巴用鼻音发出"嗯⋯⋯嗯"，她是给自己的心门上了两道锁。"嗯⋯⋯嗯"不仅仅表示剧烈的牙疼，有时候也是因为美梦破碎使灵魂不得不暂时休息。尽管库姆巴晚上睡得少，但她基本也不午睡。然而，她享受母亲和婆婆离开，留她独自一人的时刻，她就可以沉浸在自己的思绪中，不用再因自己把沉重的沉默强加给她们而感到内疚。显然，她温柔的母亲十分担心，密切地观察着她。萨卢姆的白天，红树的枯叶飘得如此缓慢，慢得都能看着博泷里的鲤鱼长大了。萨卢姆的白天，究竟是盐，是沙，还是时光的重量才使得吉贝木棉的树干都变得僵直了？亚莉亚姆每天走在炙热的沙丘上，然后返回，绞尽脑汁，为的就是让女儿周围的气氛活跃起来。

"库姆巴，要不我打个电话给你表妹？"

"嗯⋯⋯嗯。"

"你们差不多年纪，也一直都很有默契，我想着要是她来陪你应该很不错。你觉得呢？嗯？"

"嗯⋯⋯嗯。"

"啊呀,库姆巴,你倒是说句话呀……"

亚莉亚姆在等一个不一样的回答,却一直等不到结果。当库姆巴发出"嗯……嗯"时,人们可以在她的眼里读到"世界沉默权宣言"。"不要强迫我说话,我的灵魂不是您的魔术箱。我藏在里面的珍宝,对您来说却是一文不值的。因此,沉默权宣言!不要再逼我,您的语言不会触发任何一个能让我将秘密和盘托出的机关。'嗯……嗯',没有布巴,我再也不愿意进行任何清晰的交谈。因此,沉默权宣言!"

尽管库姆巴很固执,但她保持沉默绝不是为了折磨亚莉亚姆。反而是体贴地,出于保护她的目的。的确,双唇紧闭,咬紧牙关容易导致牙疼,但这样就不需要努力说话了,还能避免这些话产生的后果。"和我说说话",亚莉亚姆命令道,好比是船夫让船闸管理员打开水闸。这位护女心切的母亲或许并不知道"和我说话"有时意味着"伤害我"。"库姆巴,我能想象你的痛苦,但是……"她不停地重复着,显然是用错了词。因为,尽管极富同理心,对女儿的痛苦满怀怜悯之情,她肯定也无法想象这其中滋味,毕竟她从未守过寡。亲口尝梨知酸甜!不,在寡居这方面,库姆巴不幸地比她母亲更有经验。在她长久的沉默中,年轻女人重新审视海难事件,思考自己和家人的命运,然而,她若是把想法都说出来必定会让母亲心碎。如果她的沉默能让她保留自己隐秘的想法,不再被认为是精神错乱,那这也是她出于利他主义而费力维持的一种尊严。当不幸之人躲避他人询问的目光时,他们的沉默就是在说:"够了! 不要动摇我,我的心一旦脱缰就会将您轧死。"由于她的记事本不会犯心脏病,库姆巴就把所有没有告诉他人的东西都写在上面,那上面有她的忧郁,当然,还有每天令她恼火的一切。

在向桑戈马尔请求却没有得到回应的夜晚,库姆巴会拿出布巴的照片放在身边,对着他说话,写东西。像法老的抄书吏那样,小心翼翼地将羊皮纸填满。她写着,她就这么夜以继日地写着。她固执地整理着混乱的思绪,把自己的呼吸变成一段乐谱,因为她唯一的音乐是从她的内心发出来的。有时,她会想象那些嗜睡之人突然撞见她的行为,会提出什么问题。你为什么写作? 她会回答:"我写作是为了抑制风暴,借它的力量增强我微弱的气息!"你为什么写作? "为了用标枪射杀纠缠我的妖魔鬼怪,而自己又能毫发无损!"晚上写作有什么意义? "如果唤不醒你们,至少要让我保持清醒!"好吧,但你又为什么要这样拼命地,不停地写? 他们还坚持追问。"快滚去睡安稳觉,不要再来烦我,否则我就要违背不杀有血缘关系之人的原则了! 到时候别来怪我杀人,我只是在捍卫自己的那一口空气!"人们总能找到批评的理由,哪怕是一些不需要他们出一点力气的事情。活着,就是要在各种强制性要求下勉强求生,只有在夜晚寡妇才能重获自由。库姆巴不愧是水手的后代,她写起东西来就像水手划动船桨,骑在大西洋这条蛟龙之上一样。她有着渔夫的坚韧不拔,也像任何一个站在贝壳之上的女人一样渴望清静。脊柱可不是踩脚凳,因此,人活着就要挺直脊梁。出于寡妇应有的谨慎,库姆巴从不大声说话,但写作让她的脊背摆脱了鞍具的束缚。她像拉特·苏卡贝酋长①珍惜自己的宝剑一样珍惜自己的笔。如果说拉特·苏卡贝,萨卢姆的恩戈内·迪埃耶女王②之子在 1701 年逮捕了安德烈·布吕③,那么库姆巴,就是在 2002 年与那些牛鬼蛇神交锋,她很乐意逮捕他们并将他们发配至传说中的世界尽头。它位于上帝的领土之下,在那儿,在阿迪亚戈迪亚克。这些自负的人谈论着他们几乎一无所知的圣书,用连篇废话将她淹没,还把她当作是迷途的羔羊,其实她才是真正通读经文之人,他们不过是满足于传播道听途说的信息罢了。这些兜售沙子的人把烂泥当作是黄金!她并不浪费力气回应他们,而是针对他们新近的狂热展开思考,并在夜幕降临后写下来。眼看着同胞背离自己的文化,宣扬着他们只懂皮毛的其他宗教,她思索着法迪吉娜的未来在哪里。时不时地,她会盯着照片询问她的爱人:

"布巴,我的布巴,勇敢的男人,告诉我吧!我们的女儿应

---

① 卡约尔和巴奥勒两大酋长国首领。
② 萨卢姆酋长国的女王,拉特·苏卡贝的母亲。
③ 法国探险家,批发商,是西非许多殖民公司的负责人,与恩戈内·迪埃耶往来密切,情同母子。

该何去何从？法迪吉娜要在哪里成长？"

话音刚落，库姆巴好像听到了布巴的声音，重复着他常说的话：

"库姆巴，我亲爱的，这个国家已不再是我们小时候那样了。的确，柏油马路越来越多，我们追寻未来的脚步也越来越快，但文化却一头扎进了荆天棘地。当伊斯兰教的隐士在清真寺的掩护之下以安拉之名谋取钱财，抢劫天真之人，非洲应该何去何从？当说大话者身着戏服，在教堂的掩护之下，滥用基督之名，靠人民的苦难发横财时，看台前却挤满了着魔的民众，非洲应该何去何从？当那些所谓的宗教引领者靠搞政治裙带关系为生，不再以灵魂追求为目标而是与一堆利欲熏心的女人厮混时，非洲又该何去何从？法迪吉娜会在怎样的非洲长大？"

由于不知道如何应对这些问题，库姆巴开始写作。当其他人或编织或刺绣，或精梳或雕刻，或吸毒或割腕时，她选择写作。手握笔杆，她就是这样抛开令自己难以忍受的现实；手握笔杆，她就是这样在生活的波涛中摇橹前行；手握笔杆，她就是这样对抗思念之情，这样在失去布巴之后苟延残喘，为法迪吉娜活下去。库姆巴不需要刻意寻找词句，是词句不断涌入她的脑海，从阴影中冒出来，挥舞着火把，勾勒出布巴的轮廓。

"勇敢的男人，我的爱人，你来啦。"库姆巴微笑着喃喃道，"不管别人认为你在哪里，当我和你说话时，宇宙都会缩小，只为了让我们重逢。"

魔力！库姆巴用笔尖抓住她的爱人，将他带回自己身边。她面对着纸张，手中的笔彻夜不休，微微抖动，直到耗尽马灯里的最后一滴煤油，寡妇需要什么提神饮料？如果您有着膳食总管的灵魂，就会知道库姆巴什么也不需要。把您的黑咖啡送去给巴尔扎克吧！至于威士忌，就将其痛饮，以此向布考斯基①的灵魂致敬吧！除了反射在库姆巴眼里的一杯洛神花茶之外，对她而言井水足矣。让她拿起笔的东西会驱散旱獭般的睡意，让她奋笔疾书的东西在白天沉寂，但当夜幕降临时，就会发出墩墩鼓的咚咚声，声音大到足以唤醒萨卢姆热沙之中的马雷欧塔纳殿下。想象一下恋人的心跳，是在夜晚呼唤心上人的心跳。砰，砰砰，布巴！这是一场丁塔马尔游行②，简直要盖过锡内-萨卢姆的墩墩鼓和佩兰盖埃的声音。布巴，勇敢的男人！布巴，科尔库姆巴！一下又一下，库姆巴的心有节奏地跳动着。

白天她一言不发，默默观察，但并没有减少思考，因此，到了夜晚她有很多话要写给她的爱人。如果说她用沉默来保护她的家人，尤其是保护她的母亲不受她忧愁思绪的伤害的话，那它同时也是保护自己的锁子甲，用来抵御一群群成天扰她清净

① 德裔美国诗人、小说家，作品侧重描写社会边缘人物。
② 阿卡迪亚人的一种传统，参加游行的人拿着临时拼凑的能制造各种噪音的东西从社区穿过，以此庆祝全国阿卡迪亚节。

的牛鬼蛇神的攻击。上帝慷慨地把一切都给了人类,包括剥夺他们氧气的人类同胞。我们也应该为此感谢上帝吗？哈利路亚！阿尔罕杜利拉！总有一些令库姆巴感到厌烦的亲戚或邻居。她平常是像博泷一般平静的,但在守寡期间,她感到自己一天天被海浪淹没。生活在一起,对所有人来说都是一件自然而然的事,尽管他们并不像鼹鼠那般亲密,但和睦地生活在一起,在任何地方都仍然是一个永久的规划。

因此,在某些夜晚,当桑戈马尔对她的呼唤充耳不闻时,库姆巴就利用这个机会记录下她想要和布巴讨论的事情。事实上,她感觉他们昔日的对话还在继续。关于新的伪宗教人士,她很清楚布巴的想法,但她常常寻思着,针对那些人在她守寡期间的所作所为,他又会作何感想,因为在这方面,尽管他有敏锐的洞察力,却仍无法预测。然而,他们就在那儿,像秃鹰一般盘旋在受伤的灵魂周围！他们似乎无处不在,从不会缺席太久,从四面八方进行围追堵截。

"布巴,他们就在那儿,"库姆巴喊道,"要是你能看到他们就好了！他们就在那儿,越聚越多！上帝的造物,却是人类的重担！那些在他们的桎梏之下没有呻吟的人,只是怕受到更多的压迫罢了。他们改变宗教信仰,羞于承认祖先的泛灵论,却仍然害怕萨卢姆夜晚的奥秘,只能趁机利用他人的恐惧来消除自己对黑夜的恐惧。"

库姆巴想起了当那些牛鬼蛇神胆敢质疑布巴的信仰时,他挖苦他们的语调。

"一群愚昧的人!快滚开!去,去!"他怒吼道,"他们究竟是因为缺电所以在黑暗中故弄玄虚,还是故意无视被《世界人权宣言》承认的信仰自由?库姆巴,我亲爱的,不管是什么原因,我们绝不会允许这些骗子像催眠其他人那样对我们进行洗脑。"

"噢,绝不会的,勇敢的男人,我时刻提防着他们!"库姆巴憋着笑说道,"布巴,要是你能看到他们就好了!他们毁了小岛的生活,却还敢说'让我们度过宁静祥和的一天吧!'从早到晚都是'我们在天上的父啊,我们慈祥的主啊……'"

我们在天上的父,阿门!我们在天上的父,我们慈祥的主,阿门!这些异化的泛神论者常常这样祷告。他们伸出双手,神情浮夸,胡子蓬乱,嘟哝着晦涩的经文,唾沫横飞,洒在每一个与会者身上,语气从不和善。他们是狂热的伊布力斯①信徒,受统治的欲望和贪婪驱使,曲解神圣的《古兰经》奴役劳苦大众,还毫不犹豫地指责清醒之人是异教徒。不管有没有泛神论者用来占卜的小贝壳,库姆巴都清楚地知道这些信口雌黄的人会比任何罪人都先下地狱。在那里,他们会怀念那些他们常常对其许诺能去炼狱接受洗涤的人。一群伪君子!库姆巴一看到这些

① 伊斯兰教的魔王,相当于犹太教和基督教中的撒旦。

自封圣人之人就会这么想,他们炫耀自己的念珠就像孔雀炫耀自己的羽毛一样。出于大众对死亡的恐惧,他们的听众越来越多,他们会随时赶到举办丧事的家中,就像豺狼闻到腐尸的味道一样。总是有足够天真的人以信徒的恭敬接待他们,因此库姆巴猜想,那些放弃了祖先信仰的人急需新的灵修,以至于不管什么都囫囵吞下。羊羔饥肠辘辘时更容易被捕获,这一点恶毒的牧羊人很清楚,于是他们无耻地诱骗它们,以便挤奶或宰杀。但库姆巴要把自己的奶水留给法迪吉娜,并不打算像巴汝奇之羊①一样盲从。这些人低声吟诵经文,或许是因为怕被人发现自己谬误百出,他们所念之词绝不是曾经指引邦代·妮扬博的思想,她是尼奥焦尔母系氏族的建立者,统治范围横跨加布王朝和萨卢姆王朝。邦代·妮扬博的祖先由于不愿意改变宗教信仰而在图邦战役②中被赶尽杀绝,如今她的子孙后代却任人洗脑,难道她还要失去自己的子孙吗?啊,如果祖先们看到今天的景象,他们还会为这些健忘的继承者们浴血奋战吗? 如今在 2002 年,在尼奥焦尔的天空之下,库姆巴,塞多勇士③的后裔,在监视下按照穆安津宣礼的时间做祷告。邦代·妮扬博靠

---

① 出自法国作家拉伯雷《巨人传》第四部,巴汝奇为报复羊角,将带头羊引诱到海中,其他羊也跟随其后,纷纷跳进海里。(编辑注)
② 富塔王朝对加布王朝发动的攻击,战争持续数十年,以加布王朝惨败告终。
③ 泛指塞内加尔、冈比亚以及毛里塔尼亚南部古老王朝的勇士,他们信奉非洲传统宗教,反抗殖民统治和伊斯兰教、基督教的思想同化。

天狼星指引找回方向的超常记忆力如今何在？年轻的寡妇一边小净一边思忖着。从锡内-萨卢姆存在的第一个夜晚起,谢列尔人就崇拜的万能神罗格·塞内如今又成了什么？这是阿尔茨海默病啊！谁能治好患了阿尔茨海默病的非洲？法迪吉娜又该何去何从？

虽然年轻寡妇不再去细数那些卑躬屈膝的行为,但她并没有忘记桑戈马尔的神灵从远古时代起就守护着她的村庄。在向罗格·塞内祈祷后,妈妈引还会向这位神灵祈求平安健康,祈祷捕鱼时能满载而归,播种后能有好的收成,以及一切能让人类安心和快乐的东西。但是,如果说忠诚是最崇高的美德之一,那么,在那些被过往束手束脚的改宗之人所在的地区,丧失忠诚会让人付出高昂的代价。有些地方曾经实施过火刑,这是库姆巴在法国学校学到的,这一切总是以指责非难开始。然而,她注意到在村庄里,针对那些坚守在祖先灵堂前的顽抗者,这些托尔克马达①再世已经开始这么做了。因此,库姆巴时刻保持警惕,夜晚,她的眼睛来回扫视着两个占卜用的小贝壳,但当面对脸色阴郁的牛鬼蛇神时,她把自己的想法留给了她的记事本和法迪吉娜。桑戈马尔岛曾被认为是神圣的,如今却失去了信徒,为了划向那里,她需要等待夜幕降临,就像我们等待一辆

---

① 15 世纪西班牙天主教多明我会僧侣,曾通过信仰审判以火刑处死大量异教徒。

驿车一样。从日出到日落,她耐心等待,同时也观察着常常让她感到厌烦,偶尔让她分心的日常生活。的确如此,她的注意力总是被无关紧要的小事所吸引,思绪会带着她飘向远方,远离她方方正正的拜垫和阻挡她视线的寡妇头巾。当目前的心境给她指定了唯一的,单调的主题时,幸好思想并不总是如此顺从。除了她被监禁的悲惨原因之外,库姆巴几乎是无意中就开始思考起别的问题了。每天她都要接待一批批的拜访者,其中有真心同情她前来给予支持的人,但也有许多伪善者,他们就像空葫芦一样嘈杂。让她感到疲惫的正是后者,他们时不时前来,在她耳边唠叨有关寡妇言行举止的可笑建议。所有人都是同根同源的!①问题不在于他们所说的话,尽管这些话既搅乱了晨曦还冒犯了上天,而是他们总是利用"全村人都是一家子"这一百试不爽的借口,鞋子一穿一脱,冒冒失失地推开门,从早到晚霸占着椅子,谈论着,絮絮叨叨,尤其是他们竟敢这样念叨着:

"库姆巴,我亲爱的表妹,如果你不介意我这么说的话,请务必把自己包得更严实一点。"牛鬼蛇神中的一个率先说道。表哥,或许吧,但要想弄清楚是哪门子表哥怕是要让谱系学家也愁白了头发。"库姆巴,你知道,虔诚的女人是不应该露出脑袋的,尤其是像你现在这样的情况。"

---

① 原文为谢列尔语。

"没错,侄女啊,要注意着装得体。"那群牛鬼蛇神中一个头发花白的谋士立即补充道,为找到了突破口而异常满意。"寡妇在遵守萨拉特①这方面应该起到模范带头作用。此外,做祷告也要更准时一点。听你婆婆说,你这方面还有待提高。"

"的确,仅仅祈祷是不够的,准时也是必要的品质之一。"这位谋士的支援者评论道,然后以给对方定罪的语气继续道,"在等待约亚迈②的时候,有什么比敬拜上帝更重要的?库姆巴,要注意保证我们的行为是无可指责的,麦莱基勒毛蒂③在监视着我们,他不会遗漏任何一个灵魂!"

"库姆巴,我的侄女。"总是抢着下定论的白发谋士又说道,"库姆巴,不要再把念珠挂在脖子上,这不是项链或装饰品,而是一个神圣的物件……"

前几次就是说"库姆巴,不要再这么做了……你知道这是一种罪孽吗?正如伊斯兰教隐士所说:要想让逝者的灵魂安息,寡妇应该……库姆巴,不要再这样做,也不要再那样做了,没错,这都是以前的做法,但在我们的宗教里这是哈拉姆④。"

他们所有的来访都是这样进行的。从禁止到劝说,大家你

---

① 伊斯兰教的礼拜。

② 这里是牛鬼蛇神的误读,应该是"亚姆-给亚迈",阿拉伯语音译,意为复活日、清算日、审判日。

③ 这里也是误读,应该是"麦莱库勒毛特",阿拉伯语音译,意为死神,司命天仙,安拉的四大天使之一,掌管死亡,负责索取人的性命。

④ 阿拉伯语音译,意为禁止的,违反教律的。

一言我一语,阻挡了库姆巴的视野。他们即兴发挥,说教内容不断岔开,审理时间不断延长,永无止境;折磨也在持续,因为上帝在创造人类的时候忘了给耳朵加盖,这样当人们耳边充斥着废话却又不敢援引沉默权宣言时就不能将其合上。既然他们自认为掌握真正符合教育法的表达,这些牛鬼蛇神就应该用自己的语言说"遵守礼拜",而不是信口用阿拉伯语说出"萨拉特";被宗教禁止的事应该明确说是"违禁的",而不是说"哈拉姆"。但他们并没有这么做!他们还给司命天仙改了名,"麦莱库勒毛特"成了"麦莱基勒毛蒂",他们还把"亚姆-给亚迈"缩短成了"约亚迈",却不直接说"复活日和最后的审判";他们援引《古兰经》第75章《勒齐亚玛》:复活节,但谁也没有读过原文。他们以目击者的无知为赌注,把阿拉伯词汇嚼碎,反复咀嚼,就像也门人咀嚼卡特①树叶一样,还乐在其中,煞有介事地摆出一副学究的模样。面对这样的招摇撞骗者,库姆巴心想,任何一个合格的穆斯林都应该向至慈的真主安拉寻求光明和保护。最糟的是,这样的人显然不知道《巴格勒章》②第78节谴责的正是他们这种行径:"他们中有些文盲,不知经典,只知妄言,他

---

① 一种终年常绿的灌木植物,源自也门和埃塞俄比亚,当地人常咀嚼其叶子,能使人感到兴奋。
② 即《黄牛章》,是《古兰经》的第二章,同时也是篇幅最长的章节,著名中国《古兰经》翻译家马坚将"黄牛"音译为"巴格勒",著名的"宝座经文"也在这一章里。

们专事猜测。"但是,特慈的真主、大能的真主会是他们唯一的
审判者。

他们算准了自己对听众的影响力,于是摆出一副权威的架
子,含沙射影,吹毛求疵。厚重的木屐一路上碾压一切,总是分
不清沉默和顺从。库姆巴听着他们说话就像是母牛看着火车
经过一般无动于衷。没有刹车,他们会在多大程度上傲慢行事?
她还不知道。最令她不快的是所有这些假装虔诚的人都是不
请自来,给出自以为是的建议,死皮赖脸地侵犯她的私生活,就
像寄居蟹侵占空的贝壳一样。虽然这些纠缠她的牛鬼蛇神确
实生活在迪杨杜福和尼亚尼杨德的潮间带附近,而周边环境确
实会影响到人的行为习惯,但不管怎么说啊,布巴说得一点没
错!库姆巴想着,丈夫劝说她一起前往首都时爽朗的声音犹在
耳边:

"亲爱的,在达喀尔,我虽不能许诺你奢华的生活,却会有
绝对的安宁!在我们的家中,只有你和我!你知道我有多爱我
们的小岛,但真的,有些人有支配他人基本生存空间的癖好,这
是令人感到非常遗憾的事情。这简直是最严重的社会暴力之
一,不幸的是,在村庄里这些人是众口铄金。拥挤的村庄确实更
有人气,但也必然导致对他人隐私的侵犯。亲爱的,在达喀尔,
我们就终于能有真正属于我们的时光了。"

在村庄里,库姆巴执拗的沉默并不会劝退那些自称是她引

导者的最厚脸皮之人。"一言为定",她深知有关航行的建议不足以使船偏离航向,于是做出了让步。从赞同到对命令的执行,还需要经过意愿这一最高权力的允许。此外,所有这伪装的灵魂之旅的船长,他们为何不去讨论有关他们自己改宗的偏航人生,反而用他们不谨慎的宗教情感来烦扰她啊!身为渔民,根据他们的圣书,他们更是罪孽深重之人。《古兰经》的第二章《黄牛章》,即《巴格勒章》,就谴责了夸耀之罪,而他们却无时无刻不沉醉其中。他们中的绝大多数人都无法看懂此书,对于他们故作高深的布道,库姆巴一点也无法相信。她又想起了布巴的话,倍感安慰:

"亲爱的,别听他们的。他们赖在年轻夫妇的家中,表现得好像虚长那几岁就足以让他们成为神学家了。有时候,长子权倒更像是做蠢事的权利!谁若是知道了鹦鹉复述主人谈话片段的简单脑回路,自然就能知道某些人是如何结结巴巴地背诵着不知其意的圣书章节的。别理他们。"

等他们嘟哝结束后,库姆巴总会低声说:"请求安拉原谅",①向安拉祈求宽恕,生怕和这种公然亵渎神圣词汇的行径联系在一起,但那些那喀索斯却误以为她是在对他们的大杂烩说"阿门"。但愿他们能搞错通往伊甸园的路,这样其他人就终

---

① 原文为阿拉伯语音译。

于能清静了。他们念完祈祷文之前绝不会踏出大门,尽管没人求他们这么做。"我们在天上的父,我们慈祥的主,阿门!"他们唾沫横飞,像毛毛细雨一样洒满他们在下面张开的手,这些手畏畏缩缩,关节僵硬。这样的祷告过后,我们会把什么东西搓到脸上? 这些院长们就这样通过唾液大量散播病菌,人们需要多少疫苗,多少抗生素才能保护自己不受病毒侵害? 在这样一个国度里,肝炎的的确确存在,且危害极大,结核病也拒绝被驱逐出境,这还不算其他自然界"馈赠"的传染病,毫无疑问,即使是被神圣化的唾沫星子也能在祈祷垫下留下一些微生物。"我们在天上的父,我们慈祥的主,阿门!"真的有人在上面看着这一切吗? 不然为何没有巨大的拳头从天空伸出,将这些作恶多端的人打入沙堆,或抛到海湾上,抛到那儿,抛到桑戈马尔。即使在亡灵之国,他们也会打扰到其他人。

尽管库姆巴很有耐心,但有时候她也会有一种冲动,想要给这些走街串巷的布道者提供狗绳和木桩,她怕有一天他们上门时自己会忍不住用油锅砸他们的脑袋。这些让人恼火的人大部分年龄都已经超过了国家的人均寿命(在 2002 年时是58.66 岁)。关节病和渔网已经使他们的骨骼严重受损,库姆巴用漏勺就可以敲死他们,还不用顾及上帝,因为罗格·塞内很清楚她忍受的一切。她克制着自己,主要是为了家人的安宁,因为她的行为会牵连整个宗族。在她的故乡,责任是个人的,但耻辱却是要共同背负的。如果寡妇的怒火不幸让一个牛鬼蛇神寒了心,整个村庄就会指责她杀了人,尽管她不过是给了对方最后一击罢了。当亚莉亚姆感到女儿太紧张时,她会偷偷去神圣的猴面包树下倒一些小米、凝乳和淡水。吃饱喝足,复仇的盘古尔就会悄悄离开,然后受保护者就会冷静下来,至少亚莉亚姆是这么认为的。

尽管库姆巴敏锐地感受到了母亲的努力,知道母亲愿意做任何事情来安抚自己,她还是感到无比孤独。她需要的是另一种更亲密的默契,让她能够说出自己的苦痛,而又不会引起别人的不安或恼人的评判。她缺少的是对共同反抗的支持,是思想上的志同道合,从前,有人有这样坦率的默契使她能够诚实地说出自己的想法,尤其是有关牛鬼蛇神统治的见解,而不至于被那些嗜睡者逼得走投无路,只好保持沉默:那些人和瓦西亚姆一样,已经被控制了,还有所有那些胆小鬼,他们不愿公开承认意见的分歧,而是闭上眼,还劝守夜者不要看天狼星。她缺的是布巴。她每个夜晚都与他对话。因此,要让她在白天说话?"嗯……嗯",依照沉默权宣言!

第十二章

渴！渴望水还是渴望爱？当人们的需求得不到满足时，渴是致命的。谁来给寡妇们解渴？对于库姆巴来说，没有布巴的夜晚就像萨赫勒沙漠草原地带的水井一样，黑得看不见底。当那些安慰者纠缠着她，满口陈词滥调时，她的眼神就好像在说："如果你们没有大缸的清水可以提供给我，就不要阻止我跳入井中。"

一天夜里，一根绳子从黑洞的边缘滑下，一直落到深渊底部，往下滑时发出了摩擦声，嘎吱嘎吱、嘎吱、啪嗒！所有的悬空状态都预示着最终的坠落。当孤独的心去汲取爱时，它在何处漂泊？水桶里空无一物。倾倒的水桶掀起了夜的倒影，在黑洞的底部映照出了一片天空，天空嫉妒夜的神秘，气皱了脸。在长时间观察和思考后，库姆巴只带回了盆里的一点水，却没有得到任何有关她疑问的答复。淘气的天空只需向娜克威提供自己黑色的镜子，这些巫师或许会比库姆巴看得更清楚。某些夜晚，当她太烦躁时，库姆巴就去打水的路上追寻真相与正义。

嘿,罗格·塞内,面对这些无法用水缓解的渴,我们要如何活下去?嘿,罗格·塞内,你让被夺去爱人的人变成了什么样?每一个没有杀死她的夜晚都是不近人情的!库姆巴常常问自己:能为她勘探地下水的人已经长眠于星辰之上,她还有什么理由活在这片坚实的土地之上?任何井水都不如一个吻来得解渴!嘿,罗格·塞内,谁来给寡妇们解渴?必然不能是萨赫勒的太阳,这太阳点燃了稀树草原,任凭母牛饿死!萨卢姆的夜晚,当沙子喝了祭酒而降温后,是归来的逝者为生者解渴。

库姆巴每天都倚靠在夜晚的石井栏上,直到早晨的曙光和问候让她从虚无的吸引中挣脱出来。她常常想着要如何与布巴团聚,泅水过河或通过其他任何方式,但每当感受到身边女儿温热的气息是如此无辜,她就打消了这个念头。需要有一只善意的手来陪伴小家伙的成长之路,库姆巴不能收回自己的手,尽管她也在摇摇晃晃。在没有磐石般的布巴的情况下站稳脚跟,是她每天都在努力创造的奇迹。她夜晚的休息时间取决于法迪吉娜喝奶的时间。孩子渐渐长大,母亲夜夜守护,她咬着钢笔,记录下和亡者的对话。有时,她想象自己身处远方,远离她椰子树下的房间。但一声轻咳,一个懒腰,任何有关小女儿生命的微弱信号都会立刻让她想起将她与现实连接起来的缆绳结,让她处于过去和未来的交叉口。身为母亲,就是要为正在成长的生命活下去,哪怕自己已没有生的信念。没有布巴,作为女

人的库姆巴已经死了,她只剩下法迪吉娜的母亲这一角色需要
扮演。库姆巴发现,身为母亲,就不是为自己而活,而是为了另
一条生命而活。小法迪吉娜是她春日里的鲜花,她激情的果实,
是她关于布巴的最美好的回忆,同时也是她与未来的信使。因
此,库姆巴确信她的小女儿一定能去上学,因为她会为此而奋
斗。女儿将能识字,看懂他们的故事;女儿将会算数,记住惨剧
的日期以及母亲永远怀念的往日快乐。库姆巴不停地写。她的
笔在大理石般的黑夜里刮擦、刻画,因为如果任凭生活的浪潮
带走过去的一切,那将是无法想象的。她不仅搜集回忆,还会挑
选日常生活的闪光时刻并将一切记录下来,就像是储备粮食一
样。再过几年,就要靠这个来满足法迪吉娜的好奇心了。库姆
巴的记事本将会为女儿重现那些可怕的日子,小家伙对此不会
有任何个人的记忆,但这对于她理解自身故事而言却是不可或
缺的。成长过程中没有爸爸?妈妈,发生了什么?我爸爸怎么
了?这是怎么发生的?这些都是不可避免的问题。再过多少个
春秋,法迪吉娜就能理清杂乱无章的生活了?时光冲淡记忆就
像铁锈腐蚀沉船一般。因此,年轻母亲想通过写作为女儿保留
一份自己的完整记录。不管怎么说,她自己也需要好好梳理这些
事情,为它们找一个符合逻辑的解释,即使她可能会因此失去理
智。周围人都不愿费神去分析前因后果,只把一切归咎于偶然,
是运气不好。库姆巴与他们恰恰相反,她绞尽脑汁,执着地寻找

事故原因,因为那一串悲剧性的连锁反应使她痛失了丈夫。

　　白天,当村庄里喜爱群居的人将自己的想法强加于人时,库姆巴就听任评论员们胡言乱语。她抱紧女儿思索着,在消极应战和奋起反抗之间摇摆不定。"他变成这样是神的旨意",那些嘴碎的人说道,他们提起布巴的口吻,就像惋惜遭遇蝗灾的农作物,用的都是宿命论的那一套说辞。"是上帝希望他这样的!"他们说道,好像上帝没有给予人类自由意志,让他们掌控自己的愚蠢决定和犯罪行为!"这就是命啊!"这种话让库姆巴厌恶至极。那"乔拉"号就是自己超载的!它就是自动操作然后自行沉没阿迪亚戈迪亚克的!命运,那些牛鬼蛇神常常把这个词挂在嘴边,以此来堵住所有抱怨,宣告任何控诉人为错误的行为都是无效的。甚至犯错之人都被认为是受害者,是命运相同的牺牲者,这命运由不得他们,却要由他们来完成。库姆巴想着,如果一切都是命中注定,任何灾难都是无法避免的,那人类为何还要求助消防员。"命运不过是个借口罢了!"她怒吼着。或许有一天,当她还在为爱人哀悼时,就会忍不住打碎一个只会说空话之人的下巴,因为这些人把一切归咎于厄运,以此为罪人洗脱罪名。当这些多嘴多舌的人口若悬河时,库姆巴就垂着眼睑,紧闭嘴唇,反复思考。她的沉默如火山一般,在心里用上勾拳暴打他们。如果桑戈马尔实现了她的祈祷,这些诡辩者现在就已经满地找牙了。

这些宿命论者徒劳地蹂躏着她的耳朵，对于她在深渊边缘度过的一个个夜晚以及无法摆脱的噩梦般的想法，他们又知道多少？那将她的巨人吞没了的滔天海浪究竟有几米高？当时的水温是多少？布巴是如此怕冷。他祖孙三代都是水手，在认输之前是否游了很久？他遇难时是否正在船舱里想要休息一下？那天夜里，他是否有时间吃晚饭？是在何种情况下她的爱人才放弃了回到坚实陆地的希望，放弃了她的怀抱以及法迪吉娜的未来？这些问题折磨着库姆巴，让她失去了胃口，日渐消瘦，脸颊凹陷。而那些听天由命的人还来纠缠她，大谈特谈命运，就像给闹脾气的孩子一根焦糖棒棒糖一样！让这些虚伪的同情者都见鬼去吧！如果他们对造成灾难的真正原因毫不在意，他们又怎能声称理解她，对她的痛苦感同身受？命运？是怎样糟糕的命运？是哪个女巫，是哪条善妒的人鱼害她的爱人沉没海底的？不，完全不是这样的！她怒火中烧。既不是魔鬼也不是女巫！而是那些让"乔拉"号超载的不负责任之人，是他们夺走了如此多塞内加尔的孩子，是他们害得许多乘客梦想破灭。用厄运和天意进行辩护只能让鸵鸟冷静下来！凿沉了"乔拉"号的是无知，是浅薄，是无能，是能够逍遥法外的侥幸心理。除此之外别无其他！这样的疏忽让任何借口都变得可耻！

就像在马赛的吉拉里和琳达一样，库姆巴也为自己的无能为力而懊恼，这对她的折磨与身为寡妇的孤独感不相上下。是

命运的安排还是撒旦的指使,就是因为那些人行事无法无天,
她的女儿才会失去父亲。而那些每天夜里抱着丈夫入眠的女
人还敢用谢列尔语对她唠叨什么 mougni, mougni(冷静一点,要
坚持住!)但她们却没有说靠谁撑住,抓住什么来撑住。而且她
也受够了这个词。在尼奥焦尔,mougni 也是常见的给狗起的名
字,而狗至少还能找到鱼骨头来啃。库姆巴要怎样才能充饥?
虚空感吞噬的正是她自己。面对她的任何发问或抱怨,人们都
会用"要有勇气"作为回应。但是,只有驴才会默默承受重担而
不考虑更长远的未来。让这些布道者都滚开!让他们叽叽喳喳
的妻子还我清净!库姆巴想着,所有那些费力阻止她反抗而不
试图理解她的人都让她怒不可遏。他们究竟只是一时被宗教
麻痹了心智还是完全失去了斗志?夜里当她觉得床太大时,那
些建议她过机器人般的生活的人又在哪里?当她的女儿号啕
大哭却听不到一首摇篮曲时,他们是否鼾声如雷?当她闻着布
巴的衬衫就像吸毒成瘾之人绝望地寻找着一剂毒品,她在房间
里默默忍受的一切他们又知道什么?

　　在忍受了白天的来访后,库姆巴将黄昏作为喘息的时刻来
迎接。他们在达喀尔狭小的单间公寓里时,她偶尔会感到孤单,
但仅仅是在布巴出远门时。现在,她不仅是在人群中感到孤单,
而且还意识到,她在村庄里所感受到的苦闷并不都是因为丧
事,还有一部分是因为在夜幕降临之前她再也不能有任何放肆

随意的行为。在这样的情况下,神经每天要承受多少帕的压力?整天都拼命挺住,努力不让自己跌倒,还要保持神态端庄,以此欺骗对方,这么做真的不会对机体有所损害吗?常用的问候语"你还好吗?"或许应该换成"你身边的人,他们怎么样?",这样会更恰当,因为从对这个问题的回答可以推断出说话者的健康状况。当然,人们聚在一起是好事,但是,如果一刻也不停歇,就会让人筋疲力尽,最重要的是,这还是有害的。即使是最让自己安心的人,如果每时每刻都在场,也会令人难以忍受。如果说需要时间和他人一起生活,那么,用来喘息,倾听世界,试着调整某种内心和谐的时间也是必不可少的,这有利于更好地与他人相处。少了任何一种时间都无异于自虐或是强迫他人,强迫那些被他人剥夺了自我的人。拥抱是令人感到舒适的,但是,如果抱得太紧也会致命。

呼!晚上洗完澡后,库姆巴舒了一口气。终于一个人了!只有在这时她的脸才会舒展开来,与白天一轮又一轮的重复接见相比,与桑戈马尔守夜者的约会更能给她带来安慰。终于一个人了!她可以自由地在内心花园里漫步了。花园里有玫瑰、兰花还是灰喇叭菌?不管是什么,所有在她脑海里萌芽的东西都在夜间盛开,扩大了夜色的范围,她仿佛在这其中依稀看到了丈夫的微笑。终于一个人了!她不再仅仅是一个寡妇,而是找回了库姆巴。库姆巴,一个在夜里呼唤爱人的有情人。

　　一天夜晚,把女儿哄睡着并接受了婆婆习惯性的祝福后,库姆巴抓起一件布巴的衬衫,久久地闻着,双眼紧闭。突然,她开始祈祷,并把衬衫朝祈祷的方向举起:

　　"桑戈马尔,是我,库姆巴,在你的河流里沐浴过的孩子,我回到了你身边。今天早上,我悄悄为你和妈妈引撒下了小米和凝乳。桑戈马尔,布巴在你的王国里,我卑微地向你请求,请你让我看一眼我的丈夫。桑戈马尔,请赐予我一双能看破黑夜的眼睛。桑戈马尔,求求你了,让我看看我的丈夫……"

　　库姆巴双眼紧闭,一遍遍重复着自己的请求。手臂因长时间举过头顶而酸痛,于是她放了下来,并把布巴的衬衫紧紧抱在胸前。库姆巴坐在床上,一边祈祷一边轻轻摇晃上半身。她为什么要这样晃动?因为被爱人强烈的气息吸引并以此为动力,她仿佛划着船,口中念念有词,像唱着歌乘风破浪的桨手一般。哦,扬帆吧!目标就在前方,加大马力!就像心里有成千上万名水手一样,库姆巴奋力向布巴划去!哦,扬帆吧!

　　她的思绪是以多少时速在航行?只有咕咕叫的鸟儿才知道,但这故弄玄虚的家伙把答案藏在了心里。咕咕,咕咕!那飞禽嘲讽地重复着。这是萨卢姆的一个夜晚,当猫头鹰和它骑在扫帚上的女巫朋友在天空翱翔时,一个为爱痴狂的女人在床上摇晃,想要借此摆脱孤独。库姆巴没有翅膀,否则她就会像鹈鹕一样降落在桑戈马尔。她摇晃着。她还在这具运动着的躯体之中吗？如果龙卷风这个叛徒突然掀开她的锌皮屋顶，她会注意到吗？我飞起来了，布巴，看，我朝你飞过去了！她一定会这么想。但没有任何狂风来将她带离床榻，法迪吉娜也帮不上什么忙，这个悠闲的孩子正在梦里冲着天使微笑。

萨卢姆的夜晚！谁没有翅膀来完成旅行便可以依靠祖先盘古尔的气息。萨卢姆的夜晚！谁向妈妈引的盘古尔祈祷就能跨入肉眼不可见的世界，在那里，你所珍视之人的灵魂会重新获得骨与肉。"亲爱的孩子们，不要有所怀疑，谁想要找我就一定能找到我"，信仰泛灵论的老谢列尔人在临终前这样承诺。在这些祖先看来，经验世界不过是众多世界中的一个，只要有人引导，我们就能进入到其他世界里。也就是说，我们需要接受祖先宝贵的教育指导，这教育涉及方方面面，有宇宙起源学、原型神话、图腾和禁忌的深层含义以及相关的义务，还有将祖先信仰体系化的宗教典礼以及举行宗教仪式时需要念的咒语，尤其是较难入门的神秘学的咒语。尽管祖先只是用一截木棍闩住了密室的门，但是，只有值得祖先信赖之人才能获得神圣木屋的钥匙，解开其中的奥秘。法迪吉娜将从她母亲的记事本里得知这一切，而母亲又是从母亲的外婆那里得知的。当所有人都认为这个村里最年长之人行将就木时，睿智的鲁蒂亚姆就表现得比实际上还要老态龙钟，以此来劝退后人中那些没有耐心或狂躁易怒之人，这时她再悄悄把秘密传授给温柔善良的库姆巴。长者们坚信自己是在传承巨大的力量,为保证力量的正确使用,他们在选择继承者时看重的是人性。因为,那些能通过可感知世界的暗门召唤并接待逝者的人就是灵魂的守护者,他们也有义务守护生者的安宁,因为后者要么是罗格·塞内新的造物,要么是祖先投胎转世。因此,不论表象如何,他们都要守护罗格·塞内的世界里处于各个阶段的人类,不论是看得见的还是看不见的,不论是在这里的还是在别处,潮起潮落时都会有灵魂横渡大海。

通过什么方式?由萨勒蒂盖通灵,召唤灵魂!谁想换一个世界只需改变自己的意识,因此,人类被认为是有多种意识的,就像被认为有多条生命一样。光阴异端派①是不会献上祭品和祭酒的,只有不论对待普通邻居还是座上宾都一样礼貌周到的人才会这么做。为什么要念咒?因为即使是向妈妈引传达爱与苦闷之情投递员也需要一个地址,布巴现在也是妈妈引中的一员,和大家一起守夜。咒语是什么?仍然是之前低语的内容,就像一个虔诚的信徒一遍又一遍地吟诵着圣诗。再说,谁会对爱人的名字感到厌倦?心怀所有虔诚之人的热忱难道不就是对上帝的尊崇吗?爱!不管是用什么口音说出来,精神恍惚的人

---

① 又称光阴派,是公元前 6 世纪至公元 4 世纪盛行于波斯的哲学派别,该派否认造物主的存在,否认复活与审判,因此也不会像信奉泛灵论的谢列尔人那样献祭。

都是听不到的！慈悲的主知道,不管是用谢列尔语、法语、曼杰克语还是普通话,我们爱上一个人时就像祈祷时一样,总是热情满怀！绝不进行防火处理,炽热的心还会继续燃烧,哪怕只是为了照亮错综复杂的记忆。库姆巴日渐消瘦,在夜里呼唤着勇敢的男人。勇敢的男人,一位如此迷人的王子,他在那儿,在湛蓝的大西洋里！里斯本的圣安多尼不将遭遇海难的人们带回来又在干什么?他是在引导那些划船前往外海的寡妇?咕咕,咕咕！在萨卢姆的夜晚,猫头鹰想必是在重复着祖辈的劝告:如果您的爱人在亡灵之国里等待着涨潮,就把他的名字告诉桑戈马尔,他会引导每一颗受到爱的鼓舞而划船前行的心。

"噢,桑戈马尔,亡灵之王！桑戈马尔,愿你的食指能划破黑夜！请赐予我能够看破黑夜的眼睛吧！噢,桑戈马尔,亡灵之首,请为我开一条路通往我的爱人吧！"库姆巴苦苦哀求。

咒语要念多久?直到成功通灵为止！这是唯一一种能够直接前往亡灵之国,前往阿迪亚戈迪亚克的方法。通灵！一旦脱离了这个母牛踩在甘薯上的世界,摆脱了一切重力的束缚,就只需说出:"所有人都是同根同源的,妈妈引！"突然,魔力生效！在萨卢姆,亡魂并不仅仅是亡魂,也不是什么晦涩难懂的存在,而是另一个世界的投影。这就是为什么在谢列尔人的国度里,当黄昏的余晖投射出绚丽的光影时,在墙上看到祖父母的轮廓也是不足为奇的。"这昙花一现的现实生活,哪怕认真对待也是毫无意义的，"老渔夫说，"现实不过是剧院的帷幕罢了，意识将其掀开，以便进入另一个更持久的世界，因为在那里我们可以永久停留。"咒语、通灵和魔力是前往对岸之旅的三个步骤！而妈妈引会迎接所有的旅行者，就像萨卢姆的海滩迎接高涨的浪潮一样。谁结束了尘世的旅程就会去另一个世界继续，就像不再长绿叶的非洲楝会被制成独木舟，继续其旅行。不要撞击任何一艘船，人人都要航行，船舱装满了几千年的回忆，承载着未来。在罗格·塞内无限的世界里，轮回转世是自然而然的事情。轮回！但愿家禽能投胎成为淡紫色的兰花，而不是圣诞节的火鸡或古尔邦节①的羊羔。轮回！但愿猎人不要投胎成为猎物，而转世的动物则脚蹬半统皮靴，肩扛猎枪，进行狩猎远征。如果罗格·塞内愿意的话，所有邪恶的狼都会成为羊羔，成为毛绒玩具、松树、茂密的猴面包树、一块块紫水晶或一片长满鲜花的斜坡。

通灵吧！库姆巴在别处划船。通灵吧！转化吧！库姆巴在别人的耳边低语，只有她能看见他们。但是，这次谁回应了她的召唤？门外，夜晚的微风也在窃窃私语，对着椰子树的叶子诉说自己的海上冒险，与此同时，那些作恶多端的蝙蝠正在折磨昆虫并在附近果园里偷吃水果。当娜克威们伐木生火来加热她

---

① 又称"大节"，伊斯兰教的重要节日，为纪念先知易卜拉欣忠实执行真主安拉的命令，打算献祭自己的儿子易司马仪，而后在安拉的宽免下，又用羊羔代替的事件。

们的各种器皿时,这些吸血鬼就会从栖息的枝头上飞起逃窜。

咕咕,咕咕! 萨卢姆的夜晚,神秘的东西不断酝酿。库姆巴想象自己身在别处。桑戈马尔守护者自己的王国。穆安津已进入梦乡。月亮悄悄溜走,对知道的一切闭口不言。一群猫追赶着田鼠,一只壁虎从一面墙跃到另一面,它的小猎物也就一命呜呼了。自然界本就遵循弱肉强食的法则,对此,达尔文也没有任何异议。一只蝙蝠从一根树枝换到了另一根上。库姆巴穿过一条海峡,将两个世界连接起来,自然地就像跨过连接尼奥焦尔和迪欧尼瓦的桥梁一样。一阵狂风刮来,紧接着又是一阵更加猛烈的风,突然,那些骄傲的椰子树开始模仿那个在床上摇晃的女人。因为,在萨卢姆,即使是植物也会向桑戈马尔祈求宽恕。远方传来一声咆哮,暗示了此刻食人魔大西洋的心情。汹涌的浪潮倾泻而下,拍打着小岛的南面海岸,声势愈演愈烈。那海浪还想要吞没什么? 在方迪永格,有一棵两百年的猴面包树,农民们曾经常常在树下吃午饭,而如今,树枝在水中被泡得绵软无力,在其中穿梭的就只有成群的鱼儿了。在夺走了"乔拉"号之后,大西洋还会要求收回什么? 自从尼奥焦尔人开始无视盘古尔,忽略向桑戈马尔献祭的仪式以来,海洋就不断吞噬村庄。库姆巴全神贯注于她的祈祷,关于这个问题她会晚点再思考。目前,她只希望桑戈马尔能平静下来并回应她的请求。然而,风越来越大,在窗外呼啸,预示着暴雨的来临。大西洋发出低沉的吼叫,不断向后蹬腿,蓄势待发,然后一口咬住小岛的两侧。突然传来一声犬吠,库姆巴皱起了眉头,努力不被分散注意力。"去,去,走开!"有人发出声音,显然不想提高嗓门。是瓦西亚姆在噩梦中驱赶娜克威吗?"嘿,走开!快滚开!"这一次,库姆巴猛地停了下来,重新睁开眼睛。她紧紧抓着床沿,屏住呼吸,竖起耳朵,同时环顾四周。通灵结束!

通灵结束:所有的悬空状态都预示着最终的坠落!是怎样的诅咒打破了梦境带来的快感?上升简直就是不可能!难道宇宙是用层层云雾做屏障的吗?对于库姆巴来说,这是一次令人眩晕的坠落,就像乞力马扎罗的攀登者失足跌落一般可怕。重重跌回现实后,她靠在墙上,十分气恼又极度渴望爱。

"为什么总有人打扰我和布巴的约会?"她看着照片抱怨道,"但是,桑戈马尔究竟在做什么?"

"咕咕,咕咕!桑戈马尔想做什么就做什么!"猫头鹰反驳道。

这长着羽毛的娜克威信使在捣什么乱?把小贝壳在两耳旁各转三圈就能驱除这会飞的狼人带来的不祥之兆。库姆巴一边驱逐着猫头鹰的丧歌,一边又嫉妒它的翅膀,只能承认萨卢姆的夜晚是存在偶然性的。但不管怎么说,那天夜里,除了风以外还有什么如此扰乱小岛的宁静?

"咕咕,咕咕!咕咕,咕咕!"娜克威一遍遍地唱着,随时准备吞下好奇之人的舌头。

第十三章

急不可耐？就像是有一架塔玛鼓在太阳穴里敲击！有多急不可耐？其强度可以用胸骨的起伏程度来衡量。疯狂眨动的睫毛似乎是在为库姆巴的呼吸伴奏。有时，呼吸就是在强迫人体，在紧急情况下，鼻孔总是显得过于狭窄。库姆巴靠着墙，一下交叉，一下又分开她的长腿。焦灼不安！如果这只是神经不稳定的缘故，她本可以把自己紧紧地裹在蚊帐里，就像她把法迪吉娜的臀部裹在襁褓里一样。唉，主要问题并非是控制自己的身体，而是要停住四下逃窜的思绪，这思绪就像一条饥饿的狗，看到任何一块骨头都要带回来。库姆巴瞪着眼，磨着牙。磨牙并不一定是因为睡得香，有时候，这是灵魂在咀嚼石块。咀嚼、呼吸，这就是使人类疲惫不堪的两大主要苦役，而急躁又会使其更加难以忍受。

这是萨卢姆的一个夜晚，粟米在田野里耐心地等待成熟，豇豆荚变得越来越紧实，洛神花渐渐显出紫红。带着对未来丰收的确信，尼奥焦尔陷入了沉睡，但库姆巴心中却泛起无限的疑惑。突然,她听到了"啪"的一声,窗外狂风大作,或许是椰子树的果实落地的声音,尽管椰树离她的房子还有好几米远。虽然是这么猜想的,但她还是扫了一眼占卜用的小贝壳。谁知道导致萨卢姆夜间噪音的所有原因?咕咕,咕咕!当猫头鹰和娜克威趁着黑夜的掩护进行捕猎时,失眠的人就守着自己的梦,就像守着被焙烧的玛瑙一样。尽管失落感一天比一天难对付,却也让夜晚变得更有弹性,无限延长。作为获得夜视能力的交换,桑戈马尔要夺走守夜者的什么?显然是休息,是摩耳甫斯赐予那些放弃了向黑夜发问的睡眠者的休息。有时,思考是一种无声的折磨。夜晚让忧愁更加体面,但拥抱亡魂并不会感到温暖。一次次地经历处于深渊边缘的考验,徒劳地向张开的巨口中投入一把把沙子,即使是最清醒的头脑也会开始动摇。

库姆巴站了起来,摇摇晃晃地拖着身子来到水缸旁,掀开盖子,舀起一罐水一饮而尽。她的胃里有多少只青蛙在扑腾?她内心难以平静,卡在喉咙里的显然是生活,却无法像横吞下的一块牛排一样再将它吐出来。重新坐下之前,库姆巴理了理完全不需要整理的床单。她努力克制内心的翻腾,尽管她优雅的动作并没有暴露出来。还有比肌肉痉挛、发麻更糟糕的状态,因为能让神经放松的东西对被思绪点燃的大脑毫无作用。哐啷,哐当,哐,客厅里年久失修的时钟快速转动着,拒绝静静地死去。"一堆该死的废铁,给我闭嘴!"库姆巴怒气冲冲。十分钟,或许二十分钟,已经半小时了,她就这么竖着耳朵。这被迫的休息要持续多久? 耐心与长寿有着某种关联,因为本该尽情活着的时刻却被耐心等待消耗了。当焦急的心脏拼命跳动时,忍受这种紧迫的节奏造成的烦乱无异于是在等待中浪费了一部分生命。但加快生活也是在加速死亡。的确,爱人和被爱时,我们能够互相安慰,让身边的人都变得温和,但与此同时,我们也增加了未来的不幸。时间燃尽欢乐却还不满足,还要让人在期待中自我消磨。布巴的心爱之人等待着,等到的却是自己日益深重的黑眼圈,日渐衰竭的心脏。

嘿! 啪,啪,驾! 这次声音更接近了,库姆巴转过头朝窗户看去,但窗是关着的。嘿! 啪,啪,驾! 这是一个男人在催促着他的坐骑的声音,马车沿着房子飞驰而过。铃铛随着马的快跑发出有节奏的声响,送货的方向也就一清二楚了:必定是从古老村庄的码头来,要去往阿卜杜的杂货铺。啪,啪,驾! 可怜的牲畜,库姆巴想着,加上那没耐心的车夫,马儿的脊柱要承受几十公斤的重量? 当职员被过度剥削时还可以求助劳资调解委员会,但这些就连晚上都要不停干活的役畜又能向谁抱怨? 掌管天平的神灵做出如此决定或许是为它们准备好了最舒适的干草堆和广阔的牧场,让它们来世可以懒洋洋地躺在那里? 铃铛声渐渐远去。终于,没什么特别的了。库姆巴深吸一口气,找了一个更舒适的姿势,这样微小的动静在夜间太过寻常,已不能长时间吸引她的注意力了,尤其是她也不想被分散精力。唉,人的想法并不仅仅是能被整理成花束的美丽花朵,有时也是令人难以忍受的野兽,就像暴躁的亚洲野马一般在脑海中狂奔。库姆巴越是努力集中精神,越是想要重新沉浸在祈祷之中,她的思绪就越是要详细分析任何听到的回音。

啪,啪,驾!我们不是这样摆脱头痛的。在萨卢姆的夜晚听到这样的声音,必然是在运送货物,来自冈比亚的走私船只通常在娜克威和猫头鹰分享猎物时上岸卸货,如果大海足够波涛汹涌那就再好不过了,因为这样可以劝退那些警探。最近几天海洋天气预报都发出了黄旗警告,在某些人看来却意味着绿灯畅行,因为事实上,要做他们的买卖,天气预报的绿旗反而意味着红灯警告。这些划独木舟的尼奥敏卡水手都身经百战,他们知道自己最好的同盟就是海关人员这种小市民般的谨慎。一条狗汪汪叫个不停。又一辆运货马车经过,除非之前那一辆已经回到码头了。汪!汪汪!汪!但赶大车的人并不怕这些流浪狗,既然它们的冒失不会吵醒海关人员,那么一切都照常进行。在萨卢姆的小岛上,除非有特殊情况,也就是说得到了间谍明确的告密,否则的话,一旦夜幕降临,那些财政官员是绝不会出门冒险的。"所有人都是同根同源的,萨卢姆,所有人都是同根同源的!"在这里,有些传统就和大西洋的蓝色一样由来已久。比如在电视和手机出现之前,一到黄昏,从尼奥焦尔到加姆尼

亚久的所有村庄的街道就会空无一人。这一点,被调到当地的
官员在学习谢列尔语也有所了解。在谢列尔人的国度里,外来者
是否要融入当地这一问题并不会引起讨论,融入的必要性使其成
为一种义务,而温柔的欢迎又使义务成了自觉自愿的行为。这些
海关人员通常在岛上没有任何亲戚,因此,哪怕是在白天,他们也
是畏手畏脚的,就指望极少数当地的叛徒或嫉妒者告密,以此来
偶尔截获一些走私船只。啪,啪,驾!汪,汪!去,去!狗可以继
续其无耻的告密,就连椰子树都是人们的同谋。在这里,我们买
卖的一切,食材、家具、服装都是国外来的。不管狗叫不叫,结果
都是一样的!马车来来回回,直到巨型独木舟的货舱里的最后
一袋糖、最后一箱肥皂,甚至是最小的一盒火柴都被搬空为止。
在村庄醒来之时,桑戈马尔的商店就会像往常一样被神奇地装
满了,就连那些戴着头盔的海关人员也会去购买一些比别处便
宜的物品,就像一直以来尼奥敏卡人在塞内冈比亚石圈①获得
补给一样,只有滑稽的人才会去计算这是从何时开始的,但总
之比殖民者随意划分的边界线要早得多。此外,这些边界对于
很多当地人来说都不过是一种虚设罢了。在这里,唯一的边界
就是由大海给鲁莽的船夫规定的界限。其他的一些行政边界
不仅几乎看不见,而且还很少符合家庭的常规结构,这些家庭

———————————

① 位于塞内加尔北部和冈比亚中部的一群石圈,该石圈于 2006 年被列入《世界
遗产名录》。

被新的国家再次分割。然而,萨卢姆的独立并不是从 20 世纪 60 年代开始的,不论表象如何,当地人在内心深处都认为自己是独立的,对于这一现实,海关人员也很快意识到了。尽管意识到了任务的不可行性,他们还是要在这些海洋王子的身上测试自己的权威,后者虽然总是面带笑容,却是桀骜不驯的。"停船,熄火!你们是从哪里来的?""从另一边来。"船夫回答。"具体是哪里?""从另一条海峡来!"这样的对话总会给官员留下一脸的疑惑,数量之多堪比博泷的支流。"行,行!你们运的是什么?有没有要申报的货物?"没有多体会一下海关人员的糖衣炮弹,船长只是眼睛一眨不眨地保证道:"我们运送的是粮食!"在这场聋子的对话中,大海咕哝着,不加区分地摇晃两边的船只,然后,双方朝着各自的方向继续航行,坚信自己的航向是正确的。"我们要做好自己分内的工作,为我们的国家服务,哪怕这些倔驴什么都不明白。"海关人员看在工资的份上这样互相鼓励道。"在塞内加尔和冈比亚都有我们的亲人,难道我们能为了保护一方的经济而损害另一方吗?"尼奥敏卡人以尊严之名抗议。库姆巴留给桑戈尔和高乃依①去评判!在萨卢姆,泛非主义②并不仅仅是专题座谈会偏爱讨论的一个政治意识形态

---

① 17 世纪法国古典主义悲剧作家,代表作为《熙德》。

② 全世界黑色人种反对殖民统治和种族歧视的民族主义思潮,对泛非运动的发展具有至关重要的作用。1919 年 2 月,非裔美国学者杜波伊斯与塞内加尔的布莱兹·迪亚涅在巴黎共同主持第一届泛非大会,要求巴黎和会改变非洲现状,实现民族自决。(编辑注)

问题，而是从鹈鹕有了羽毛开始这就成了他们的日常。在帝国主义国家前来瓜分非洲这块馅饼之前，萨卢姆王国就包括了一部分的冈比亚，这就是为什么瓜尔瓦尔人先后抗击了法国和英国的军队，如果西方人书写历史时不只是记录自己的荣耀，那么他们就还会记得这段历史。如果连自己的家园都被人分割了，谁还会不破釜沉舟？大西洋让那些双脚不沾水的富拉尼牧羊人印象深刻，但还没有大到能把塞内冈比亚的尼奥敏卡家族分隔开。然后，政府还从一个海岸到另一个海岸向人们的口粮征税，若是把这一点解释给那些海洋战士听会是一件多么冒险的事啊！他们把土地连接在一起，旅程的收获让交错纵横的海峡两岸呈现一片繁荣景象，这就是他们一直以来的生活。"究竟是独立了还是新的奴役？"他们反驳道。任何一个套着护腿胆敢逮捕他们的人，若是考虑到公平问题，就不该只抓一个人，而是要把整个村庄的人都铐起来，还有那些红树林也常常被认为是有罪的，因为它们会掩护货物直到夜幕降临。勤勉的官员还可以因为猫头鹰没有举报罪行，把它们都关起来，但如果海关人员在萨卢姆遭受了损失，这是否也是猫头鹰的错？

　　库姆巴无法再集中精力念咒语，大车的铃铛声从屋后断断续续地响起，紧靠着房子的篱笆，她耐心等待着，但似乎越来越平静了。突然，童年时的一幕景象浮现在脑海里，她露出了一抹笑容。那时她还在上小学，有一回一大群头戴钢盔、脚蹬皮靴，全副武装且目标明确的宪兵和海关人员前来逮捕扬加尔——岛上一个划独木舟的人。不知是怎样得到警报的,在几分钟之内,所有的村民,不论男女老少,都冲到了码头,大家高喊着:"是我!你们要找的人是我!扬加尔就是我!我们都是走私犯!要么你们把我们全都抓起来,要么一个都别想带走!"说到做到。那些执法人员不仅空手而归,而且像橡皮艇的发动机那样能开多快就溜得多快。他们是否听到了码头上立刻响起的欢乐多重奏?女人们拍着手,即兴唱起了歌:"扬加尔不孤单!勇敢的男人,勇敢的人儿永远自由!扬加尔不孤单!"男人十分感动,向大家表示了感谢,他意识到了亲人们的爱有多深,也意识到了他年迈的父亲有多睿智,父亲是按照谢列尔人名学的传统给他取的这个能驱散厄运或者说是有先兆的名字——事实上,扬加尔意为:永远不会孤单的人。这一点就没必要解释给宪兵首领这样的孤家寡人听了。他们已经离开很远了,这样很好。如果潮水扣留了他们,桑戈马尔或许会在自己的王国里给他们留一席之地,他们的家人就只能从猫头鹰那里得知情况了。在萨卢姆,不管什么消失了,人们都会指责娜克威,但谁也不会说出她们的住址,生怕把她们引来。在这里,独木舟要比办公室多,海洋和土地比工资单更能养活人们,因此,即使是共和国的总统想要靠岸,也需要村长先下令接待。桑戈尔都遵守这一外交礼节,即使来的人乘坐的是直升飞机也不会有丝毫变化。大不列颠岛并不是唯一一个能以自己不可侵犯的贵族政治为荣的岛屿,尼奥焦尔也一样。任何小岛都能保留某种形式的主权,哪怕只是对难以管理的潮汐的主权。

沉浸在自己的思绪里,库姆巴没有意识到大车的喧嚣声已经停了好一会儿了,风也停止了呼啸。当她意识到周遭一片宁静时,她的呼吸已经平稳且均匀了,身体也放松了下来。时钟敲响几点钟了?库姆巴已经不在意了。终于等到了向桑戈马尔祈祷的好时机,她不会错过的。她保持坐姿,双腿伸直,背靠在枕头之间,双手合十举至眼前恳求道:

"噢!桑戈马尔,亡灵之王!是我,库姆巴,在你的河流里沐浴过的孩子,我卑微地回到了你身边。桑戈马尔,愿你的食指能划破黑夜!请赐予我一双能看破黑夜的眼睛吧!噢!桑戈马尔,亡灵之王,请为我开一条通往爱人的路吧!"

她一遍遍地重复着祷告词,直到成功通灵为止。这些句子她已经嘟哝了多少遍?无所谓,没人会去算走向爱人所需的步数。完全沉浸在祈祷之中,库姆巴是否感受到了一阵痉挛贯穿全身?终于再次睁开眼睛时,她的脸容光焕发。眼前出现了萨卢姆白色的沙滩!面前有一大群人,但他们看起来很平静,似乎在密切注视着她的到来。一个男人从人群中走出来,低着头朝她走了几步,然后停了下来,重新抬起头。黑夜之中一轮新月显现了出来。

"晚上好,亲爱的。"他从容不迫地说道。

"布巴,我的布巴! 勇敢的男人,这微笑,只能是你!"库姆巴欣喜若狂,"但你去了哪里? 我找了你好久!"

"我就在这儿,亲爱的,从没有远离过你。"

"明明就有啊! 上次你为什么没有来?"

"在你和西亚勒布说话的时候?"

"啊,原来你知道,西亚勒布告诉你我来过?"

"他不需要这么做,我当时就在那儿。我待在人群中,离得很近还能听到你们说话,准确地说是听到西亚勒布的声音,因为你什么都没说。"

"布巴,你在那儿! 为什么没有来见我?"

"我原本以为你会怪我没有告诉你有关卡萨芒斯之行的具体细节,旅行的计划是我和他一起确定的。我想着事后你不会相信我,最好还是由西亚勒布先向你解释。亲爱的,我向你请求……"

"好吧,布巴! 勇敢的男人,你很清楚,哪怕你明确地告诉我你要去朋友家度假,我也不会阻止你的。但如果你对此有所怀疑,那都是我的错,愿上天原谅我没能让你放心。桑戈马尔把你留在他的王国里就是为了惩罚我羞于告诉你我有多爱你吗?"

"不,亲爱的库姆巴,你没有任何过错,错的是我。作为一个想要和你分享一切的人,我真不该故弄玄虚,本该相信你总能理解我的。亲爱的,你知道,现在我有了时间来反思自己的错误,重新思考我们的生活。我在这里遇到了'玛玛',你知道的,就是那个老渔夫,我们在这里又找到了他,我向他忏悔,他告诉我说:'人们为了按时还清贷款使尽浑身解数,却常常忘了他们的语言债务,而这种债务才是造成更大伤害的原因。说出来的话不一定能改善人们的生活,但没能说出来的话却一定会让生活变得更糟糕。'因此,原谅我吧,亲爱的,原谅我就这么带着欠你的话离开了。我看到了你和西亚勒布聊过之后写下的东西。你可知我有多感动!"

"你看到我写的东西了?"库姆巴大吃一惊,又感到害羞了。

"准确来说,我是知道。作为灵魂,我们能够感受到活着的亲人所说和所做的一切。啊,亲爱的,当西亚勒布和你解释完后,我感受到你是那么伤心。我多想要安慰你……"

"安慰我? 那你为何没有屈尊现身?"

"我是有这么打算,但是太晚了,你已经离开了。我甚至跟着你到了我们的房间,但你看不见我。应该说只有小家伙感受到了我的存在,因为她开始动来动去,还以一种我从未听过的声音哭了起来。我待了一会儿,然后不得不离开去和其他桑戈马尔的守夜者会合。"

"布巴,既然你能让法迪吉娜看到你,为什么不能让我也看到你?"

"我亲爱的库姆巴,我也和你一样非常希望能够这么做。

但这不是我能决定的,事情就是这么发生的,我也不知道为什么。或许小家伙能看到我是因为她还不会说话。老渔夫说言语会让灵魂变得笨重。或许法迪吉娜正是因为不会说话所以才看得更加清楚?总之,就像我们常说的,这一定是萨卢姆夜晚的奥秘之一吧,你想想看。"

"那另外两次我来的时候呢?我都见到了波利娜,为什么没看到你?"

"亲爱的,这么多为什么,果然是你啊。"他逗了逗她,接着解释道,"你知道,桑戈马尔是有选择性地同意守夜者的请求的。而波利娜非常想要和你说话。对了,你有没有她父母的消息?他们有没有给你打电话?"

"还没有。但是,布巴,我一直呼唤的是你啊!不仅是因为我很想你,我还要好多事要告诉你。要是你能看到那些牛鬼蛇神就好了!你无法想象你不在时他们都肆无忌惮地做了些什么!"

"我深表怀疑,但你要坚持住,尤其不要被这群改宗的人乱了心神。"

"我在努力,布巴,但我想要更认真地谈一谈。告诉我,我怎样才能确保再次见到你?"

"就像今晚一样,亲爱的,每次你召唤我们的时候,只要桑戈马尔允许,我和我的同伴们就会前来。直到你同意让我们继续启程为止……"

"你是说总有一天你们会去往别处？我真的要离开你独自生活？"

"不，库姆巴，放心吧。从天狼星上我们可以看到地球，因此，我会永远在你身边。我们绝不会离开对方独自生活的。和我一样，你也记得我们一起经历过的一切，不是吗？"

"当然了！"

"那么，你只要想一想那些回忆就能把我带到你身边了。"

"没错，但是，布巴，不能再像从前那样看到你！不能再触摸到你……"

"库姆巴，从前我不在你身边时，你可曾怀疑过我的存在？"

"不，勇敢的男人，从来没有过！但我祈祷着让你回到我身边并且……"

"我每次都会回来，就像今晚一样……"

"喔喔！""安拉至大！"库姆巴被吓了一跳。"安拉——至大！""喔喔喔！"又是这两个声音，又是他们没完没了的争论！法迪吉娜嘟哝着，轻咳一声，蜷缩在母亲身边。库姆巴轻轻拍着她的背，过了一会儿，她又重新睡着了。一扇门嘎吱一声被打开。库姆巴竖起耳朵，但没听到任何脚步声。这是她婆婆的癖好，总是会尽可能早的打开朝着院子的房门，向邻居们表示自己是在穆安津的第一声宣礼或公鸡的第二声啼鸣后就起床了，因此她不会错过任何祷告，连黎明的祷告都不例外，而这祷告常常让贪睡之人感到罪恶。库姆巴叹了口气,环顾四周,然后躺了下来。布巴的衬衫在她和法迪吉娜之间被揉皱了。突然,她大声抗议道:

"对,没错,你以前是会回来,但绝不是像今晚这样!我想要的是具体的东西,我还想在你身旁入睡,在你身旁醒来,感受到你皮肤的热量。你听清楚了吗?我真的很想把你紧紧地、紧紧地抱在怀里……"

砰,砰!"库姆巴?开门!库姆巴!"砰,砰!

库姆巴再次把手放到法迪吉娜的背上,每一下敲门声都让孩子吓一跳。被呼唤的人愣住了,一言不发。她待在蚊帐后面,眼里透露出惊讶与忧虑。嘿,罗格·塞内,白天你能为我提供什么才值得缩短黑夜的尾巴?怀着心中作为寡妇的所有柔情,库姆巴以两人份的爱和抚慰轻轻摇晃着女儿。唉,疯女人,或许是刚从床上滚下来,似乎是下定了决心要破坏他们这一刻的温情。

第十四章

安静,准备开拍! 摄像机! 运行正常! 咔! 萨卢姆的一个早晨,第一幕。开始!

外景,热带黎明:蔚蓝的天空模仿着大海,缓缓出现,又掺了一点别的颜色,让色彩发生轻微变化,变得更浅了一些,但看不到那只敏捷的手,它保留了一片黑夜让库姆巴眼前一片漆黑。彩虹女神却听之任之,她的星星难道不是在黑夜中才更加光彩夺目吗? 那么,库姆巴的瞳孔就只好去适应这一切。

砰,砰!"库姆巴,开门! 库姆巴!"砰! 砰!

这洪亮的声音一听就知道是谁。但是她一大早又想争论什么? 没有她在场的黎明是转瞬即逝的。库姆巴本可以临时决定去灌木丛中散步,一直走到方迪永格,而不是在这儿数着一阵阵的敲门声。在那儿,在猴面包树之间,草地上还挂着晶莹的露珠,母牛懒洋洋地伸展着四肢,享受着牧场的宁静,不幸的是,吵闹的人类却不会学它们的智慧。外景,热带黎明:椰子树矗立在尼奥焦尔的沙丘之上,倾听着白天的预兆,但爱戏谑的微风呼呼吹着,营造出神秘莫测的氛围,风儿在低声说着桑戈马尔的什么启示? 好奇的人只需跑到算命人那里就能得到解释,因为算命人会通过贝壳读出运数好坏,其听觉或许都要赶上视觉了。外景,热带黎明:虽然还呵欠连天,但勇敢的渔夫们已经开始松缆。码头上,几个游手好闲的人混在退休的渔夫中,以农活为借口迟迟不肯动身,但田里已没有什么要做的了,粟米正在慢慢成熟,只要不遭蝗害就行。那些应声虫高谈阔论,唠叨着多余的建议,但沙丁鱼和梭子鱼可不会等待落后之人。因此,卖力干活的人就向吹牛皮的人简单告别。后者再回到这里,以亲戚之名顺走几条鱼。他们做晚饭之前就只需守着椰子树,除了给小孩子们激烈的足球赛做裁判以外,他们也没什么别的用处了。"伙计们加油,祝你们满载而归!""没错,就是这样,回去睡吧,懒鬼!"一名水手对他的堂兄打趣道,"我们会把鱼还有你裤裆里没有的东西都给你老婆的!"在这里,不需要检察官,日常笑话有利于促进社会和谐,还能把作恶之人的丑事公布于众。谁要是生气了也是活该:小丑,谁来把这个小丑揍一顿! 马达声隆隆,就像有插曲的音乐会一样,机器一呼一应,连红树上栖息的苍鹭都被吵醒了。第三拨人出发后,库姆巴就看不到什么独木舟了,可以说整个村庄的人都即将启航。那么,那些被束缚住的人势必会感到烦闷,会想着那不可能实现的启程。不论生活质量如何,每一座小岛都是露天监狱。早晨马达的轰鸣声让码头恢复了活力,但同时又在茅屋之中激起了多少沮丧之情?库姆巴不会是唯一一个幻想去往别处的人。不论是在国内还是在国外,只有当我们能不受拘束自由离开时,才能找到留下来的乐趣。

外景,热带黎明:一道淡紫色的光带中已经开始显露出一个小口,天空就是通过这个口将炽热的金粉洒向萨卢姆的。街道缓缓摘下面纱,还不是很热闹。一旦夜晚开始收拢裙摆,那些走私犯以及和狼一起偷盗或狩猎的家伙都一溜烟逃走了。

外景,热带黎明:再没有骑着扫把横跨小岛的女巫了,清真寺的高音喇叭会把她震到井里去。但是,那些娜克威都躲到哪里去了?猫头鹰则默不作声,夜间做完坏事,现在正在享受休息时间,不再宣布有灵魂处于危险之中。真是叛徒,这种鸟儿!它不合时宜地搅了所有人的好梦,但当你需要它敏锐的洞察力时,它却把你抛弃在没有光明的白天里。如果它乐于助人的话,可以咕咕叫着从院子上方飞过,这样就能随时帮助库姆巴摆脱攻击者了,她知道他们非常迷信。但是猫头鹰并没有这么做,它只与娜克威为伍!当它静静地消化着猎物时,一个悍妇将正在苏醒的天使们搅得心神不宁,甚至还扰乱了母鸡的平静,害它们在鸡舍里气得直跺脚,把小鸡都踩在了爪子下面。

砰,砰,砰!"库姆巴,你明知道是我!把门给我打开!库姆巴!"砰,砰,砰!

　　婴儿有时比保镖还要厉害,他们常常能够阻止针对自己母亲的粗鲁行为。但就目前的情况来看,库姆巴明显感到法迪吉娜善良的面孔也救不了她。显然,门口的敲门鬼完全没有考虑小家伙的睡眠。她破口大骂,把门敲得咚咚直响,一下比一下用力。一大早就如此怒气冲冲,库姆巴想,说明白天只会是地狱般的噩梦。那些害怕黑夜的人是如何躲避对白天的恐惧的?在萨卢姆,令人毛骨悚然的不是只有传说中的狼人。的确,这里有美丽的港湾、植被茂密的博泷、种类繁多的鸟类和鱼类、飞翔时姿态优雅的鹈鹕、夜晚欢乐的摔跤比赛、以热情好客闻名的岛民,但这里也有许多令人难以忍受的主题,在萨卢姆陡峭的河岸上就能拍这种题材的电影。2002 年的秋天,如果希区柯克①从亡灵之国回来想要寻找灵感,那么同一屋檐下生活的库姆巴和瓦西亚姆就能为他提供最好的剧本。安静,准备开拍!摄像机!运行正常!咔!萨卢姆的一个早晨,第三幕。开始!

　　砰,砰,砰!"库姆巴,开门,我知道你听得见!库姆巴!"砰,砰,砰!

　　犹豫!为什么泼妇的创造者不用狗绳把她们拴起来?犹豫!是面对还是躲避?这是一个不值得问的问题。库姆巴磨磨蹭蹭,因为她在思考要如何应对。为什么蠢驴总要踩到平静的

———————

① 20 世纪英国著名导演、制片人,被誉为"悬疑电影大师"。1956 年加入美国国籍,并保留原籍,他的代表作为《迷魂记》《电话谋杀案》等。(编辑注)

眼镜蛇的尾巴？没有任何一个草堆，任何一个角落可以躲开世界的暴力。库姆巴把自己关在房间里，拖延着时间，寻思着要躲到哪里才能不那么窒息。当瓦西亚姆内心沉重的负担对她的理智发起猛烈进攻时，是谁掌握着天平？她这样对儿媳穷追猛打是因为后者让她想起了丧子的锥心之痛吗？难道说哀悼儿子就可以为所欲为了吗？库姆巴哄着孩子，毫不让步，她朝门的方向看去，但只有手在动，轻轻拍打着小家伙的背。

哪里才能找到平静？总是有人会在你内心的湖面上打水漂。人这一生都是挪亚方舟上的见习水手，努力适应着海上生活！那个引起火灾的魔鬼肆意鼓风，也掀起所有河流。没有人会给新生儿提供灭火器或救生衣，除了一些衣物用品。如果不是因为疏忽，那就是缺乏想象力，或者更糟的是就想要看着所有人在努力摆脱晕船的同时还要饱尝生存的煎熬。

朝霞渐渐散去。海浪马上就会愈来愈猛烈。库姆巴像一条沉船，任凭自己陷进床里。然而，作为水手的女儿，她的脑海里响起了一个声音，反对她的消极态度，她无法装作没听到：当无法避免海浪时，应该尽快穿过去！敲门声雨点般落在锌合金门上，伴随着叫喊声，变得越来越尖锐。一大群猩猩都不会发出比这更大的噪音了。狂怒的瓦西亚姆拼命敲着门，不断发出喝令，越来越不耐烦，恼火得喘不过气来。在接近百慕大三角时，水手们都在想什么？不论有多么害怕深渊，如果只是想着恐惧，哪怕是想到神经衰弱也救不了一只猫！当风暴来临时,要么奋起反抗要么就是死路一条。安静,我们在操纵船舶！发动机还是船帆出了问题,偏航了！左右船舷情况都不妙！咔！萨卢姆的一个早晨,热带风暴,第四幕。开始!

砰,砰,砰!"你还不开门到底在磨蹭什么？库姆巴!"砰,砰,砰!

库姆巴掀起蚊帐。鞋都没穿,几步跨了出去,猛地打开门,动作一气呵成,她质问那敲门鬼:

"怎么了？"

她刚一松开门把手,婆婆就猛地冲了进来,无视她的问题,反手就把窗帘掀开,连一声早安都没说。瓦西亚姆一脸警觉,仔细检查了角角落落,连床底下也看过了,然后,双手叉腰,用谴责的目光盯着库姆巴怒斥道:

"应该是你来告诉我这里发生了什么！这肯定也是你不急着开门的原因！你以为你那见不得人的事一直都没人看到吗？好啊,上帝亲自把你揭发了！我刚刚小净回来就听到了你的话。你可别想着否认！我清楚地听到了你那些有伤风化的话！你想和谁做你刚刚说的那些不要脸的事？你的服丧期可还没有结束！你刚刚在和谁说话？他在哪儿？嗯？回答我,他在哪里?!"

内景,破晓:三代女性,两个成年人面对面站着,微弱的光线模糊了她们的黑眼圈；床上，法迪吉娜哼哼唧唧，蹬着腿，绞着蚊帐；上帝导演正在拍电影。他会看着婴儿被被子闷得喘不过气吗？神的相机不论拍到什么都不会把自己摔坏！"心怀邪念者蒙羞！"教堂的唱经班齐声唱道。安静！准备开拍，我们被耍得团团转！但是，完全没必要亵渎神灵，要想沉着冷静地拍摄人类的苦难，做出如此安排的导演所需要的力量必定是无法估量的。骡子在不堪重负时可以尥蹶子反抗，唉，它们永远无法选择自己所背负的重担。那么，同理！法迪吉娜挣扎着，哭泣着，库姆巴睁大了眼睛，喉咙逐渐哽咽。

当世界的罗盘崩坏时，哪个警报会响起？库姆巴受到来自四面八方的攻击，已经听不到法迪吉娜的哭声了。嘭，咚咚，砰！她太阳穴像紧绷的邦戈鼓那样不断敲响，震耳欲聋的声音让她失去了理智。嘭，咚咚，砰砰！库姆巴胸口那沉重的钟就是以这样的节奏摆动，不断回弹，发出轰鸣声的。比起瓦西亚姆的话，她宁愿被竹竿打几棍，至少这样还能够感受到自己的身体。非难她的人越是发狂，她的长腿就越是绵软。

"赶紧的，回答我，他去哪儿了？"

在村庄的后面，在平静的博泷里，或许有一条鲶鱼正在吞食库姆巴的舌头。天赐的礼物啊，狼吞虎咽的家伙！就算告诉瓦西亚姆她是把日落当成了日出，因此晕头转向了，又有什么用呢？库姆巴站着，双手交叉在背后，绞着手指，看着她的婆婆就像看着撒哈拉的沙尘暴一样，生怕被卷入其中。

"给我看看你手里拿的什么！"瓦西亚姆像高音喇叭一样大声喊道，说着还伸手去抢，"我确定你刚刚是在和别人说话！既然我没看到他，那你就是在和他通话！是谁？你已经想要紧紧抱在怀里的人，是谁？啊，这些该死的手机！如今的女人都管不住自己了，她们能一边装作圣人，一边又酝酿着最恶劣的背叛！但你首先要为我儿子服丧！等丧期过了，你等着瞧！没错，我们走着瞧！"

猫头鹰本可以告诉这大清早前来的审判者，寡妇不会愚蠢到让某个情人蜷缩在床底下。库姆巴被吓呆了，没有力气反抗，只是收回了她空着的手，双手交叉抱在胸前。当她的婆婆走来走去，像专门找块菇的狗一样四处搜寻时，库姆巴就这么观察着，她是在努力把这一幕的所有细节都记下来吗？但是，谁又会相信她？如果她把刚刚在她房间里发生的戏剧性的一幕说出来，谁又会愿意仅仅去想象一下？然而，如果库姆巴能拉开一点距离，就能从这一奇怪的事件中发现值得高兴的一点。的确如此，村里有谣言说她能听到一些声音，很多人觉得她快要疯了，但瓦西亚姆似乎并不这么认为，因为她怀疑有一个有血有肉的对话者而突然冲进她的房间。

"督察员"一无所获地出去了，但她坚信儿媳已经开始和别人调情，准备过上不可告人的田园爱情生活了。库姆巴没有再关上门,她把法迪吉娜抱在怀里,瓦西亚姆的吵闹声把整家人的睡眠时间都缩短了。不管怎么说,即便她再次躺下,也已经烦躁地无法指望入睡了。像往常一样,她白天一直都是半睡半醒的状态,那些毒舌之人不知道她晚上经历了什么,甚至认为她作为一个刚刚丧夫的寡妇显得过于平静了,因为她一得空就打瞌睡。愿桑戈马尔为我洗去从这样的嘴里吐出的毒药!她在心里默默祈求。库姆巴给女儿喂完奶,换完尿布,重新把她哄睡着,然后就坐在床沿看着她。过了一会儿,法迪吉娜嘟囔着,伸了伸懒腰,蜷成一团,缩在母亲身边,虽然母亲换了姿势,但她还是凭着本能找到了准确位置。库姆巴轻轻侧身躺下,长长叹了一口气。怀里搂着女儿,她低声说道:"'我们走着瞧',我婆婆这么说。好啊,法迪吉娜,一切都很清楚了!我不知道我们会去往哪里,但是你绝不会在这座房子里长大,没有你的父亲,这里不过就是一座令人窒息的监狱,这一点我想要和他讨论一下。"这一次,只有法迪吉娜一个人能听到她说话。对了,她的手机去哪里了?自从守寡以来,她几乎没有再用过了。一方面,没有布巴,生活缺少来源迫使她更加节省开支;另一方面,一旦那无法预料的机器响起铃声,她婆婆就会愤怒地看着她。少数几次库姆巴大着胆子接起电话时,那位警觉的女士甚至会当着来客的面,毫不犹豫地发表她尖刻的评论。

"大家都给我看看!"她抱怨道,"真是的,这些年轻人真是

什么都不尊重了！但不管怎样,这些给你打电话的人总该知道
他们打扰到了按照惯例的冥想时间。一个寡妇可不能像在游
乐会那样说个不停……"

然而,打电话给库姆巴的大多是布巴的朋友。在惨剧发生
时,这些人之中恰好在本地的都来参加了葬礼。那些最亲密的
朋友之中,有一些人习惯了新科技,认为自己的支持起着重要
作用,他们感到有义务要时不时给寡妇打个电话。另一些人因
移民分散在世界各地,随着坏消息在朋友圈中传播开来他们才
得知,因此很晚才作出反应。库姆巴曾多次试图解释,但都没能
成功。瓦西亚姆总是带着偏见看待库姆巴的所有来电。这些可
移动的呼叫中心①到底想要干什么？还有这个库姆巴,她用这
样肉麻的声音又是在策划什么？对于瓦西亚姆这样既不会写
字也不识字的人来说,最让她感到泄气的就是当她撞到儿媳在
编辑手机短信的时候。尽管无法正确念出"短信"一词的缩略
语"SMS",她还是会高喊道:

"啊,手机啊！又是这些播种又播种②……"

库姆巴被文盲的拼读困难逗笑了,她低下头,在面纱后面
憋笑。她之所以笑首先是因为脑海中立刻闪过的回答:"好啊,

①　此处是瓦西亚姆对喜欢打电话的年轻人的代称,因为在她看来这些年轻人就
　　像是呼叫中心随时都处在通话中。
②　法语原文为 sème-et-sème,发音类似英文的 SMS,直译为"播种又播种"。此
　　处是瓦西亚姆发音错误造成的笑话。

要是我播种又播种,你就只能收获你应得的报应,老喜鹊!"但是,如果库姆巴通过字母表把她婆婆的话播种下去,那她想要让什么样思想的种子生根发芽?不管怎么说,不论是和男人还是女人通讯,瓦西亚姆都一样对年轻女人表示怀疑。在布巴母亲的眼中,任何男人只要对她亲爱的儿子的遗孀表现出一点点兴趣就是潜在的叛徒,而库姆巴的所有女性朋友都可能成为同谋。"这么殷勤肯定不老实!"每次儿子的朋友走后她都会这么说。在接收了传统的嫁妆,送出了奢侈的聘礼,并在村里大婚之后,库姆巴对于她的婆家来说就是一笔绝不能亏损的重要投资,尤其是婚姻生活还如此短暂。因此,她的婆婆就把她当作猎物一样牢牢守着。此外,她已经开始有意无意地散播自己对这个年轻女人的未来的想法了。她的长子和他的两位妻子就住在村子里。瓦西亚姆知道,穆斯林的传统允许男人娶四位妻子,对她来说,一切就很简单了:服丧期一过,家族就会按照娶寡嫂制让年轻的寡妇成为亡夫哥哥的第三位妻子。当事人是怎么想的?猫头鹰丝毫不透露,算命人也一样。至于库姆巴,她很清楚,海浪的声音无法打湿任何人,她等待着直面海浪的时刻,暗流已经开始摇晃小岛了。

我们让河流改道来灌溉荒漠,使其绿意盎然,但是,谁说爱情能够像普通的河流一般改变河道?爱,是有流动性的,它能够炸毁水闸,漫过堤坝,淹没所有城墙;爱,是有流动性的,是万灵药,但不能把它从一个瓶子换到另一个瓶子里。瓦西亚姆需要花个上千年才能把牛奶都倒走!

目前,没有任何人在库姆巴面前提起过这个话题,还为时尚早。尽管面对那些会像鹈鹕一般在模具里拼命挣扎,直至折断翅膀落下残疾的人时,人们会格外小心谨慎,但看来娶寡嫂制仍旧势在必行。库姆巴不止一次注意到了婆家,甚至是自己娘家那一小部分长者的诡计。这些人和几个牛鬼蛇神一同前来,说是来看望她,但是没过几分钟,他们就到瓦西亚姆的房间里窃窃私语去了。他们人尽皆知的秘密不会让他们付出任何代价,却有可能伤害到别人。如果有人反抗或酿成了悲剧,他们就把传统习俗作为辩护,发誓自己这么做只是为了受害者着想,为了团体的凝聚力。

库姆巴想到,正是因为有这样的确信,这些操纵者才会什么事情都要插一脚,任何人的生命,从出生到死亡,都要去指指点点。甚至连死亡都不能摆脱他们的控制,除此之外,他们还要主持不公正的遗产分配,女孩只能得到兄长所得份额的三分之一。他们是用什么来衡量血缘份额的?他们并不为安托万-洛朗·德·拉瓦锡祈祷,让其灵魂得以安息,他们并不否认他的质量守恒定律。他们从不缺少想法,对于那些被死神拆散的夫妻,他们总能找到活着的那个人的新用途,就像回收被大西洋摧毁的独木舟的残骸一样。到了21世纪,这些牛鬼蛇神的老人政权就是这样转动时代的车轮来碾平命运,摧毁生命的,而不是去改造社会本身。但是,摧毁了组成整体的个体以后,他们以为整体之中还保留了什么?

库姆巴不停地分析现状,但她越想越觉得双方的意见不可能达成一致。不,不,她对自己说,不能是我!这颗献给布巴的心,谁都不能像继承寻常的独木舟一样继承了去。然后接下来又是什么?自从这些改宗的人被他们新的信仰蒙蔽了双眼,他们就奴役女性,把她们贬为哭丧妇。我不会只满足于哭泣。女权主义!他们会这样批判女性,好像我们应该像引发了鼠疫一样感到抱歉。没错,女权主义,不管我们愿不愿意!人们不管我们愿不愿意,享受自己的权利本该是理所应当的,但事实总不是这样。因此,女权主义!谁会不梦想着看到自己所处的时代,人人手中闪着自由的火焰,照亮全人类?即使我是男人,我仍会支持女权主义,因为我支持人权,然而,只要还有女性被当作牲畜看待,那么人权就永远是不明确的。

女权主义①这一有着三个鼻音的词传入非洲后,在这片被充斥着不公正的宗教蹂躏的土地之上,人们开始低声诉说逆来顺受的日子即将结束,他们因为忍耐了太久而发出呻吟。这些不公正会引发战斗,是因为激发了受害者以及所有值得被称为

---

① 法语原文为 Féminisme,有三个鼻音,分别为 mi-nis-me。

人的生物对正义的渴望。希望那些粗野的废物不要再滑稽地挺起胸膛了！大猩猩也会这么做。严肃一点吧！缠腰布或半身裙显然比长裤更难穿，再说，这样的服装还会把你暴露在野兽面前。当一个女人流泪时，如果不是出于美好的情绪，那么任何害她哭泣的男人都会蒙受耻辱，反之亦然。外婆、妈妈、妹妹、爱人！任何一个男人，当他家庭中的女性成员不能和他享有同等的权利时，他都不值得被尊重。希望人们不要再通过宗教小团体来污蔑我们是诡辩者了！关于女性团体，所有女性意见一致：人们都低估了她们的力量。不要再说什么文化相对主义了！尊严不分肤色或信仰，更不分国籍，是具有普世性的。除此之外，在当今时代还需要再次强调的是：尊严在发髻中并不会比在胡子中维持得更差，人的姿态与性别无关，而是能否挺直自己的脊梁。因此，没错，女权主义，不是要反对 Y 染色体——如果没有它，X 也就成了无足轻重的未知数了——女权主义是一种支持女性的理念，为了让库姆巴以及天底下所有女同胞的声音能够有效。女权主义是一种有利于进步，带着微笑前进的主义，不需要徒劳无益地去咬那些厚皮动物，这种生物正在逐渐灭绝；女权主义，有利于更好地弘扬博爱精神！旨在集中精力共同建设一个更美好的社会，而不是徒劳无益地互相对抗；没错，女权主义，甚至还要联合那些让还活在史前社会的山羊胡子感到恼火的拳击手姐妹，当然还有她们倡导和平主义的姐妹！社会只需给予她们更加公平的地位,她们就不会再有这么多理由抱怨、挣扎、反击了。在濒临死亡时,骡子也会拼命踹人。这如果不是给它们压上重担之人的过错,那又是谁的错?在尼奥焦尔,是由那些牛鬼蛇神来决定压在寡妇背上的柴捆的重量。

　　至于年轻的库姆巴,那些花白胡子在瓦西亚姆昏暗的房间里忙忙碌碌,他们是在为她精心制作怎样一种不大可能套住目标的挽具?库姆巴假装对此毫不在意。当她的母亲提到这个话题时,她会立刻加以制止。嗯……嗯,按照沉默权宣言!如果谈论的不是布巴,她又何必浪费力气?再说,如果不是有什么别的事情要说,亚莉亚姆也没有必要在神情坚定的女儿面前支支吾吾,改变语调。库姆巴对村里的习俗足够了解,她知道大家正在策划什么。那些牛鬼蛇神赞同瓦西亚姆的计划,更糟的是,他们甚至还是鼓动者,并且已经部署好了捕捉毛皮兽用的陷阱。服丧期越接近尾声,库姆巴就越感到,如果不引起整个博泷沿岸的骚动,她就无法重获自由。比起人们为她准备的没有彩虹、令人感到窒息的萨赫勒的白天,她甚至更喜欢西伯利亚的修女遭受的永无止境的冬天。如果说她作为寡妇的沉默让那些阴谋家受到了鼓舞,那么她的决心会让他们知道不要把老虎当病猫。"法迪吉娜,我不知道我们会去往哪里,但你不会在这座房子里长大的",她对着这双涉世未深的大眼睛吐露心声,因为后者不会告诉任何人。法迪吉娜虽然还很小,但对于她的母亲来说,她反而是母亲一般的存在,让库姆巴能够拥有勇往直前的力量,能够相信自己。"嘘,别哭,妈妈在这儿,"年轻女人喃喃道,但更像是安慰自己,因为这句话能让她振作起来,增强她作为守护天使的动力。

库姆巴,没有了她温柔的布巴?把装满谷物的袋子倒空,看看它怎么站得住。多么虚弱消沉啊!但是,库姆巴失去了布巴,怀里却抱着法迪吉娜的未来?那就是面向地平线的糙石巨柱!企鹅可以潜入水底,叽叽喳喳,涉水而行,但无法扰乱她的视野。库姆巴,糙石巨柱一般的母亲,面向地平线!疾风呼啸着,鞭打着,越来越猛烈,却丝毫不能改变她的瞄准点。库姆巴,糙石巨柱一般的母亲,面向地平线!大西洋的飓风呼号着,咆哮着,不断形成漩涡,但也只能是路过。从尼奥焦尔到迪欧尼瓦,不论天气如何,海龟都会拖着它们的雨伞,想象着那些剪不断理还乱的男女关系,尽管与它们毫不相干。库姆巴,糙石巨柱一般的母亲,面向地平线!企鹅们摇摇晃晃,竖着耳朵,什么东西都往肚子里吞,还为未来的婚礼下赌注。那就让它们前往阿迪亚戈迪亚克,去向魔鬼祈求翅膀吧,寡妇想着,而她会忠于在桑戈马尔守护着她的鹈鹕。

"法迪吉娜,乖乖,别哭,妈妈在这儿。"为了将女儿引向光明,就像孩子父亲所梦想的那样,库姆巴已经准备好以一己之力背起猴面包树。

第十五章

安慰！焦虑的孩子期望得到父母的安慰。至于成年人，当他们饱受折磨时，只要有一丝希望，哪怕那希望就像鱼线末端的诱饵一样，他们都会上钩。有时，电话就是大陆之间的鱼线。喂？有时是有人想要和上帝通话。唉，主并没有接电话，他的信箱也满了。斯蒂格·达格曼①早就意识到"我们对于安慰的需求是不可能得到满足的"，他也因此而死，有些真相还是不知道为好，这样才能保持追寻的纯洁性，即使这种追寻是不值一提的，但至少能帮助我们活下去。喂？有时，由于缺少安慰，我们会像贪婪的石斑鱼一样紧紧抓住听筒。因为忧伤不断从内部将你吞噬，让你感到饥肠辘辘。然而，当餐桌上的食欲被忧虑取代时，只有话语才能提供营养。

在马赛，有人几乎不再进食，咬紧牙齿发出的声响一直传到了尼奥焦尔。库姆巴的手机铃声响个不停，让人感到厌烦。

---

① 瑞典记者，二战后瑞典最著名的作家之一，其作品在世界范围内享有广泛的声誉。（编辑注）

库姆巴担心被婆婆指责假装没听到,但最终还是拿起了她的手机。

"喂?"她鼓起勇气接起了电话。

"喂？ 您能听到吗？"

"可以。"

"很好。您好,女士! 很抱歉打扰您,我找……噢……不好意思。首先,我叫琳达。我的女儿是……"

"库姆巴,瞧瞧!"瓦西亚姆高声说道,"不是吧! 所有在座的人都是来看望你的,而你呢,你甚至都不能出于礼貌把这玩意儿放下。简直是难以置信啊! 行了,大不了你待会儿再打过去……"

在众人尴尬的目光下,库姆巴默不作声。她没有挂断电话,但当她回过神来再次竖起耳朵时,电话那头已经没人了。她长时间的沉默必定让世界另一头的对话者感到纳闷,进而泄了气。

在马赛,有人痛苦地承认了失败,内心还有许多疑问。守护圣母搅动云层,探索上天的奥秘,而人间的谜团却在她的脚下悄悄溜走。哈利路亚! 这些让人神经错乱的日子要如何忍受?这个问题浮现在琳达眼前,让她涕泗横流,但可敬的守护圣母不会给任何人提供手帕。妻子因中断的通话而感到万分沮丧,吉拉里努力用最温柔的声音安慰她。波利娜的母亲好不容易打通了一次电话,却只得到了短短几秒令人失望的对话。没能获得更多有关波利娜和西亚勒布的旅行的信息,琳达和吉拉里都很伤心,但二者相较来说,琳达是更加迫切的那一方,她急需知道女儿在塞内加尔度过的最后几天的所有细节。虽然吉拉里没有打击他的伴侣,但他还是认为这样的消息只会勾起他们的痛苦。然而,他又是那么的善解人意,护妻心切,总能辩证地看待每一次无果的尝试。琳达也不再吸鼻子了。安慰,就是一种治感冒的良方。

不论是在地中海还是在萨卢姆,渔夫都不仅关注自己的小船,还通过鱼线留意着远方。两个马赛人每天都在自己的痛苦中颠簸,有时会迷失方向,但当他们暂时平静下来时,他们看到的就不只是自己的处境。他们不仅仅因为失去女儿而饱受痛苦的折磨,同时也惦记着他们的女婿,为他远在卡萨芒斯的家人感到遗憾。琳达和吉拉里都是善良的人,他们不停地思考着亲家的情况如何。没有了西亚勒布,他们要如何生活?在那儿,他们要如何摆脱困境?

在那儿,在热带地区,据说奶牛瘦得都产不出奶水,人们要喝奶只能靠奶粉,当萨赫勒沙漠边缘的河谷地带不再流淌瑞士雀巢公司的奶水之时,该如何是好啊!在那儿,面包如此干,以至于需要进口来自诺曼底的黄油和成吨成吨来自巴西但连高乔人①都看不上的可怕的人造奶油!我们要如何看待这

———————
① 拉丁美洲民族,大多为农村人,主要经济活动和实践为放牧和打猎。

种油腻的外交？是否足以润滑所谓的全球化体系的齿轮？这体系将一切福利都卡在了北方的车站。在那儿，在塞内加尔南部，没有巴西木薯粉，无产者们不大喜欢木薯，甚至还讨厌他们品质优良的豇豆，却用来自泰国或巴基斯坦的搀着碎石的米来填补每日的口粮，还因此磕坏了牙齿！在那儿，在阿迪亚戈迪亚克，在塞内加尔南部的最南方，如此远离华尔街和泛欧交易所，却仍深受其影响，西亚勒布的父母要如何维持生活？他们原本靠着忠实的儿子为数不多的汇款来改善日常伙食，如今突然断了这笔来源，他们要如何生存下去？再也没有西亚勒布，再也没有西方联盟！断奶后的孩子会在夜间哭号，他们慈爱的母亲便会找来母乳的替代品。但谁来安抚成年人？猫头鹰透露说，当没人能在你耳边喃喃道："嘘，别哭，妈妈在这儿。"人们碍于尊严，会紧紧咬住垫子。有时，我们到哪儿都保持着死一般的沉默。因为无法在言语中找到安慰，人们会通过眼神来求救。在拍摄墓地时，我们就能发现这无声的布景透露了多少信息。在为逝者哀悼时，我们总会提到其热烈的一生、灿烂的笑容、清亮的嗓音和一些趣闻逸事，对逝者的思念将日常生活神化了，所有的记忆都变得美妙无比。沉浸在哀伤之中的人们眼里含着泪水，只谈论痛失挚爱，因为出于廉耻心，他们绝不会提起丧事导致的经济问题。人们难以想象会有一个思想腐坏的人宣称："我们永远失去了深爱的某某女士，某某先生，这对我们的钱袋子来说是一件多么不幸的事啊!"一旦下葬,流氓都被当成了圣人,侏儒都成了巨人,出于同样的社会习俗,人们对逝者带来的经济损失也闭口不谈。不,我们很少说出死亡造成的一切后果,这或许就是为什么我们满足于用"极度痛苦"去填补裂痕,就像往漏水的屋顶上丢一块黑色的篷布一样。

在马赛,没有角尺也没有圆规,一对父母试图将自己的损失限制在一定范围内,但他们并不孤独,他们觉察到了其他父母所面临的深渊,这些父母就在那儿,在塞内加尔南部。在那儿,在卡萨芒斯,死亡是西亚勒布的第二次缺席。西亚勒布常年在外,为了使家人能够活得体面,他拼命挣钱,只能与家人互相思念,他与家里的唯一联系就是一些汇款和总是被打断的计划。西亚勒布,勇敢的男人!谁来安慰那些死后没能留名的勇士们的父母?在马赛,一对老夫妇祈求守护圣母能够减轻女婿家人的苦痛。但是,如果那位可敬的女士都还没能减轻他们自己的痛苦,她又如何会移驾热带地区?"愿守护圣母能去帮助他们。"琳达叹息道。一只来自斯克林角的鹈鹕或许能够安慰她,并向她解释,在那儿,在卡萨芒斯,朱拉族人能够徒手扒下棕榈树叶,因此,他们绝不会在苦难面前颤抖,而是迎难而上,这是从他们勇敢的母亲那里遗传来的力量。

吉拉里和琳达回忆着女儿和女婿的最后一次旅行,就像在反复阅读一部结局令人难以理解的小说。然而,尽管他们一遍遍重复着这件事，却几乎从不提起死神，似乎担心说曹操，曹操就到。"自从我们的女儿女婿启程……自从波利娜离开后……"他们说，似乎想要将时间停留在他们在机场紧紧拥抱的那一刻。再说，如何准确描述他们现在的情况？

在尼奥焦尔，库姆巴自称是"寡妇"。而在另一个地方，马克西姆，琳达的侄子，护士阿曼达的伴侣，只能用同一个词，即鳏夫，来形容自己的损失，但事实并没有这么简单。琳达和吉拉里都注意到了这一点。马克西姆和他们一样，都去了一趟达喀尔，他回来后感到十分迷茫。阿曼达和波利娜是同事，她们从中学时代开始就是挚友，因此，马克西姆自然是要时不时去探望这对悲痛欲绝的父母的，而他们一从达喀尔回来也坚持参加了他妻子的葬礼。当时马克西姆原本写好了发言稿，但在面对前来吊唁的人时情绪过于激动，于是将稿子缩短了，只留下几句感谢的话，不过最终这几句话也是匆匆说完。

有一次他来拜访时，他的姑母琳达认为自己是在安慰他，就这样说道：

"马克西姆，孩子啊，你这么担心我们，但你也工作一天了，也该休息一下了。再说，应该是我们来安慰你啊，可怜的孩子，这么年轻就成了鳏夫……"

"我不是鳏夫！"马克西姆喊道，几乎是脱口而出。

"我……呃……我很抱歉。"琳达连忙说道，与此同时，吉拉里把手放到了她的肩膀上。

"不,是我的错,对不起。"看到琳达和吉拉里惊慌的神色,马克西姆恢复了镇静,"请原谅我,我的意思是'鳏夫'这个词不适合我,此外它也不适用于任何人。我知道从此以后按照惯例人们都会这样称呼我,行政文件上也会这样指代我。但是,除了我的妻子,我还失去了我的表妹,她也是我妻子最好的朋友,多亏了波利娜我才遇见阿曼达的。哪个词能表示同时失去妻子和挚友般的表妹? 因此,用'鳏夫'形容我这种情况并不合适,也不够全面……"

琳达和吉拉里听着他说话,不敢打断,安安静静地看着他因痛苦而扭曲的脸,和他一起忍受着。他们太能理解他了。和他一样,他们也思念着两位一同永别人世的朋友,还有他们的女婿。和他一样,他们也找不到合适的词来概括他们所失去的一切。这对老夫妇失去了他们可爱的女儿,却没有一个特定的词能够表达这种悲剧的惨烈程度。"自从我们的女儿不在了……"当谈话涉及他们面临的这一新现实,而词汇表又对这一现实毫无预知时,他们就会这样委婉地说:"自从我们的女儿不在了,我们就再也没有做过这个了。""自从我们的女儿不在了,我们就再也没有去过那里了……"他们从父母这一身份陡然跌到了另一个截然不同的身份里,一个他们不知道如何称呼的身份里。因此,"不在"一词就是一块用来掩盖灾难程度的黑篷布。这块布刚够他们裁成一个包,一个装满沉甸甸的痛苦的襁褓,这种痛苦的名字在字典里是找不到的。同时,考虑到"不在"一词所引发的叹息,这个词的重量势必会压弯他们的脊柱。然而,尽管他们十分勇敢,但终究是远远超过了奥林匹克运动员的年纪。掌管天平的神灵对此作何感想?在衡量苦难的秤上,太阳似乎被固定在了指针顶部,它越往西斜,这对老夫妇就越步履维艰,一天下来,琳达和吉拉里已是上气不接下气。光线越来越昏暗,他们的忧伤也越来越强烈,并在黄昏时达到顶峰。孤独感就像一个叛逆者,只有当百叶窗被关上时它才会亮出自己的獠牙。琳达和吉拉里不像库姆巴那样会写作,否则在夜晚他们就能以笔为枪,对付从黑暗中蹿出来的妖魔鬼怪了,它们都是厄运的化身。波利娜再也不能前来拥抱她的父母,守护圣母没有了臂膀,至于吉拉里的臂膀,在琳达缩成一团时也已经不足以安慰她了。

不在了!这不仅仅是减法所造成的逻辑上的空虚问题,还有注意到这种减法后引发的眩晕感。当这种空虚感变得难以忍受时,人们脑海里就会充满那些不在场的人。亲人离去,不是说生命中少了什么,而是生命中多了什么,因为我们心中多了一份情感的重量,这重量取决于那个从此只能活在我们心中的人的重要程度。"你曾经在那儿,未来也会永远在那儿,因为我在思念你",令人悲痛的回忆使我们一遍遍重复着。

最终,我们没有埋葬任何人,这样那些灵魂就能留存在活着的人的心中。尽管内心沉重,"要向前看",身边的人建议道,但这不过是说出了求生的本能已经暗示过的内容。出于风度,我们也想要展现出好脸色,这样那些来自各方的慷慨的安慰才不会白费。唉,塔纳托斯①来来回回,对于那些挣扎着不愿被忧伤淹没的人,他随时准备将其溺死在忧愁之中。"你怎么能若无其事地继续生活?"他阴险地责备道,"所以说你是已经忘记了吗? 这是什么样的背叛啊!"自此,从痛苦中平息下来似乎就成了对逝者的贬低。那么,对于很多人来说,认为忍受痛苦就是最典型的忠贞的证明,也就不足为奇了。对于那些悲痛欲绝的人来说,如何继续生活这个问题还仅仅处于尝试探索的阶段,且这种尝试必定是举步维艰的。我们为逝者流了那么多眼泪,而他们已经彻底脱离苦海了,我们更应该担心的是那些为不在了的人履行义务的人们的命运。想要在亲人离世后继续活下去就意味着要在漫长的旅程中寻找意义,忍受思绪的折磨,被迫放下回忆,却又寻寻觅觅那逝去的深爱之人。亲人离去会让人意志消沉,即使是在晴空万里的日子里内心依然是乌云密布,就像是一个黑洞,只要置身其中,哪怕是最沉稳的人也会手足无措。亲人离去是一种可怕的威胁,会造成恐慌,尤其是对那

---

① 希腊神话中的死神。

些不相信灵魂转世的人来说,他们没有隐藏在黑暗之中随时准备现身去帮助子孙后代的祖先,自然也就不能寻求祖先的庇护。亲人离去无异于在我们身上钻了个孔,使我们像挨了打的孩子般脆弱和无助。只不过在这种情况下,随意给我们重击的正是生活本身,当我们在它的暴击之下跌跌撞撞时,它还会饶有兴致地欣赏这一景象。或许是因为对生活心存太多的感激之情,但一定也有迷信的原因,没有人会诅咒生活。如果说死亡是致命的,那必定也是生活给它提供了因受伤而变弱的猎物。"斗争"一词包含了"杀戮"①,人类就是这样在斗争中活下去的。活着,是一件令人筋疲力尽的事,即使没有尼禄②,小阿格里皮娜③也终会化为灰烬,就像尤利乌斯·恺撒本人也完全不需要布鲁图斯④,他总有一天会死的。归根结底,这些杀人凶手不过就是些缺乏耐心的蠢货,他们只是把时钟之神的日程提前了。然而,意识到人终有一死这一事实并不会让死亡变得令人向往,更不会变成一件能轻易接受的事。死神总是在捣乱,就像一位不速之客,总是打断谈话,打乱日程,一遍遍地探寻人们的想法,因为人们总会情不自禁地为其到来寻找原因。

---

① 法文中 lutter 一词意为"斗争",其中包含着 tuer 即"杀戮"一词的字母。

② 罗马帝国皇帝,也是罗马帝国朱里亚·克劳狄王朝的最后一代皇帝。

③ 尼禄的母亲,罗马帝国皇后,罗马帝国时期最著名的妇女,古代世界最有名的投毒者之一。

④ 晚期罗马共和国的一名元老院议员,是一名坚定的共和派,联合部分元老参与了刺杀恺撒的行动。

在马赛,琳达用颤抖的声音发出质问,守护圣母对此置之不理,她吃着云朵,就像吃棉花糖一样。鸟儿从她上空飞过,以自己的方式为她"祝圣",但她毫不在乎,雨水会为她洗刷一切。在她的脚下,盲人只能靠多脚拐杖自行摆脱困境。麻田街①上,几名醉汉跌跌撞撞,他们的眼睛因酒精而模糊不清,依稀辨认着通往老港口的路。死神就跟在他们身后,或许会给他们的"之"字步设置障碍。和醉酒的人一样,琳达和吉拉里每天都跌跌撞撞,寻找一根救命稻草,只不过不断灌醉他们的是痛苦。他们互相扶持,尽管各自都在努力保持自己的平衡。除了守护圣母,他们还能靠谁,靠什么? 当然,除了他们的侄子马克西姆以外,其他亲人都像以前一样围着他们,但很多人常常都是带着一肚子疑问来的。对于这些问题夫妇俩也不知该如何作答,这又增加了他们的痛苦。"船还会被打捞起来吗? 它沉得有多深? 塞内加尔政府做出了什么决定? 还有法国那边呢? 怎么说? 家属哪天能领回遗体吗?"这番高谈阔论无异于再次敲响了丧钟,直到把耳膜震破为止。而礼貌的人忍受着这种折磨。可怜的琳达和吉拉里!

和库姆巴一样,尽管原因不同,吉拉里和琳达也要忍受某些频繁的拜访,这剥夺了他们哀悼所需要的平静。苏格拉底,重

---

① 法国马赛老城区的主要街道,历史悠久。

塑你的老骨头,告诉我们,什么叫同情？在安慰一对父母的时候不断提起他们的孩子还长眠在海底,这无异于用柠檬来稀释醋！这些喋喋不休的人是来安慰他们的,还是来打听消息以便出一部恐怖百科全书的？的确,这是世上已知的最严重的沉船事件之一,但是好奇心,即便是有正当理由的,难道就能成为这种失礼行为的借口吗？如何才能让那些假借神圣不可侵犯的同情心之名,在你耳边唠叨着不合时宜的话的人闭嘴？易怒的人或许会说出自己的想法——安静一点又不会打碎谁的膝盖骨,但是礼貌的人却只会控诉命运这沉重的一击。琳达和吉拉里尽其所能地忍受着,但有时礼仪也会让他们腰酸背痛。当妻子垂下眼睑,审视自己是否姿态端正时,丈夫也会忍着悲痛,努力把背挺直。既然他们应该接受慰问,那他们就接受着,哪怕是那些最令人难以忍受的慰问。

一个拥抱,一次眼神的交流,一起花一小时喝杯咖啡,味道如何不重要,这些简单的事情都能帮助我们恢复体力来面对哀伤的日子。不幸的是,总是有多余的话来污染交流的纯粹性,破坏这样的团结时刻的预期效果。为什么当死亡让人沉默时,总有一些人自认为有必要提出问题、发表评论、横加指责？难道是因为害怕听到自己的呼吸声,然后想到这呼吸不会永远持续下去？当同情表现得很笨拙时,只会徒增他人的悲伤。有些人以支持你为借口要求你吐露心声,从而把你推入了忧郁的深渊。

当身处不幸时,想象可能得到的援助有利于坚持下去,但是,如果身陷困境的渔夫认为都怪自己悲惨的命运才害得前来救援的海牛弄湿了鼻子,那他早就翻船了,船只的残骸都能看着牡蛎长大了。噢,扬帆吧! 拿起你的船桨,水手! 不论海浪有多大,在厄运之舟上,勇敢地划船必定比在阿迪亚戈迪亚克的海岸上坐以待毙要更有生还的希望。

在马赛,这对老夫妇并不打算一直待在一条回荡着哀歌的小溪里。琳达和吉拉里虽然感谢人们对自己的关注,但蜂拥而至的拜访者散去后,他们感觉呼吸都更顺畅了。终于只剩下他们俩,他们当然会衡量自己的苦痛,不过是在心里默默地,他们终于找到了属于自己的方式来回忆痛苦,又不至于陷入绝望的深渊。他们学着控制自己的悲伤,就像双胞胎学着一起走路一样。他们从对方的眼里看到自己,意识到他们的反应会互相影响,各自都努力坚持着,努力克制自己,为了不让对方受自己情绪影响。当沉默变得过于沉重时,他们会强迫自己进行对话。尽管他们努力转移注意力,任何一个话题都不可避免地把他们推回到自我折磨的话题上。为了时不时地逃避残酷的现实,他们唯一的诀窍就是追溯遥远的记忆。向后倒退,一直退回到那些甜蜜的时刻,那时候似乎还没有什么能够破坏他们建立的幸福家庭。作为一个父亲,吉拉里习惯了扮演不可动摇的支柱角色,但最重要的是,作为一个细心的丈夫,他随时准备绞尽脑汁来缓解妻子心中的苦闷,因此,常常是由他来打开话闸。就像这天晚上,他突然有了一个迷信的想法。

"那艘船是在夜里沉没的,"他开口说道,"她,我原本是想给她取名'蕾拉'的,在阿拉伯语中是'夜'的意思,你还记得吗?这下好了,作为夜,我的女儿并没有度过一个让灵魂充满诗意和感官的享受的温柔夜晚,而是一个永无止境的可怕的夜晚。我觉得是我把她的命运和这悲惨的夜晚连在了一起。"

"不是的,吉拉里!"琳达纠正道,"不许你这么想。你该不会开始这样给自己增加罪恶感了吧。发生这一切根本不是你的错。照你这么说,你原本还想叫她'努尔',也就是'光'的意思。你在这两个名字之间确实纠结了很久,而我,我更喜欢'努尔'。但是,你肯定记得,我们当时讨论了很久:我不希望因为这样一个你们那里典型的名字而让她冒着有一天会被贴上外国人的标签的风险……因此,我建议用法语名'奥罗尔',意思和'努尔'差不多。但你呢,你那古怪的口音,你念不对,总是把它和另一个让人极不愉快的词混淆①,所以我就推荐用'波利娜',对你来说更简单些。"

吉拉里笑了,然后摸了摸自己的小胡子。琳达溜进厨房待了一会儿。几分钟后她回来了,手里拿着托盘,上面盛着一个茶

---

① "奥罗尔"的法语原文为 Aurore,这里应该指吉拉里误将其念成 horreur,而它在法文中是"可怕"的意思。

壶,一个糖罐和一些饼干。她把两个杯子放在桌上,小心翼翼地
摆好东西,然后重新坐下,没有坐在丈夫正对面,而是稍稍偏了
一点,这样他们两人之间就只隔了一个桌角。吉拉里没有错过
妻子的任何一个动作,他一直注视着她,尽管神情忧郁,他还是
露出了一抹笑容以示感谢,然后继续说道:

"对,没错,"他承认,"'波利娜',这个名字很美,也更简单。
但我好歹还是赢了,因为你总爱给所有人起绰号,所以我们现
在都叫她'蕾娜',你说这是'阳光'的意思,说到底,这和'努
尔'也差不多了。"

吉拉里说的是"我们现在都叫她'蕾娜'",但琳达克制住了
自己,没有像往常那样纠正他的语法错误——她之前就是这样
帮助他更好地使用莫里哀的语言的。他确实还存在一些知识
盲点,尤其是在动词变位这方面,但这一次,妻子认为他主要还
是因为无法用过去式谈论他们的女儿,这是一种心理上的抗
拒,对此,她也深有同感。

的确如此,突然遭遇这样令人难以置信的事,他们的思绪
还停留在一个充满期望的时期,在这个时期父母会用将来时表
达许多他们希望孩子去经历的幸福的事情。两年前,他们最大
的心愿之一实现了,波利娜结婚了,这自然就让他们萌生了其
他的梦想。因为,在童话故事里总是"他们结婚了,一起生育了
很多孩子",琳达和吉拉里觉得他们的公主没有理由不这样。

再说蕾娜选择的人体格健壮,这只是时间问题,准确地说,这是计划之中的。波利娜和西亚勒布这对年轻的夫妇自然是生活在马赛的,但他们希望先建好在乌苏耶的房子,这样以后他们就能常到塞内加尔度假,他们未来的孩子也能生活在绿色的环境里,远离达喀尔的交通拥堵和局势动荡。"等波利娜和她的丈夫把乌苏耶的房子收拾妥当后,"这对未来的祖父母畅想着,"我们就去卡萨芒斯看看。等波利娜有了孩子,就由我们来照顾……"是什么霉运阻碍了他们的美好计划? 是哪个善妒的恶魔对此另有打算? 不,不会的,琳达表示,这场灾难带走了波利娜,结束了他们的憧憬,这不能是上帝的杰作。守护圣母对此作何感想? 这位长者望着地平线,不予作答。她能够如此不动声色,或许是在透过云层确定上帝的宝座位于何处。无论如何,这位可敬的女士再也不能灵活地弯下腰来关心在她脚下追逐蜻蜓的可怜的人类了。这位年迈的女士或许是什么都听不见了?何况眼泪落在小提琴的琴弦上也是无声无息的。睿智的守护圣母保持沉默,这或许就是她最得体的回复了,因为言语永远无法安慰一位悲痛的母亲。不论是真人的还是大理石雕像,在任何地方,"圣母哀悼耶稣之死"都是沉默的。在马赛也是一样。琳达和吉拉里用薄荷茶抑制住了多少啜泣?

"亲爱的,来点糖吗?"

"好的,谢谢。"

糖,他们需要能随意取用的糖来缓解苦涩的时光。当喉咙里只有盐的味道时,不再说话的舌头就应该变成甘蔗,这样至少嘬嘴的时候还能有几分乐趣。

"亲爱的,再来点茶吗?"

"好的,谢谢。"

在不能喝水的日子里人们得渴到发疯吧!琳达和吉拉里默默地抿着茶,一杯接一杯,神色如同孤儿一般。他们喝的茶都足够让一个东京的军团解渴了,但从内部吞噬他们的东西需要的不是水,是安慰。谁也没有碰饼干,因为当我们心情低落时,咀嚼也令人感到疲惫。但有时,我们会找个理由懒洋洋地动一动舌头,就像鼹鼠缓缓爬出来呼吸一下新鲜空气一样。

"那几个塞内加尔的号码,"琳达突然低声说道,"嗯?吉拉里?"

"欸,亲爱的。"

"那几个电话号码,我们还得再试试,不是吗?号码的主人或许在达喀尔见过孩子们。如果我没记错的话,西亚勒布说过他有一对夫妻朋友在达喀尔。你还记得吗?再说,蕾娜有天在电话里告诉我们他们吃了'凯伯'……呃……'锡谷'……呃,总之,你懂的。"

"是'锡伯',亲爱的,'锡伯迪安',是那里的国菜。"

"对,没错,蕾娜说过他们受邀去朋友家,还打算和这些朋友再出去玩,应该就是这对夫妻。我们应该再打给他们,他们一定有什么要对我们说的。嗯？吉拉里,再试试也好,不是吗？"

"好,如果你想的话。"他做出了让步。

虽然吉拉里不敢给跃跃欲试的妻子浇冷水,但他私下还是担心这样做会给琳达造成不利影响,尤其是如果运气不好,通话又以失败告终的话。面对女儿的离去造成的空虚,琳达拾起所有细枝末节来填补生命的空白。当饱受思念的折磨时,她就拉着吉拉里一起去波利娜和西亚勒布的公寓,尽管吉拉里一直告诉她这不是一个好主意,却还是跟着去了。在他们的住处,在客厅一张显眼的桌子上,琳达摆上了女儿充满活力的照片:有波利娜单独摆姿势的,有和她丈夫一起的,有和阿曼达以及马克西姆一起的,还有挤在父母中间的,她总是那么迷人。当照片上紧紧相拥的人变成亡魂时,怀抱里还剩下什么？这两个塞内加尔的电话号码不仅仅是琳达悉心收藏的遗物之一,还对她产生了一种无法抗拒的吸引力。马赛到处都是伊斯兰教隐士,他们吹嘘着成千上万的奇迹,却没有任何一个能够让她摆脱魔障。既然一切已经明了,这对老夫妇和女儿计划的一切都不会实现了,琳达表现得像一匹受伤的母狼,嗅着幼崽的踪迹。由于波利娜的踪迹是在塞内加尔消失的,因此她的母亲便极度渴望和最后在那里见到她的人对话。吉拉里知道,只要妻子还想象着有朝一日有可能听到电话另一头的声音,她就绝不会放手。

在等待着有可能发生的交谈带来预期的安慰的同时,琳达忍受着锥心的疼痛,这是希望强加给耐心等待之人的。一次,两次,三次……一次次无果的呼叫无异于对精神的一次次棒击。尝试了无数次之后,屈从的本性让她放弃,但这位母亲置之不理,她要向西西弗斯发起挑战。尽管每一次的失败都让她受到重创,但她很快又会重新燃起希望再次尝试。有朝一日,或许……她对自己说。有朝一日,在那儿,在塞内加尔的蛇岛上①,玄武岩之间或许会开出一株兰花。有朝一日,或许……有朝一日,一顿美味的晚餐或许会从琳达的石锅里出来。有些梦太难做了,需要消耗大量的木材,纤纤玉指都成了火钩子。但是,有朝一日,或许……琳达是如何坚持下去的? 没错! 母亲,这不就是苦行者的别称吗?

---

① 位于达喀尔西南部,是塞内加尔马德莱娜群岛的最大岛屿。

第十六章

　　守夜！除了指上帝的标度尺上两个凹槽之间限定的一段时间以外，对于那些仍处于阴影之下的人来说，守夜又指的是什么？守夜！这不仅仅是我们能够大声喊"守夜——欤！"又不会吵醒任何人的时刻。守夜！这不只是眼皮睁开或闭上的事情。守夜！从地形图上看，这是一片心灵的田野，有时，又是一片广阔的兰花，人们用淡水浇灌，花儿夜夜争奇斗艳，那时醒着可比睡着了要好。唉，守夜！有时却是一片废墟，鬼魂用海水或其他液体浇灌，但往往是让人无法清醒的液体。那些紧紧盯着天空，对着朦胧月色发问，却对疼痛已然麻木的人，有多少是能够入眠的？守夜！尽管指的是没有入睡，但不如称之为一种睡眠之外的状态，守夜并不总是代表清醒。醒着不是清醒，有时甚至是完全相反的！但究竟是什么让守夜者夜不能寐却又神志不清？

　　并不是所有的守夜者都能够通过星辰预测未来，有些人会沉入忧郁的冰冷水潭。酒的味道并不比茶的味道更能安慰人，但这个"不仅仅是鳏夫的鳏夫"已经不再去数自己每天晚上独自一人在长沙发上喝掉了几升红酒,反正痛苦从未减轻。马克西姆是一个念旧的情人,也是一个忧伤的表兄,他常常想起自己的妻子以及与他心有灵犀的表妹,他如此想念她们以至于每天夜里都会梦见她们。"没有这两个人的生活,要如何继续?"他沉思着,手里拿着一杯酒,"高中毕业以后,这俩人从朋友变成了姐妹,彼此再也没有分开过,她们的关系成为了我们所有人之间的纽带,牢固且无可替代,那么,没有她们的生活要如何继续?"一杯!"她们一起长大,也因此同在非洲的星空之下找到了真爱。"一杯!"她们一起工作,带着共同的梦想,一起为事业献身,一起漂洋过海,直到抵达阿迪亚戈迪亚克,并留在了那里。永远待在了一起!"又是一杯!"但是,没有墓地,该想象她们在哪里? 该死,她们究竟在哪儿?!"他大吼一声,拒绝考虑"乔拉"号的船舱,然后站起身来,绕过沙发,又开了一瓶酒,再重新坐下。他看着电视却什么也看不进去,目光透露出"我没喝醉,只是我的心在别处飘荡"。"为您的健康干杯!"一起欢快啜饮的人喊道,孤独的人常常喝闷酒,以此对迟迟不来解脱他的死亡表示蔑视。一刻不停,马克西姆回忆着,一边喝一边骂,不断重复着:阿曼达和波利娜!

阿曼达和波利娜! 这两个活力四射的理想主义者从青少年时代起就一直是朋友,她们从事同样的职业,或者更确切地说,是同样的圣职,因为仅仅在工作中照顾别人对于她们来说是不够的,她们还会参与到社会服务和其他人道主义事业中。从一个组织到另一个组织,她们常常一起安排活动,共同前往,远到阿迪亚戈迪亚克。波利娜就是在一次到塞内加尔执行任务时遇见了西亚勒布。在往返于达喀尔和加姆尼亚久的一辆快客上的一次对视,几句闲聊,他们的命运就此发生了大逆转,转向了月亮,转向了蜜月。因为在这之后他们各自在不同的地方待了一段时间,当他们在达喀尔重逢时,他们已经开始谈论起未来。她,神魂颠倒;他,渴望移民,但也是真的被他心目中的仙女迷住了。他们为何要对掌管指南针的神灵说不?阿门!向欧洲进发,爱有多深就开多快吧!但春去秋来,他们等了好几个月才通过了边境的层层筛查,让人相信他们的结合既不是为了灰卡也不是为了金钱,他们有的只是无穷的爱。因为爱,因为不断斗争,波利娜最终成功把她的男人带到了马赛。她的表兄马克西姆也是在非洲时才真正注意到了瞪羚般的阿曼达,后者被称他为"非洲王子",他们多年来通过波利娜维持的友谊在非洲发展成了爱情,当时他们是一起去那里为同一个非政府组织执行任务。因此,不论是对于这两位朋友还是对于马克西姆来说,非洲都是一个神奇的地方,见证了他们最美好的爱情的诞生。当吉拉里看着前来拜访的马克西姆和自己一样神情沮丧时,他不知道说什么才能缓解气氛,以前非洲总能为他提供无数话题。

有一天,他们一起翻看波利娜的相册,里面的内容见证了两位护士的心有灵犀,吉拉里叹息道:

"她们太爱非洲了,这两个孩子。"

"啊,没错!这是一场真正的冒险,是我们共同经历的美丽的冒险,"马克西姆蹦了起来,就像抓住了一个氧气瓶,"我也收集了我们所有的照片,所有的旅行日志,上面记录了这些年的志愿活动和探索发现,是我们心有灵犀的见证。我们应该好好记住她们真正的样子。"

"哦,对!"吉拉里表示赞同,"除了她们带给我们的幸福,我们还要记住她们坚定的意志。"

"没错!"马克西姆情绪激动,注意到琳达忧伤的面容后他继续说道,"不要只记住她们在'乔拉'号上的一个夜晚,千万不要!她们太有活力,太开朗乐观了,不能只在我们的回忆里留下一场灾难。我在塞内加尔时,有天晚上待在波利娜和西亚勒布朋友的家中,听他们说死去的人似乎会守护着生者,反之亦然。我从来不相信这些东西,但现在……有时,我感觉半夜里会听到阿曼达的声音。或许是我的思绪在作怪。因此,谁知道呢?可以说,我不仅仅是'鳏夫',我还是留下来的人,是守夜的人,由于不断回忆过往的一切,不放过任何一个细节,我也就夜夜无眠了。因此,虽然我还不知道要怎么做,成立一个以她们的名字命名的组织或者其他什么,但我会确保这两个了不起的人永远不会被忘记。"

"毫无风险,马克西姆,"吉拉里安慰道,"我坚信即使是在
远离马赛的塞内加尔,在那儿,那些认识她们的人也不会轻易
忘记她们的。"

"既然这样,那我希望有一天我们至少能够和他们中的某
一个聊聊。"琳达补充道。

"对,"马克西姆保证道,"我们还是有可能得到库姆巴的消
息的,你们知道的,就是西亚勒布朋友的遗孀。和你们一样,我
在塞内加尔的时候就想要尝试着联系她,回来后也试了好几
次,但无果。发生了这么多事情,她想必要回到自己的村庄待上
好一段时间。或许有一天……"

如果桑戈马尔派鹈鹕去告诉马赛人它们所知道的一切,它
们具体会透露什么有关这两名护士的消息?

波利娜和阿曼达!和当地人一样,那些和她们有着同样肤
色的人也常常把她们当作游客。然而,尽管她们知道哪里可以
找到乳木果油来缓解晒伤,但她们喜欢的并不仅仅是"小海岸"
阳光明媚的海滩、戈雷岛蓝绿色的海水以及鸟岛上粉红色的火
烈鸟。不,所有的这一切,如果没有了她们的塞内加尔朋友,对
她们来说也就毫无意义了。在去尼奥科罗-科巴国家公园①向

---

① 塞内加尔东南部靠近几内亚比绍边境地区的一个自然保护区,1981 年被列
入世界遗产名录。

猴子扔香蕉之前,她们会先仔细检查处方,照顾夏娃的孩子们,安慰产妇,帮助推行计划生育政策,密切关注萨赫勒姐妹们的福祉。

波利娜和阿曼达,就像和平鸽一样,塞内加尔就是她们的第二故乡!为了纪念这两位可敬的姐妹,任何挽歌都显得微不足道,但是一旦稍微用心悼念,一切致意又都会被当作是包装精美的土耳其软糖①。但是为了她们,我们如何能不冒这个险?她们可是背井离乡,甚至冒着生命危险去拯救别人。因此,不但要准备追悼会,还要大操大办,波利娜和阿曼达值得更多的悼念!感激之情在萨卢姆流传,从河流源头顺着博泷传播开来,不论潮起潮落,不论四季更迭。那里的海风不希望护士们的笛卡尔主义精神被人遗忘,于是它告诉人们,她们曾被妈妈引派来守护那些在椰树下行走的人们。她们曾英勇地和疟疾、糖尿病、痢疾以及其他许多上帝施加的苦难作斗争。她们不愿伤害任何人,哪怕是那些来自四面八方的无脑的种族主义者。她们是勇敢的斗士,是积极的人道主义者的女儿,她们和自己的父母一样品德高尚,甚至不愿去诅咒那些错把灰色皮毛当成人类标识的蠢驴。在欧洲,迁徙至此的鹈鹕就

---

① 一种包装精美的糖果,中间可以添加微量坚果,如开心果、榛果或核桃。此处作者用来表示对波利娜和阿曼达的悼念很容易沦为形式,不能完全体现其深意。

是证人,"黑鬼"一词会让她们脸红,让她们反胃,但她们绝不会不知所措。冲锋上阵,快,她们以尊严为盾,为全人类竖起一道保护墙。像这样伟大的灵魂,谁会不希望她们和自己站在一边?波利娜和阿曼达,勇敢的欧洲姐妹! 勇敢的女人! 她们始终昂首挺立,绝不下跪! 那么,图巴布①在哪儿? 在那儿,在热带地区! 她们依然昂首挺胸,但还不至于要去给那些鬣狗洗洗嘴巴,毕竟在那儿,连蚊子都十分可怕。作为外来者的永远流浪的移民②深知,身为少数群体是上帝的一种考验。至慈的真主,特慈的真主啊,哈利路亚,谁来安慰外来者? 有时,在达喀尔的苏姆贝朱纳市场,两位护士会用目光寻觅天使长加百列,但总是无果。这家伙,当我们需要他时他从不在场! 但为何休了这么长时间的假? 我们知道他为谁工作,但何时工作? 无人知晓。因此,当面对攻击者时,两位朋友总是自己设法摆脱困境。就像那天在桑达加市场一样:

"嘿,图巴布! 图巴比,你好吗?③嘿,图巴布,快过来买!"一群摊贩叫唤着。

"不用了,谢谢。"波利娜礼貌地回答道。

"图巴布,看! 这可是上好的手工艺品,来啊,拿着,瞧一眼

---

① 图巴布、图巴比是中非和西非具有欧洲血统的人的名字,常见于冈比亚、塞内加尔等国家。该姓名原本含有贬义,但也经常与"白人","殖民者"相连,也可以指来访的外籍旅行者。(编辑注)

②③ 原文为沃洛夫语。

呀!"一个汗流浃背的家伙挡住了她们的去路,把他的那些小玩意儿依次在她们眼前晃了晃,嘴里还不停念叨着,"拿着呀! 这些东西看着就舒服哇! 艺术,这就是艺术啊! 来吧,给我两万非洲法郎①或者30欧元就行。"

难不成他们都有数学学位? 真是奇怪,这些文盲居然如此精通数字,换算外汇时他们的心算从来都准确无误。多少非洲的工程师被耽误在坑骗游客的市场上了?

"图巴布,你看,多美呀,嗯? 说吧,你出个价?"

"不用了,谢谢。"阿曼达试图脱身。

"行了,拿着吧,我卖得也不贵……"

"不,别缠着我,倒是,算了,我们走。"阿曼达笑了笑,"今天我们只是来散步的。"她又字正腔圆地补充了一句,克制着自己不被卖家蹩脚②的法语逗笑。

"好啦,我的曼达,要卖的人是你,我就买了!"波利娜打趣道。

"行啦,图巴布,来,我便宜点给你,一万五!"那人大着胆子又靠近了一点,汗珠大颗大颗地落下来。

"不用了,谢谢!"波利娜拦住了他。

---

① 是一种在前法国殖民地的非洲国家流通的货币,后来在西非经济货币联盟(包括塞内加尔、科特迪瓦等8个成员国家)称为西非法郎,在中部非洲经济与货币共同体(中非、刚果等6个成员国)称为中非法郎。(编辑注)
② 原文为沃洛夫语。

"好吧，你说多少钱？吝啬的白人①，小气鬼，行！不买东西的游客，这可不好啊！快把钱拿出来！"

"不，不要！② 放手，放开我③，放开我！别碰我④，别碰我！够了，我说了不要！"波利娜不耐烦了。

阿曼达神色紧张，但她的朋友很快就让她安心了。波利娜表现得更有勇气，因为她的丈夫提前告知过她这种情况。西亚勒布还教了她一些沃洛夫语，关键时刻总能派上用场。事后波利娜还饶有兴致地和丈夫讨论起这几句话产生的效果：

"西亚，想象一下那小伙子的表情，达喀尔出现暴风雪都不会让他如此震惊！在哪里都有些榆木脑袋把自己的语言当作是他人无法理解的高级代码。"

"亲爱的，在任何语言里，不就是不，只有那些狗皮膏药才会看到有雀斑的人就以为找到了金矿。对这种死缠烂打的人你就应该说'收起你的垃圾，放下你的爪子，这两个图巴布还是更关心你的健康问题！'这种事情最让我心寒的一点就是，像你和阿曼达这样的人是出于对非洲的爱才来到这里，但是如果我们中的一些兄弟表现得像敲诈犯或乞丐一样，我们如何能够赢得他人的尊重？我再也无法忍受我们的市场里这种

---

① ② ③ ④ 　原文为沃洛夫语。

对白人的骚扰了,这让我感到十分羞愧。在非洲,有些商贩比
采采蝇①还要糟糕!"

看到西亚勒布已经如此难受,波利娜把剩下的话咽了回
去。这些摊贩通常直接略过"您"这样的尊称,但是"女士"、"先
生"这样的称呼并不比"图巴布"更费劲。在说完"你好吗?"之
前或之后,摊贩本可以叫她们"女士们"。她们显然担得起"女
士"这一称呼,甚至是伟大的女士。她们以为他人带去福祉为
己任,如果这个蛮横无理的人除了缺乏教育以外还有什么别的
问题,她们甚至会去照顾他。把"图巴布"或"黑鬼"这样的称呼
扔到别人脸上同样会让人暴怒。有时,为了享受洞穴的宁静有
必要把住在里面的鼹鼠赶出去。主啊,到处都有给人起诨名的
家伙,真该把他们的嘴都堵上! 他们一遍又一遍地把耻辱钉在
自己的皮肤上,拒绝给游客以诚心和安宁。

阿曼达和波利娜没有在达喀尔的旅游市场逗留。这些城
里人并不那么需要她们的帮助。她们并不感到遗憾,就把环境
污染、交通拥堵和小偷小摸留给他们好了。比起一些离不开空
调,不到万不得已绝不踏足乡村的班图人,她们倒更像是真正
的非洲人。她们尊重当地文化,并不认为自己高人一等,而是完
全入乡随俗。在马里,她们知道巴马科的白天是热情洋溢的,琳

①　即舌蝇,广泛分布于从撒哈拉沙漠到喀拉哈里沙漠的广大非洲地区,它们以
　　吸食脊椎动物的血液为主,是非洲主要的睡虫病传播媒介之一。

6253

琅满目的博古兰①美不胜收,但这些都比不上塞古的黄昏,在悠扬的科拉琴声中看夕阳西下,才是好一番诗情画意。在塞内加尔,她们知道最上乘的锡伯迪安在姆布尔而不是圣路易,不管可敬的邦达·姆巴耶②的秘方是怎么写的。姆布尔的锡伯迪安可是味道鲜美且分量十足③:厚厚的米饭上盖了一圈蔬菜,被塞得满满的青铜石斑鱼和鲷鱼能横扫一切饥饿!但在别处,在萨卡纳勒的锡伯迪安却是味道鲜美但分量极少④:如果只有不让小孩吃饭才能让宾客们吃饱,那么不管哪位身体健康的女人⑤如何吹嘘自己的秘方都是没有用的。

两位护士总是深入群众,她们以朝圣者的目光观察,发现、分析一切,把热浪和灰尘都淹没在洛神花茶里。她们即使感到惊讶也不露声色,就像所有有教养的人一样。护士们不会浪费时间和那些做作的女人进行毫无意义的讨论,这些人硬要将自己西化,却弄巧成拙导致了疾病,她们身上散发着做完漂白⑥后残留的对苯二酚的化学气味,她们的皮肤呈现出病态的白色,她们不断让自己的皮肤褪色,直到变得和达喀尔黑黄相间的出租车一样。阿曼达和波利娜到塞内加尔可不是为

---

① 马里的一种传统棉织物,有独特的染色技术和图案。
② 19世纪的女大厨,来自圣路易市,她发明了炖鱼饭这道菜,已成为塞内加尔的国菜。
③④⑤ 原文为沃洛夫语。
⑥ 原文为谢列尔语。

了看这些歌舞伎般的脸！她们更喜欢接近有着乌黑的健康肤色的人们,这样她们去帮助对方时也不会感到是在关心变色龙。这些真正的非洲美人辛勤劳作,田野因此变得绿意盎然,她们采集贝壳,激起层层浪花,在闲暇之际,她们还将提欧乌拉耶①文化发扬光大,让祖先的荣誉世代相传。除了她们以外,护士们还喜欢一天三次的阿塔亚、图巴的咖啡、小花风车子茶②、加姆尼亚久的芒果、邦布加尔的没有葡萄干的古斯米布丁、若阿勒-法久特的圣灵特供恩加拉克甜粥、恩丹加内-索科内的花生、萨卢姆群岛的古斯米拌鱼、尼奥焦尔红树林里的牡蛎以及悠长的谢列尔问候语。"你好吗?"③我们向她们问候。"我很好!"④她们总是笑容满面地回答,和她们的萨卢姆姐妹一样。

波利娜和阿曼达！她们不是坐车就是乘独木舟去往越来越多的地方,但总是在农村。不管有没有手推车,她们都会穿梭于各个村庄,四处奔走,去照顾病人,安慰他们的亲人。勇敢的女人！那些年迈的谢列尔女士会这样赞颂她们,并称呼她们为美丽的女人⑤和爱笑的女人⑥,以此来向她们的美貌和笑容致

---

① 塞内加尔特有的乳香,当地女性以各种植物为原料,配方各不相同,功能类似于香水。
② 别名鸦片解毒剂、长寿茶、保健树、使君子科,原产西非,可提取染料,也是一种编织原料,当地一些穆斯林斋月期间的饮料。
③④ 原文为谢列尔语。
⑤⑥ 原文为谢列尔语。

意！当她们因为热爱非洲而被那里的太阳灼伤了她们的欧洲人皮肤时，村里的长老会对她们表示怜悯。长老们被护士们十足的干劲和耐力打动，给她们送上自制的椰汁、木瓜汁和释迦果汁，水果都来自自家果园。她们在品尝着饮料，连连道谢的同时，也对如此慷慨的馈赠感到惊讶，当地的阿婆望着她们，也代表大家向她们表示感谢，然后鼓励她们，赞美她们：谢谢，勇敢的女人！加油，勇敢的女人！塞内加尔就是波利娜和阿曼达的家。"不论在哪里，我们都能找到自己的家人，"老渔夫说，"只需展示出自己心脏的颜色就行。"

莫萨娜和迪亚勒瓦娜！这是对两位美丽的、爱笑的姐妹多好的赞颂啊！她们的心既不是黑的也不是白的，而是属于人类的，是非常仁慈的！我们花了太多太多的纸张来记录可憎的分裂者所带来的万千不幸，这是太抬举他们了！我们想要用羽毛笔将路德·金的灵魂悄悄塞入种族主义者的身体里，将曼德拉的灵魂塞入暴君的身体里，这样鹈鹕就会在痛苦中损失部分生命。它们身陷泥泞，翅膀或许还会指向某处，但必定不是指向诗歌的广阔天空。莫萨娜和迪亚勒瓦娜活着就是为了响应地平线的召唤。什么样的悼词才配得上这些头脑清醒的桑戈马尔养女的一生？只有一个词，心灵对着苍穹大吼一声：女王！墩墩鼓声为这两位法国女性响起吧！她们在塞内加尔这片故土上获得了女王这一头衔！当然，在马赛，琳达、守护圣母、吉拉里和马克西姆没法不担心,但为了让他们安心,鹈鹕会告诉他们,他们勇敢的宝贝会像在自己家一样。老渔夫会在桑戈马尔的火堆旁迎接她们,在他的身边,没有人会为失去了父亲或母亲感到惋惜。

"丫头们,欢迎加入守夜者,"他对她们说道,"过来暖暖身子。不要感到遗憾,你们一直都和生者在一起……"

"和生者一起?"阿曼达感到十分惊讶,"你听到他说的了,波利娜?他在做梦吗?我好歹是个护士,即使是在大西洋底部,我还是认得出呈直线的心电图!我们已经死了!没被埋葬,的确,但确实是死了!他在说胡话,这老头儿!兴许他是死于阿尔茨海默病?"

"慢着,阿曼达,别这样大动肝火,"波利娜劝说道,"至少让他说完。"

波利娜还在人间的时候,通过与西亚勒布和库姆巴的交谈,她虽然没有被说服,但却对泛灵论更加好奇了。

"晚上好,先生,"波利娜继续说道,"您对我们说的话很奇怪,但首先,您是谁?我的意思是您在世的时候是谁。"

"晚上好,小丫头。我的妻子也在这儿,她说我一点没变。她确实没见我变老,因为爱我,哪怕到了九十六岁,她还觉得我英俊强壮。好吧,从你们的表情来看,你们已经觉得我在吹牛了,但我没有,"他笑着说道,"事实上,她是在恭维我,这常常会把我们的孙女逗笑,我的小水手……"

"好的,先生,不过,您没有回答我的问题……"

"请见谅,回忆太多了,我有点老了……"

"有点老? 都九十六岁了,见鬼! 我倒是希望我也能说自己这么大岁数了! 我们俩加起来才刚到这一半的年纪!"

"行了,阿曼达! 拜托了,让他把话说完。先生,您生前是谁? 还有您从哪里来?"

"我是我出生之前就是的那个人,是你们现在看到的这个人,也是明天将要成为的那个人:我是一个在桑戈马尔的河水里沐浴过的孩子,是尼奥焦尔的一名老渔夫,守护着桑戈马尔。我的母亲在这里和守夜者一起迎接我,就像她在另一头,在那儿,在椰子树下所做的那样。要知道,当我还能行走在热沙之上的时候就来过这里钓鱼了。"

"但您好像在等我们。您是怎么知道的? 您认识我们?"波利娜和阿曼达急不可耐地问道。

"别急,喘口气,在另一边,在我们的亲人身上发生的一切我们都知道。此外,我的孙女也会时不时告诉我一些消息,而且她还是第一个和我提起你们的,来自马赛的波利娜和阿曼达,莫萨娜和迪亚勒瓦娜,我叫'玛玛',和所有在这里的守夜者一样。过一段时间,大家也会这样叫你们;只有新来的人我们才会叫他们的名字,因为他们的家人还在不断召唤他们。要知道,当我们的亲人在另一头召唤我们时,桑戈马尔总是会通知妈妈引。当新的守夜者到来时,他也会召集王国里的所有居民。如果你们想要联系上对你们来说重要的人,就不要错过任何一次召唤,也务必要安慰新来的守夜者。在这里,欢迎仪式并不是在帮谁的忙,而是让所有人达成共识,我们会永远待在一起,因此最好还是好好相处,你们也要为此出一份力,因为盘古尔也是有脾气的。"

"但是,您为什么要照顾我们?"阿曼达感到很惊讶。

"你们在那儿,在热沙之上帮助了我的亲人,因此,现在轮到我了,我只是想要在这里给予你们同样的帮助。但是,即使没有这些理由,我还是会这么做的,你们认识每一个在非洲帮助过的人吗?来围到火堆旁暖暖身子吧。要是饿了,我们就一起分享我的家人献给我的祭酒和祭品。"

"谢谢。但是,对不起,先生,既然您说我们始终与生者同在,那为什么只有彻底死了才能到这里来?"阿曼达又问道,依然焦虑不安。

"这就要看你是如何定义'死亡'一词了。除此之外,一部分答案已经在你的问题里了,要是你能暂时忘了听诊器的话。你刚刚说'彻底死了',关键就是'彻底'一词。从另一方面来看,即使区别很细微,那也不应该是'彻底死了',而是'死得其所'。那些以这种方式结束了自己在尘世的旅程的人会一路上寻找光明,为了他们,桑戈马尔会照亮自己广阔的王国,因为他要给予那些值得的人以看破黑夜的眼睛。如果你们想要在这里拥有这样的能力,就不要去触碰神圣的猴面包树的树枝,那样会打扰到神灵的孩子们和那些最年长的妈妈引。只要小岛上的沙滩还是热的,就不要在那儿露面,因为你们已经成为了盘古尔,会吓到白天在那里行走的人。这里的规则很少,但很严格,务必要遵守。别担心,丫头们。夜晚只是中转站,让划桨者得以休息,然后旅程就会继续。因此,你们总是在路上,也就是说与生者同在。"

"那为什么成为守夜者的偏偏是我们?"护士们惊讶地问道。

"就像那些给他人提供食物或为他人解渴的人一样,照顾他人的人会活在多亏了他们才得以延续的呼吸之中。因此,很多人都用自己的气息支撑起了你们,而他们又因为自己的善行而得以继续存在于他人的气息之中,然后以此类推。在罗格·塞内无尽的宇宙里,生命的气息就是以这样的方式从一个中转站到达另一个中转站的。瞧,勇敢的女人,和所有的守夜者一样,你们的气息会永远留存下去:被爱之人,永垂不朽!我总是这样对我的孙女,我的小水手说,现在她知道这是真的了,她每晚都会来看我,我们一次又一次一起在桑戈马尔围炉夜话。它会一直持续下去,只要桑戈马尔一次又一次把温柔的海风从一个小岛送到另一个小岛,从一艘小船送到另一艘小船。要知道在罗格·塞内的宇宙里,航行一直在继续,爱会乘风破浪,总能找到其目标。"

"好点了吗?阿曼达?"波利娜询问道。

"嗯……我不知道要对这一切作何感想。穿了这么多年白大褂我确实难以跟上他的思路了。这就像神话故事一样。"

"这不是神话,阿曼达。我向你保证。虽然我还没有完全明白,但我还是看到过库姆巴和西亚勒布都和他有过交谈。布巴也能够和他的妻子对话。如果你愿意学习,如果我们听从这位老先生的建议,或许有朝一日我们也能像他一样和我们的家人以及所有我们思念的人重新建立起联系?你说呢?你愿意试试的话,就花点时间先看一看?如果我们表现得好,说不定桑戈马尔会赐予我们能够看破黑夜的眼睛,我们就能看到王国之外的东西了。"

"好吧,为什么不呢?我承认,如果能再次见到我的非洲王子,我会欣喜若狂的,想必他一定等得心焦了,还有我的父母,我的朋友们,总之,所有人。不管怎么说,在确定无法再见到我的马克西姆和与他重逢的假设之间,我选择假设,至少这样能让我们保持清醒,继续守夜。再说,这个老渔夫看起来相当了解这个地方和这里的规章制度。尤其是他看起来神色安详,十分亲切,要不然,就和他待在一起吧,我们拭目以待。"

波利娜和阿曼达得到了老渔夫的接待,当后者还能够行走于热沙之上时,他就有勇气到桑戈马尔搭建起一个棚子来长时间地捕鱼。让她们的亲人放心吧！没有什么，绝对没有什么能打扰到他们守夜，哪怕是桑戈马尔的神灵，因为老渔夫曾在椰树底下赠送、分发鱼儿，就连神灵都为此向他致意。他这一生就是给予他人食物和保护他人的一生，勇敢的男人！他，他知道什么是死得其所，因为这就意味着活得有价值。也就是说要在颠簸的船上不晕船，如履平地，从摇篮一直走向亡灵之国。他的一生是这样度过的：为他人提供食物、淡水和照料，传递温暖，为所有人伸张正义，为被生活压垮的心灵减轻负担，为的就是不让任何一个桨手放弃勾勒他的航线。勇敢的男人，被爱之人，永垂不朽！有这样一位东道主，不论是在桑戈马尔还是在其他地方，再也没有人会死于严寒或酷暑，因为他的笑容能温暖人心，他的声音能熄灭一切火焰。受到他的欢迎，任何迷失的灵魂都能找回自己的位置，在他的港湾里没有人还会颤抖；罗格·塞内的一切水源，不论是来自博泷还是来自天空，都能为你洗净双足却又不会打湿你的脸庞。波利娜和阿曼达在中转站，在老渔夫的呵护之下，让她们的亲人安心入睡吧，桑戈马尔对她们来说只会是一个宁静的避风港。她们与妈妈引在一起，萨卢姆总会为她们和所有她们在"乔拉"号上的同伴送来丰富的祭品和祭酒。甚至连神圣的猴面包树都认识她们，她们的名字将永远伴着墩墩鼓的鼓声回荡在人间，从桑戈马尔一直传到马赛。女王波利娜，谢谢！女王阿曼达，谢谢！谢谢你们，令人难忘的欧洲姐妹！在那儿,在萨卢姆,有足够的红树能够让老渔夫身旁守夜用的火堆永不熄灭。在那儿,在萨卢姆,不论是在热沙之上还是在海浪之间,声音都能留存下来,因为桑戈马尔的微风会延续人们的气息,当守夜者开始守夜时,连猫头鹰都会咕咕,咕咕地唱着:被爱之人,永垂不朽!

第十七章

　　行走！行走的天性证明了呼吸的价值。行走，但是以怎样的姿态走？行走，但是以怎样的速度行走？我们更偏爱流畅坚定的步伐，而摇摇晃晃、踉踉跄跄或一瘸一拐的，那只是向前挪动罢了。行走？只要我们还没入土，土坯上还没长满蒲公英和蘑菇这类的死亡帽，我们就只能服从那看不见的，站在地平线的指挥官的命令。不论昼夜，他都会命令人们抬起胫骨。向前，齐步走！生的欲望在呐喊。这难道不就是脉搏不知疲倦地重复着的话吗？谁要是不想听就闭上眼睛，因为这也是我们每天在黎明的天空中读到的。

　　行走！法迪吉娜在尝试，四肢着地，猫头鹰不愿告诉她，她将用一生的时间试着站立起来。看女儿撅着屁股，忙忙碌碌，跑来跑去，弓着背，气喘吁吁，紧紧抓住任何她能够得着的东西，库姆巴微笑着，若有所思。这一幕显然让她十分欣慰——小家伙还没满九个月就已经表现得如此有上进心了，但是这样的想法让她高兴的同时也让她产生了疑问。小家伙为何如此心急？她的胳膊和小腿在她意志的重压之下颤抖。是什么紧急的事情激活了她的肌肉,让她每次摔倒后都重新站起来?被抱着是如此惬意,她为何还如此热衷于承受这样的苦役?她不知道,有时候,成年人会愿意放弃自己的智齿,以求回到那个能够待在母亲膝上,不用担心跌倒的年纪吗?但这一点,猫头鹰也隐瞒着急不可耐的法迪吉娜。咕咕,咕咕:站起来,向前,齐步走,这样你才能成为人! 它在小家伙入睡时叫道。总会有人激励你进入角斗场,却不会替你挨打,就像这骗人的猫头鹰一样。咕咕,咕咕!

潮起潮落,在萨卢姆! 当潮水从小岛陡峭的河岸退却后,它又载着浪花之上的思绪流向了何方? 如果猫头鹰什么都不说,总有一天,鹈鹕会把一切都告诉法迪吉娜。萨卢姆,潮起潮落!几个世纪以来,岛民按照潮汐的规律生活,尽管潮水有时会耽误渔民和靠海鲜为生的人们出海,但海浪之神却不受其影响,永远准时到达。时光被红树的叶子拖着,在海湾里流逝。潮起潮落! 萨卢姆的时间是流动的! 它平铺开来,不断延伸,在阳光下蒸发。萨卢姆的白天啊! 猴面包树看着河流被阳光晒得干涸,它们渴望雨水,海市蜃楼在树影间晃动。数百年来,猴面包树巍然屹立,它们向天空伸出手臂,欢迎鱼鹰的到来,又目送它们离开,从不跟随鱼鹰一起迁徙,它们在向上帝期待什么? 有些火灾是无法扑灭的,比如凶残的哈麦丹风会让稀树草原干枯,将其烧得面目全非,将还活着的糖棕树的树干吹得乌黑发亮。

在这里,上帝降下的雨水是真正的圣水,只有盐场工人才会喜欢酷暑,他们高兴地计算着自己棉白的金子的价值。耐心一点!萨卢姆的白天这样说道,太阳奔跑,跌倒,消失在博泷之中。退潮了,就连盐田的泥沙沉积池都密切关注着何时涨潮!

有些日子就像库姆巴脚下的贝壳一样坚实。行走,像她原本打算的那样前进,这需要她具备自由潜水者的勇气。潮起潮落!在萨卢姆,向岛民发起挑战的不仅仅是大西洋。就连在茅屋之下也有潮起潮落!当生活连续敲打神经丛时,呼吸也会像海浪一样,我们要等着浪头打回来,否则就再也无法行走了。向前,齐步走!让脉搏跳动起来。脚下踩着涨起的潮水有利于快速滑过白天!但是寡妇小巧的脚并不是短桨。库姆巴的服丧期已经进入最后一轮了,她渴望拥有更加开阔的视野,尤其是为了法迪吉娜,但总会发生一些让她始料未及的事情,阻止她的脚步。桑戈马尔善良的神灵守护着尼奥焦尔,送来成群的鱼儿,让汹涌的海浪改变方向,将独木舟带回码头,但不会去搀扶椰子树下摇摇晃晃的行人。他已经给予了守夜者能够看破黑夜的眼睛,难道还要为面对热沙的人们提供拐杖吗?向前,齐步走!这些两足动物只需好好看看往哪里落脚就行!桑戈马尔主导的是大西洋的海浪和他王国里的居民的命运,而不是区区坑洞里的事!当然,桑戈马尔有着三头六臂,能够创造无数的奇迹,但人类向他请求的太多了。

没有布巴的陪伴独自前行？库姆巴学着这么做。她希望自己能够变得坚不可摧，这样才能陪伴法迪吉娜的成长之路，但是，目前为止，她还和小家伙一样在蹒跚学步。她能靠谁？靠什么？就连她的母亲，那么温柔的亚莉亚姆，都害得她踉踉跄跄，还自以为是在支持她。事实也的确如此，当瓦西亚姆急不可耐地故意将自己的一切打算搞得人尽皆知时，亚莉亚姆也不甘示弱，散播出消息来表明自己对女儿的未来也不乏想法。她意识到库姆巴对婆家的计划持保留态度，认为自己有个更好的主意可以提出来。随着服丧期，俗称"揭纱仪式"接近尾声，她觉得是时候摊牌了。

一天早晨，送奶工都还没来她就到女儿家去了。尽管库姆巴的门已经打开，亚莉亚姆还是谨慎地敲了敲门，像往常一样轻声说道：

"咚咚！库姆巴？是我，早上好。"

"妈？"

"对，是我。你们昨晚睡得好吗？小家伙怎么样？"

"她又睡着了。早上好，妈妈。快进来呀！"

"主要是我不是一个人。我觉得我们最好还是从走廊过去，到客厅等你。"

"那还有谁和你一起？"

"还有两个人。我们到客厅等你。"

"行吧。"库姆巴勉强让步。

她很高兴见到母亲,但母亲为何要逼她一起床就见一些不速之客? 他们又想要她怎样? 谁会这么一大早就陪亚莉亚姆前来? 库姆巴本该有所怀疑,当母亲天一亮就来看她,抢在其他来访者之前以防别人听到的时候,一般来说就是要讨论什么敏感的话题。但这次又是关于什么? 考虑到当前的情况,库姆巴自我安慰地想着应该是关于如何组织即将到来的仪式。好奇心作祟,她飞快地在 T 恤外面套了一件宽大的白色长袍,将披肩裹到头上就朝客厅走去。当她在昏暗的光线下依稀辨别出那两张面孔时,她既惊讶又失望:迪耶加纳,亚莉亚姆的侄子,还有他的一个朋友比拉姆-塔尼亚斯。库姆巴一进门他们就嘘寒问暖说个不停,这对她来说简直就是一种煎熬,因为她急于知道他们究竟想要什么才会没到早饭时间就上门拜访。见女儿语气礼貌而冷淡,亚莉亚姆试图活跃一下气氛:

"库姆巴,你可要好好感谢一下你表哥。迪耶加纳向你保证过他会在你的揭纱仪式之前回来,瞧瞧,他这不就来了。人们常说,如今已没有人会以名誉担保来承诺了。但我亲爱的侄子可不就是个例外。"

"确实。"库姆巴应和了一声,没有再多做评论。

"迪耶加纳是昨天下午到的,他当晚就来看我了,今天早上他来向我问好的时候,我正准备来你这儿,于是我们就一起来了。"

"姑姑说的一点没错，"迪耶加纳证实道，"姑姑说你习惯早起的，因此我们觉得最好还是和她一起来，为了……呃……为了不打扰到你，当你……当你……"

"当你白天需要接待成群结队的访客。"亚莉亚姆补充道，"的确，总是有很多人来看望库姆巴，这让人感到很安心。感谢上帝！这表明她在村里有多受喜爱。从一开始，人们就围在她的身边，现在还继续……"

"妈，换了是谁他们都会这么做。"

"当然，但你还是受到了特别的关注。可不是每个人都能在整个服丧期有这么多来访者的。"亚莉亚姆坚持说道。

"妈！"

"你母亲说得对，"迪耶加纳强调道，"如果这么多人为了你特地出一趟门，那就证明他们是真的很欣赏你。"

"确实，库姆巴，如果真是这样的话，那一定是因为你值得让人这么做！如果人们聚集在非洲楝脚下，那是因为它枝繁叶茂！我们老话不是常常这么说吗？"迪耶加纳的朋友比拉姆-塔尼亚斯奉承道，非要不识相地插一嘴。

"一点儿没错！这是先辈们无比睿智的评定。"亚莉亚姆端起架子表态，自认为作为长者，她的意见就是合理合法的。

"库姆巴，"比拉姆-塔尼亚斯接着说道，"是你自己的高贵品质为你赢得了如此多的支持。迪耶加纳也和我们所有人一样,能够陪伴在你身边对他来说是十分重要的,他今天出现在这里就是最好的证明。至于未来,亲爱的库姆巴,你值得拥有这个村庄里最好的一切。"

"当然,我们要向所有人表示感谢。但是,你们一定也和我有同样的想法,有些人的支持和其他人的支持是不一样的,"亚莉亚姆强调道,"迪耶加纳就属于这种情况! 不是吗,库姆巴? 你表哥已经三次不远万里从达喀尔赶来看你了! 他值得我们最热烈的感谢。"

"没什么的,姑姑,这再正常不过了,我只是做了我应该做的。我对库姆巴说过她能够相信我。现在,我怕是又要再说一遍了,不过,我说到做到。"

"库姆巴,你听到迪耶加纳说的了吗?"比拉姆-塔尼亚斯用一本正经的腔调说道,"他的话是真正的男人的承诺,一言九鼎。"

被问话者把鼻子转向了另一边,避开她的假想敌;她的内心深处刚刚掀起了一阵旋风。那么女人的话难道就是随便说说,像变色龙的皮肤一样多变的吗?! 如果变色是确定的话,但愿把她们变成淡紫色的吧![1] 真正的男人的承诺? 他不过是违反体育法 L.212-5 条的规定,没有行礼就直接将对手摔倒在地,

---

[1]　雌性变色龙拒绝求偶时通常会变为淡紫色。

从而轻松达到了空手道黑带三段。除了这样的事以外，其他的一切女人也会做，包括把牛皮吹上天。那些接受库埃疗法①的杰出女性认为头疼脑热是不需要止痛药的，她们从没有在和伴侣亲热时感到过头晕或肚子疼？得了吧，玛丽-弗朗索瓦兹，阿米娜，埃丝特，在和你们的丈夫让-夏尔，阿卜杜勒和雅各布找碴之前，你们自己还是先努努力吧，瞧瞧你们都已经长出匹诺曹的长鼻子了！

但话又说回来，真正的男人的话？有时，他会承诺要从桑戈马尔最深处为你钓一只头足纲动物，并带到乞力马扎罗的顶峰！这见风使舵的演讲者还自认为一定会遵守诺言，就算他真的做出了这样的承诺吧，但是对许多人来说，这往往都是受睾丸激素的影响而从喉头发出的低语，这种话确实能带你达到涅槃的境界，但缠绵结束之时一切承诺也就不作数了。何其不幸啊！呸，呸，只是厚颜无耻罢了！好像觉得丘比特洗个澡就会失忆一样！不要再开比你的快感更持久的空头支票了。鱼鹰，可要小心渔网呀！捕食者的一生并非没有风险，哪怕是在石榴裙下有时也会看到鲨鱼遗留的利齿。如果这些人能稍稍忘记自己裤裆里的东西，他们就能多用用脑袋了。这样有些人最终就会明白，一个真正的人的话总是比一个男人或女人的话更有价

---

① 该方法旨在通过强大的心理暗示来解决现实中的一些问题和麻烦，是一种不依赖外力和外物的自我修复方法。

值,因为他的话里包含的不仅仅是胸衣或男士内裤。时间一分一秒在流逝。客厅里,大家你看看我,我看看你。

"库姆巴,你听见迪耶加纳说的话了吗?"愚钝的比拉姆-塔尼亚斯还揪着不放,"相信我,这些话不是随便说说的,迪耶加纳这个男人……"

真的是个男人? 那他为何会在塔内的边缘吃盐碱植物? 一眨眼的工夫,库姆巴的思绪就从窗户飘了出去。朝这个方向,在远处,在巴巴克①的墓地里,在无数的树根之下,迪耶加纳的曾祖母的祖母或许有足够的精力来回答那些如此盛赞她后代的人。库姆巴在心里发出求救信号:"噢! 桑戈马尔,亡灵之王! 是我,在你的河流里沐浴过的孩子,我卑微地回到了你身边。噢,亡灵之王,帮帮我吧! 你的食指能划破黑夜,请把那些对着黎明的天空口吐污泥的嘴巴封起来吧! 噢,桑戈马尔,请让我远离诱惑,给予我前进的步伐,能让步行者跨越障碍的坚定的步伐! 噢,桑戈马尔,亡灵之王,没有布巴陪伴的旅途是阴暗的! 噢,亡灵之王,请为我的爱人开辟一条通向我的路吧!"白费力气! 只有在黑暗寂静的夜晚,拉神的星辰才会闪耀。桑戈马尔不喜欢冒失的行为,光线太强或人太多都会影响他施展魔法。这一点,库姆巴知道,但就连她自己的母亲都加入了对手的阵

---

① 塞内加尔西部的一个街区,位于捷斯区。

营,她还能祈求谁? 一阵微风拂过,必定是来自桑戈马尔。这是一份礼物,是窒息之前的一点微不足道的支援。门外,母鸡咕哒咕哒地叫着,快活地互相回应。可笑的是,我们常说牲口的一生有多么不幸,但它们不会毁坏彼此的生活,不像那些俯视它们却又飞得如此低的生物! 母鸡们在继续它们的音乐会,突然,一头驴"嗯昂"一声。人们会说,这是忠实的朋友在等待着的兄弟之间的信号,它又准备炮蹶子往前冲,重新上阵了:

"亲爱的库姆巴,我们今天所做的一切都是为了家庭和睦。愿这能为我们所有人带来幸福! 你听清迪耶加纳的话了吗?"

他的话在天花板上回荡。他是如此斗志昂扬,把大嗓门用错了地方,在坎帕拉①都能听到他的声音了。但为何他说话之前总要绞着脖子,是手里抓着巨蟒吗? 有没有什么能驱赶爬行动物的药剂? 还是必须要用棍棒敲打才行? 为了摆脱大壁虎控制的思绪最远能跑到哪里? 一直逃到阿迪亚戈迪亚克,在那儿,在卢克索②对面,在离这个客厅几千公里以外的地方,底比斯陵墓里的木乃伊会和库姆巴一起保持沉默,而客厅里,迪耶加纳和他的高音喇叭还在期待着一个奇迹。亚莉亚姆感到自己的手无处安放,调整了三次头巾后终于清了清嗓子,然后尝试着又重复了一遍:

---

① 乌干达首都。
② 埃及古都,历史名城和文化旅游胜地。

"库姆巴,你听清楚你表哥说的了吗?"

"妈!"库姆巴发出呻吟,眼神透露出世界沉默权宣言。

够了! 这样敲打上帝的造物的太阳穴难道不是非法的吗? 人必须开口说话才能要求别人不要出声,真是自相矛盾啊! 真想不到他们如此固执! 他们就像早起的鸟儿一样,一遍又一遍地重复。唉,杏眼像弹弓一样射出锐利目光也无法让他们气馁。既然他们不懂对话的规则,为何不问问何为和谐? 库姆巴没有心情跳他们强加给她大脑的勒姆伯勒①。这样一遍遍地重复同一个问题,他们是担心客厅的传声效果不好,还是怕自己吐字不清? 毕竟他们一大早就起床了,还蹑手蹑脚地穿过沙丘,嗓子都已沙哑。和音乐一样,话语是否能被听到不仅仅是分贝大小的问题。

不管是在萨卢姆还是在其他地方,我们有时会遇见蛤蜊一般耳聋的老奶奶,或者墩墩鼓的鼓声都无法将他从吊床上唤醒的老爷爷,但是,通常来说,这样的老古董会用三条腿走路,他们的年龄只有用碳-14才能测得出来。库姆巴既没有他们那样缺了牙的下颚,也没有无法治愈的关节病,甚至连一根白头发都没有。她懒散地躺在扶手椅里,一动不动,不再发牢骚,但保持着瞪羚的敏捷和灵敏的听觉。如果说她变得毫无生气,寡言少

---

① 一种扭臀舞。

语,那是因为理性有时会让人失聪,以至于舌头无法动弹,四肢僵硬。除了沉默权宣言以外,我们还能从她的眼神里读出什么?"不要碰我,不,尤其不要摇晃我! 如果我的身体现在突然重新获得一点自由,我就要开始扇人耳光了,我极度渴望清静。不,不要碰我! 为了你们的清静,也为了我的,让我成为亡灵的一员吧,至少这样我可以离布巴更近一些。只要你不觉得口干,就对着墙壁一直说吧,但不要碰我,否则桑戈马尔就会利用我给你带来不幸! 不,不要碰我,尤其不要摇晃我!"唉,雪白的鸽子并不能让猎鹰转移目标。说话者满脑子都是自己一大早突袭的动机,已经没有足够清晰的头脑来分析库姆巴眼神的意味了。如果这些多嘴的人能多注意一下他们的对话者的沉默,他们就会少说很多,这也将大大减少冲突。既然不论是上帝还是魔鬼都不能为她实现这一心愿,库姆巴就仔细观察起自己的指甲,为了不伤到法迪吉娜柔嫩的肌肤,她的指甲剪得很短。她知道他们脸上满是妄想,但不管怎么说,她也没有打算用指甲抓破这几张恼人的脸。尽管她的态度能欺骗那些分不清欢呼和决心的人,她已默默打定主意,丝毫没有屈服。勇敢的女人已经武装起来! 库姆巴腰间裹着提瓦纳,等待着! 战斗打响的那一天,人们就会发现谢列尔女性的缠腰布是多么坚不可摧。

在萨卢姆,鳐鱼在风平浪静的博泷里耐心地磨着自己的尾刺。在尼奥焦尔温热的水域里,扑通,扑通,吵闹的入侵者蹚水而行,冒着陷入淤泥的巨大风险,从迪杨杜福一直走到尼亚尼杨德。不管是乐观惬意的健忘之人还是天真纯朴的游客,最好都先打听一下,就连红树林都知道践踏沉默者的代价。众所周知,库姆巴为人真诚善良,虽然因忧伤而变得沉默寡言,但并不会因此变得顺从,她还是个硬骨头。她的怒火与大西洋的风交织在一起,得到了缓和,到达目的地时已经冷却下来。祖先们用来刺穿敌人身体的长枪的铁制枪头难道不是冷的吗?让铁器变冷吧!让鳐鱼的尾刺变冷吧!库姆巴想着。作为在桑戈马尔的海浪之中长大的女儿,她完全不需要火花来锻造自己的决心,并在时机成熟之时付诸实践。勇敢的女人!就像她在角斗场上骁勇善战的兄弟们一样,她把一块提瓦纳束在腰上。

心烦意乱的库姆巴抿紧了嘴唇,尽管像牡蛎一样紧闭着嘴,她并没有停止思考。虽然只要一句话就可以赶走这些讨厌的家伙,但她没有这么做。因为谁都不喜欢争吵,尤其是在早饭之前。这天早晨,有着三头六臂的桑戈马尔的神灵没有前来拯救库姆巴,他又是在忙什么?海洋之神躲在椰子树后面低语,发着牢骚,徒劳无益地咆哮着,却不派一些应敲击声前来的鬼魂帮助库姆巴摆脱这些入侵者。由于没有奇迹出现,她只能硬着头皮对抗他们,幸好她的脑袋是非洲楝做的。

在尼奥焦尔,太阳缓缓升起,推开随风飘拂的窗帘,洒进一片片光影,密谋者们坐在库姆巴对面,他们的面部轮廓被慢慢勾勒出来,变得越来越清晰。亚莉亚姆和迪耶加纳的朋友比拉姆-塔尼亚斯轮番发问,想要得到一个回答,就像猎犬等待着猎物一样。他们强装镇定,但语气之间流露出的焦虑又让他们的观察者产生了另一个疑问。当执念占据着头脑,掌握着言语时,理性跑到哪里去了? 他们着实不需要像对上帝的雕像这样一遍遍重复。就像在走廊前咯咯叫的母鸡一样,他们的分贝并不会影响到法迪吉娜巨石柱般的母亲的意志。库姆巴听得很清楚,只是不应该把她当成是灰鲤鱼,在低潮时就会一头扎进红树林里觅食。

不管他们怎么命令,她还是不同意。虽然什么都没有被明确提出,但库姆巴严重怀疑他们想要逼她说出的"好"会让自己落入陷阱。

再说,这些早起的渔民是如此笨拙,吓跑了一群石斑鱼。扑通,扑通! 他们大步大步地陷入泥潭,互相搀扶着,却反而越陷越深。他们滔滔不绝的话语从库姆巴的一只耳朵进去,又立刻从另一只耳朵出去了,因为她无法忍受他们的言外之意。虽然他们把辩词说得自相矛盾,但都不值得费力去反驳,库姆巴心中有数。这次来访绝非偶然,而是经过长时间的精心策划,然后像乐谱一样演奏出来的。不过,这三位喜剧演员没有一起充分练习,各自都完美地把自己的角色搞砸了。亚莉亚姆不善于撒谎,她的侄子也一点不比她更有天赋。姑侄俩拼命想要为自己辩解,反而露出了马脚。至于那位爱说教的朋友,走私马车的铃声都比他的吹嘘更加谨慎低调。他吧啦吧啦地高谈阔论着,当他喘了口气又接着发出更大的噪音时,库姆巴最后一丝优雅也消失殆尽了。比拉姆-塔尼亚斯似乎担心大家会被长达几分钟的沉默压得喘不过气来,然而事实上让人感到厌烦的正是他的话语。有时候,我们会像容忍好动的孩子犯错一样忍受客人的行为举止。的确如此,男人本是好心,但会错了意,还要表现出能说会道的样子,结果说出来的话平庸至极。能成为朋友的人性格是否都是相似的? 能否根据迪耶加纳的伙伴的样子来评判他本人? 只有糟糕的战略家才会指望这样一位朋友斡旋,他笨重的木屐一上来就把他所服务之人的小心思全部暴露出来了。求爱能否成功通常取决于追求者的手段,但其信使的影响也不容小觑。虽然比拉姆-塔尼亚斯很荣幸能够成为求爱者的第二张嘴,但是他每次插话都忍不住过度演绎。砰,砰,哐当!他推搡着库姆巴。直接把椰子树推倒确实是获得其果实的一种办法,但是用同样的方式能够获得一个女人的芳心吗?迪耶加纳的朋友不断附和着,添油加醋,提出质问,极尽所能阿谀奉承,就像给人抹上了一层厚厚的膏药。即便是为了保护被觊觎者娇嫩的皮肤不被非洲无情的太阳灼伤,也显得过于油腻了。这个人似乎不知道,过分赞美会适得其反,会让听者感到不自在,甚至可能将其激怒。出于感谢或礼貌,我们会说谢谢,但说

了三次以后就会觉得自己很愚蠢,然而谁都不喜欢这样形象的
自己。面对头脑迟钝之人,受过良好教育的人更倾向于扬起眉
毛,而不是提高声调。这也是库姆巴采取的态度,为了不让她的
母亲丢脸,后者反常的滔滔不绝暴露了她的局促不安。由于库
姆巴一言不发,迪耶加纳的同谋和她说起话来就像磨坊主往面
粉袋里胡乱塞面粉一样。但是,从这三个人鬼鬼祟祟交换的眼
神中可以看出,他们似乎都明白年轻女人听他们讲话并不代表
赞同他们,他们的话就像秋葵一样从她的身上直接滑落。库姆
巴毫不掩饰自己的坏心情,她悦耳的嗓音还要留着,以后有更
好的用途:向法迪吉娜的父亲讲述女儿取得的进步,他在桑戈
马尔远远地守护着她俩。

在村庄里,头痛并不都是疟疾造成的,意想不到的烦恼向
库姆巴证明了蚊帐并不能保护人们不受任何伤害。但是,面对
一些不速之客,沉默就像扫帚一样有效。听了一会儿苍蝇飞来
飞去,两位先生就告辞了。他们起身离开,碰了一鼻子灰。有些
坏蛋都能让大力士怀疑自己的肱二头肌!至于那位陪护者,外
孙女醒来让她逃过了一劫。在内心深处,她知道自己可以去管
法迪吉娜,花很长时间照料并爱抚她,然后带她多散一会儿步,
这一切逃避都只是在推迟和库姆巴面对面的交谈。此外,库姆
巴也默不作声,并不急于表达母亲都能从她的脸上看出的不
满。库姆巴一脸心不在焉,她反复思索着刚才的会面,越想就越

感到痛苦和羞耻。作为一位已婚的母亲，亚莉亚姆表现得就像是迪亚马盖纳的市场上吹嘘自己的小母牛的饲养员一样。最令人恼火的是她极力恭维自己侄子的方式，仿佛这个年轻人对库姆巴的兴趣是他给予她的一种无与伦比的特权。哪只苍蝇叮了胆怯的亚莉亚姆？苍蝇或许都会希望不要被库姆巴这样富有经验的人看见。的确如此，年轻女人沮丧地看着母亲滔滔不绝地赞扬自己的侄子，就像检察官看着入室盗窃的惯犯一样。没错，这确实是亚莉亚姆又一次帮助迪耶加纳赢取自己女儿的芳心。这小伙子可真是个蹩脚的猎人啊！动员了姑母和朋友帮他求爱，难道还要再来一群人帮他把猎物赶到他面前才能触摸到一头瞪羚吗？如果他指望着用这种方式迷倒库姆巴，那他就是错把鹈鹕当成公鹅了。

在库姆巴结婚之前，亚莉亚姆就自认为在女婿的选择问题上有发言权，因此早就表现出了对这个住得不远的表兄的偏爱。那时候，这个小伙子十分殷勤，事实上，只有瞎子才会看不出来他是因为觊觎库姆巴，才常常找借口看望姑姑。但是，当时大学成为了最吸引年轻人的地方，大部分人都梦想过上白领的生活，他由于没有文化，在这个女高中生面前畏畏缩缩，后者也觉得他和布巴相比，显得笨拙且十分无趣。虽然库姆巴还是会保持礼貌，但她总设法躲开，尽可能避免和这个完全无话可说的求爱者面对面。尽管不是没有看破女儿捉迷藏的把戏，亚莉亚姆这个爱做媒的母亲总还是能找到借口把侄子带到家里来，但他过于做作的礼貌让库姆巴感到不适。迪耶加纳用的是老一套的求爱方式，他没有努力追求女士本人，而是费尽心思讨好她的父母，指望依靠他们的权威取胜。通过常常拜访狗的主人，我们能够得到狗的喜爱，但用此方法获取女人的芳心，难道不是缺乏洞察力吗？当浪漫的布巴邀请库姆巴去海边散步，和同龄人共度愉快的夜晚时，无趣的迪耶加纳则给他臆想的未来的岳父岳母带了鱼和一包包的可乐果。在萨卢姆的海峡交汇处，两个仿佛活在不同世纪的男人，用截然相反的策略争夺库姆巴的心。亚莉亚姆忠于传统，认为和有亲缘关系的人结合能够保证女儿未来婚姻的稳固。但每个世纪时髦的女士内衣的款式各不相同，选择配偶的标准也一样。库姆巴想要的是爱情，她的母亲想要的是安全感。"有教养的女孩在选择配偶时会听从父母的意见。"亚莉亚姆不断重复着。当库姆巴和她谈论爱情时，她会给女儿灌输"得了，理智一点"这种话，好像声称自己恋爱了是一件近乎愚蠢的事情。那她呢？她又是怎么结婚的？她的女儿思考着，不敢公然提出这个问题。不管怎么说，库姆巴猜得到答案。自从大西洋孕育了这个小岛以来，同样血统的人就不断交融，结为夫妇，在村庄的各个家庭之间建立起永久的紧密联系。运气好的话，父母选择的那个人可能恰好是你爱的人，但是爱情几乎从不会是婚姻的决定性因素。

　　但这是以前,都过去了! 在库姆巴和布巴之前还存在过恐龙和猛犸,但现在已经没有了! 以前看待世界和结为夫妇的方式,现在已经不适用了。就连大猩猩都在不断适应森林的演变来和俾格米人争夺领地! 如果动植物都在改变,那么终有一死的人类的风俗习惯为何不能改变? 因此,在 21 世纪初,库姆巴选择了自己的丈夫——勇敢的布巴。勇敢的男人! 这个男人,他不会因为一位高傲的女士不对自己心动就去收买她的父母,他不需要一位姑母帮他把女儿扣作人质。库姆巴的父亲也是她说服亚莉亚姆的最好同盟。的确如此,他和布巴的父亲关系很好,曾经一起在拖网渔船上工作过,他在村子里的时候就认识并十分尊敬对方。"如果这个儿子和他英勇的父亲一样的话,那我们就没什么好担心的了",只要有需要,他总会这样向妻子担保。亚莉亚姆被迫向丈夫让步,最终承认了这个得到她授意的侄子是让库姆巴嗤之以鼻的。整个村庄的人都知道这位美丽的姑娘眼里只有布巴,反之亦然。就连这个不幸的求爱者也承认了这一事实,当那一刻来临时,他也向这对夫妇表示了祝贺。公平竞争后,他很少再出现了。不论是在决斗场上还是在母鹿眼前,被打败的雄性都要撤退。失败使自命不凡的人都变得谨慎。哪怕那些丢了面子的人身上总归还是有一点傲气,尽管有些人总梦想着扳回一局。

　　虽然迪耶加纳已经竞争过并且失败了,但是当看不见狮鬣时,猫就自认为是猛兽了。因此,向前,齐步走! 我们通过步态来区分猫科动物。不论距离远近,关键就是要抬头挺胸。向前,齐步走! 如何保持仪态? 因为走路的时候最重要的显然就是仪态。一步又一步,通过仪态可以看出步行者气息的平稳程度,判断他们是属于哪一纲的。向前,齐步走! 猫咪喵喵叫着,一边舔着嘴唇一边摇摇晃晃地从猫砂盆走到客厅。库姆巴遥望地平线想着她的狮子,勇敢的男人! 他特有的仪态,她绝不会和其他任何人的混淆。现在她的服丧期即将结束,库姆巴请求桑戈马尔和她温柔的守护者照亮她前行的道路。以自由为目标,她想要以坚定的步伐伴随法迪吉娜,风雨兼程。

第十八章

　　2003 年 1 月的一个早晨，在萨卢姆，一切都笼罩在深蓝色的寂静之中，就像海洋在整理皱起来的床单；无法用嘴巴喊出来的东西，会被眼睛抛向地平线。沉默的人是在倾听！大海在低语，鸟儿在歌唱。这是在尼奥焦尔，世界上最美丽的岛屿，被妈妈引和桑戈马尔的神灵守护着。谁若是能找到一处有着更美好的早晨的地方，就会在那里度过余生了，但尼奥焦尔人还是忠于他们的白色沙滩！

　　2003 年 1 月的这个早晨，方迪永格的海滩上留下了一串串深深的脚印，想必是上帝在这儿用海水的泡沫来喂养他的母羊。这是 1 月的一个早晨，新的一年以意想不到的事情作为开端。在别处，人们在颤抖，在哆嗦。在萨卢姆，库姆巴和亚莉亚姆并肩走着，一言不发。她们是在保守什么秘密，还是只想要更好地听清神的旨意？再说，她们又能谈论什么？哞！周围的母牛叫着。的确，人类还在地板上爬的时候也是用几乎同样的声音嘟囔着。妈！妈妈！这种声音首先呼唤的总是罗格·塞内，宇宙至高无上的父母。这个宁静的早晨,在萨卢姆,当天空还在犹豫要穿上什么颜色的裙子时,罗格·塞内就望着这两个漫步的女人,她们一个穿着一身白,另一个一身蓝,也就是说谁也没有想到要穿淡紫色的衣服,真遗憾!但她们还是要到湛蓝的大西洋里洗洗因失眠而红肿的眼睛。一双看透了世间鲜红色苦难的眼睛还要固执地去观察每天早晨的蓝天,将红蓝两种颜色混合在一起,这样的目光终将变为淡紫色。手里拎着凉鞋,长袍稍稍往上卷起,库姆巴和亚莉亚姆踩在依然透着夜间凉意的白色沙滩上。这个点,岛上的这片海滩通常是空无一人的,正是因为足够隐秘她们才会出现在这里。她们漫不经心地走着,步伐基本一致。时不时地,她们会轻轻擦过对方,似乎是需要以这样短暂的触碰来证明自己的在场。她们为何不交谈?是娜克威前一天晚上剥夺了她们这么做的机会吗?然而,牛舌甚至都算不上是当地的特产,寡妇的舌头比玫瑰湖的盐场工人的鞋底还要苦,娜克威要来又有何用?那亚莉亚姆呢,她的舌头又怎么了?是被她当作祭品献给祖父母的巨蜥图腾了吗?愿罗格·塞内把好奇的读者的舌头送给桑戈马尔的鲨鱼吧,这样他们就什么东西都能看懂了!

　　但不管怎么说,这沉默!这沉默是如此彻底以至于需要一个人的声音打破:卡拉斯①或者扬代·科杜·塞内②!沉默胀

---

① 美国籍希腊女高音,是意大利"美声歌剧"复兴的代表人物,1977年逝世于法国巴黎。
② 塞内加尔乐手。

鼓了长袍,蔓延到海滩上,拖着沉重的步伐,瘫到海浪的脊背上,从方迪永格一直流到班珠尔①!尼奥敏卡人是出了名的做事绝不半途而废,当他们决定闭嘴时,如果不去挠他们脖子的话,你甚至都有时间去钓十条安康鱼。要是他们的沉默让你感到沉重,请记住,喜鹊在树上叽叽喳喳地叫,但它们可以轻盈地从树枝上飞起来,因为它们的声音没有重量。

在这片海滩上,在那儿,在阿迪亚戈迪亚克,在好奇的人们看不见的地方,只有母女俩在散步,她们和观察到的海鸥一样沉默不语。她们悲伤地环顾四周,就像在塔克拉玛干沙漠中醒来的尼奥敏卡渔夫一样。然而,在她们眼前,方迪永格的水侵蚀着沙滩,摇晃着鳀鱼,洗白了鲷鱼,梭鱼在其中越长越大,甚至还有伴着吉他的节奏和鳐鱼嬉戏的美人鱼。但是允许这一切发生的桑戈马尔却没有推下任何一架通往天空的梯子。骗人的翻车鱼②!它们躲到哪里去了?这些没用的东西非但没有带着散步者的愿望起飞,反而还咬着海藻,吞食小鱼,和尼奥焦尔人争夺枪乌贼和甲壳动物。骗人的翻车鱼!它们唯一够得到的天体就是深渊底部自己庞大笨拙的倒影。它们没什么要为自己争辩的,于是游向远方捕食,塞了满满一

---

① 冈比亚首都。

② 大型大洋性鱼类,又名翻车鲀,原产于世界各地的热带和温带水域,也见于寒带海洋。翻车鱼是世界上已知的最重的两种硬骨鱼之一,身体扁平,形似一个长着尾巴的鱼头。

嘴的水母。啊,这些上帝的造物啊!一方总是要以另一方为食!掌管循环的神就希望这样。哞!如果哞哞叫着连小牛都救不了,那么,"妈,妈妈?"

哞!你也别出声,一头肥胖的母牛摇摇晃晃,伸了伸腿,扭着屁股,把它宽大的臀部展现在自己的小牛面前。如果这位四条腿的母亲也会说话,它必定不敢如此不庄重。亚莉亚姆衣着整齐,憋了一肚子的话,躲避着库姆巴的眼神。真正的自由难道是牲畜的特权吗?有时候,从约束到扭曲自己的意愿,最终我们几乎都要嫉妒它们的皮毛了!在"人类"这一枷锁的束缚下,我们有时会没有力气反复告诉那些悍妇、粗野的废物以及其他专横的人,告诉他们,自由并不是异域的奇珍异草,而是灵魂和日常生活必不可少的干草!唉!在上帝的马厩里总是会混入一头驴来挤压纯种马的生存空间。但是,如果说干草把它们聚集到一起,那么当它们为了活下去而小跑起来时,距离就能拉开了。吭!嗨!闭嘴,前进,别想着用你的小驴耳朵给魔鬼通风报信!

哞!这个放肆的家伙又回来了,轻轻地把还冒着热气的牛粪拉到散步者面前!赶紧的,快滚开!即便是在崇尚泛灵论的海滩上,要共同生活还是有一些限制的。赶紧的,快滚开!一只坚定的手扔出一截木头。恼火的眼睛仿佛在说:"到别的地方吃草去,别在这儿当你的海滩小姐!你以为自己在新德里吗?这里是尼奥焦尔,你可以面对着大海尥蹶子,把自己当作高玛塔①,但要知道总有一天我们是要吃掉你的排骨肉的!哞?走开!赶紧的,快滚开!"哞哞叫的母牛离开了,它的幼崽理解了训诫,也跟在后面一起走了。"快滚"就是赶紧离开!也就是说你想去哪儿就去哪儿,除了这儿哪里都行。不论是两条腿的还是四条腿的,在尼奥焦尔,当别人说出"快滚"时,我们不会等着被对虾或龙虾贿赂才离开,而是在看到干草之前就已经溜了。不过,这样娱乐一下还是可以的,因为可以缓解一下气氛。

沉默的女人继续前行,依旧一言不发!这样紧闭着嘴,她们是试图向博泷里无数的牡蛎发起挑战吗?然而,她们的目光似乎在进行冗长的对话。当上帝从言语中夺走音乐时,又给下颚施加了多少重量?吧唧,吧唧!她们在咀嚼什么?吉奥尔的盐焗花生米?将好莱坞从她们的梦想中擦除的口香糖?或者是耐心正从内部吞噬着她们,因而在百无聊赖之下剔起了牙?都无所谓!吧唧!吧唧吧唧!无聊到将舌头弹得啪啪作响,发出这样的噪音却又一个字都不说,这还是人的舌头吗?哞!有时,当大脑在心里储存了太多东西而又不用言语发泄出来时,心脏会不堪重负,只能把一部分负担藏到下颚里。她们散着步,海面上

---

① 印度对母牛的尊称,意为"牛之母",印度教崇拜母牛,将其视为圣灵,禁止宰杀牛或用牛皮制品。因此牛在印度具有神圣不可侵犯的地位,可以任意穿梭在城市大街小巷或田间,而不受驱赶。

微波荡漾。

西面,一碧万顷;东面,绿意盎然。有些地方确实更适合忧郁的人前往,但美景丝毫不会改变忧伤的气氛,最多就是让人更加忧伤。萨卢姆寂静的景色就像冷漠的存在主义戏剧一样,在其中散步的女演员并没有刻意选择自己的角色。从远处看,是两个女人在闲逛,在天堂般的海滩上平静地吸着水汽,但从她们头顶飞过的鹈鹕看到了她们因忧虑而阴沉的面孔。微风拂过,涌进长袍里。当其中一个人放慢脚步来整理着装时,另一个也会照做,然后她们又继续迈着碎步前进。突然,从头到脚一身白的年轻女人朝横卧在路上的一根树干走去,她把一块从头上取下来的布铺在上面,然后坐了下去,双手抱膝。年长的女人跟着她的动作,停在了她面前,一边轻拍着背上孩子的臀部一边蹚了几步。看对方似乎不急着走的样子,她在旁边坐了下来,说出了自她们从村庄出来后的第一句话:

"库姆巴,你应该重新把头裹起来。"

"妈!该不会连你也开始了吧!"

"不是的,但是,想想要是有人看见你这样……"

"够了,妈!我好歹有权利让我的脑袋透透气。再说,你觉得谁会在这么偏僻的海滩上监视我们,尤其还是在这个点?"

"女儿啊,指引我们来到这里的风完全也可以把其他人带过来。作为水手的好女儿,要记住:送来海豚的浪花也会送来鲨鱼。因此，哪怕当你以为自己远离了那些管不住嘴巴的人时，你也只能确定自己没有看见任何人，永远不要坚信没有人会看见你。而且你知道的，那些人……"

"那些人，对，我知道！他们毁了别人的生活！尤其是在这个村子里，有些人习惯了被偷听，也让别人的生活毫无隐私可言！你也是，别忘了，就是因为不想瞧见他们，我才让你陪我一直走到这里的。因此，求你了，你就不能暂且忘了他们……"

"库姆巴，别生气，瞧，你要把小家伙吵醒了。"亚莉亚姆恳求道。

孩子的纯真多少次弥补了成年人缺乏的勇气？需要保护的不仅仅是小家伙的睡意。如果说狗有时候会帮助人类建立联系，那么小法迪吉娜则常常充当外祖母的挡箭牌。别出声！有个天使从海岸经过，没有改变任何事物的秩序。啪嗒！一只鸟儿一头扎进水里，因为承受不住投在它身上的沉重的目光。它浮出水面，飞了起来，心脏怦怦直跳。两位观察者之中谁的胸腔是空的？只有海风知道，它舒缓人们的神经，渗透到胸腔的每个角落，解开胃里的结，修复因情绪激动而沙哑破碎的嗓音。这片总是吞噬一切的苦海同时也是总能让人振作精神的温柔的海。岛上不乏无法确定年龄的皮囊，尽管岁月流逝，在他们的脸上留下了道道沟壑，但他们不愿退休，忙于自己的工作，尝试与猴面包树比长寿。就连极少数常年卧病在床的人都坚信桑戈马尔的海风可以延长他们的呼吸。对此,面对着大西洋揉着鼻子的库姆巴和她的母亲一定是没有异议的。

"库姆巴,差不多该回去了吧,不是吗?"

"再等一会儿,就一会儿。"

在方迪永格,法迪吉娜仰面躺着,蜷缩成一团,亚莉亚姆等待着库姆巴,库姆巴自己也在等待着什么,但没人知道等的是什么。亚莉亚姆咿咿呀呀,一边摇晃一边哄着外孙女。萨卢姆的母亲们有着吊床般坚韧的心和不输吉贝木棉的腿脚,她们的背上能同时背负着自己的女儿和女儿的孩子。她们为儿子做的也一点不少,儿子也完全信赖她们。三代人压在亚莉亚姆的膝盖骨上,这不仅仅是一种勇气,更是一种献身精神。亚莉亚姆哄着孩子,勇敢的女人!在这里,当我们有一个嘴角总是挂着笑容,腰间系着提瓦纳缠腰布,身上散发着"贡加"①香味的祖母,我们就不是孤儿!对于法迪吉娜来说,当然就是这种情况,库姆巴总是怀念布巴;孤单的恋人常常以孩子哭着要父亲为借口,继续哀悼他们无可替代的爱人。然而,库姆巴很清楚,"爸爸""妈妈"这两个词如果没有赋予其意义的在场和行动,就只是字典里简单的单词而已,最终会被日常生活抹去。有了这两位看护者,法迪吉娜还会缺什么?必定不会是注

———————————

① 一种以树皮为原料的室内熏香。

意力！再过段时间，等到她能吃米饭、古斯米和岛上的鱼了，她都不会知道什么是软骨病。这里出了许多胫骨健壮的足球运动员、肌肉发达的摔跤运动员，小腿健美的游泳者，还有心跳有力的百岁老人。法迪吉娜会健康长大的！有这两位忠实的看护者，她还会缺什么？她不会感到口渴，尼奥焦尔的水源是清澈见底的，这里有菜园、果园，我们甚至还会在许多学校播下知识的种子。脑子里面有卑劣思想的人都是自找的，他们对不起列祖列宗，祖先们甚至会让他们永远无法在博泷的淤泥里捡到海贝。按照父亲的心愿，法迪吉娜会跟随着母亲的脚步长大。目前，她还是通过抱着她的人的脚步探索村子，就像一位骑在战马上的瓜尔瓦尔公主一样。在这里，婴儿的视野始于母亲的颈背，母亲端着水盆就像端起了火山口一样，她的小天使就跨坐在她坚实的肩膀上。把子孙后代扛在肩膀上难道不就是谢列尔女家长的职责所在吗？她们又怎么会没有非洲栋那样的抗压能力？

这天早晨，在萨卢姆，方迪永格一望无际的海滩一直延伸到远方，海神尼普顿呵护着死者，不打扰孩子的安宁，让被生活压得喘不过去的散步者重新活过来。库姆巴脚边的一个沙坑里不断有水涌出，发出噗，噗噗的声音，仿佛是按照她血管的节奏在跳动。这脉搏总是跳动着，抽搐着，向心脏索取燃料！我们向前行走，然后磨磨蹭蹭，精力恢复后又继续上路。如果没有了勇气,人们就会倾向于表现得十分傲慢,我们称之为尊严。为了不被年轻的英国公主所厌恶,一位葡萄牙的国王难道就不会步履艰难地拖着华丽的服装以掩盖自己的脓包和畸形吗?既然我们用弱点赶走了虚情假意的朋友,那接下来就要用骄傲将自己伪装起来。必须要活下去!不论头骨的状态如何,头饰总是比绷带更有吸引力。当我们展现出自己想要的样子时,我们是如此美丽。正直的人知道要实现自己的理想往往需要付出惨痛的代价,将最后一丝虚荣心也连根拔起。但流泪只会让胆小鬼害怕,这样的人也永远达不到自己的极限。炽热的灵魂知道哭和笑一样,都是常人所有的,但要带着决心哭泣,要做到何种程度?当忍不住想要哭泣时,就将自己舒适地安顿下来,没有手帕的话就拿一卷纸巾,还要准备足足一升的凉水;哭过之后好好睡一觉,在梦的中转站里停靠,一觉醒来后脑海里又有了新的目标要去实现。向前,齐步走!承认自己的失败和庆祝自己的胜利一样都是英勇的,二者通常都是昙花一现的,在人类的生命长河之中是如此微不足道。

库姆巴陷在方迪永格的沙滩里,陷入沉思,她的母亲行动迟缓。跌倒的人并不是不值得被尊重,是土地在吸引他们。不,跌倒并不可耻,不应该遭到鬣狗们的嘲笑。他们只是累了,而疲劳是一种状态,是人类在本性驱使下会做的无数事情中的一件,任何人都无法加以防备。为了站起来而进行的斗争真是令人筋疲力尽！我们紧紧抓住对方，互相支撑，重新站立起来，弓箭被各种意愿拉满。这些意愿有时候对于手臂来说过于沉重了。致命的是行走吗？还是那些不知突然从哪里冒出来的怪物，它们惊吓、骚扰并屠杀在路上磨磨蹭蹭的人们，把他们的美梦视如敝屣？有时候，临死的老人会怪股骨颈最终还是松开了，但是，年轻人因骨头裂痕太多而死去时却不能责怪骨头支撑的时间不够久。致命的究竟是行走这一动作还是想要站直的意愿？还有这跳动的脉搏，一直在下达指令！不论脉搏多么虚弱，都要向前行进，任何停滞都是致命的。因此，行动迟缓，如果不是智者的谨慎克制，那常常就是天主的虔诚信徒感到疲惫了。

　　海面上风平浪静，波浪滚滚，充满柔情，退却时带走了沉重的叹息。绸缎般的洋面是水手们梦寐以求的，但他们从没有说过这样就不会晕船了。然而，不论是在右舷还是左舷，能否保持平衡总是取决于船舭部的重量。颠簸！不论是否晕船，当我们在自己的小船上前后颠簸时应该抓住哪一端才能活下来？库姆巴和母亲力图肩并肩站在一起。一起扬帆远航，勇敢地面对生活的海洋，不论波涛多么汹涌，这无疑就是她们赋予"家庭"一词的意义。两个岛民坐在棕榈树的树干上，眺望着地平线，似乎在担心赤道无风带①的来临。库姆巴有自己的想法，她的母

① 即热带辐合带，是活跃于赤道的低气压带，南北半球副热带高压间气压最低的风带，现多指代"危险的处境"。

亲捍卫的却是另一种思想,她们的关系成了一条难以操控的船只。一个受亚速尔群岛的反气旋影响,另一个受圣赫勒拿岛的反气旋影响,她们各自的轨迹使她们注定要发生对抗。然而,作为勇敢的水手的女儿,她们依然一起划船,坚信只要稍有一点判断力,就能躲过积雨云。法迪吉娜又睡着了,缓慢的行进让她得到抚慰,进而陶醉在海风里,她享受着这个地方的宁静。当狼还在和娜克威一起游荡的时候,小家伙就被从床上抱了起来,被裹得严严实实后,就待在外祖母的背上,和母亲一起散步,就像往常一样。

"库姆巴,我们现在该回去了。否则等我们到村子的时候街上可能就挤满人了。"

"没错,那又怎样? 碰到我们的人难道不知道别人也和他们一样有行动自由?"

"不是的,但你的揭纱仪式要到下周才会举行,看到寡妇在赶集的时间穿过村庄他们或许会感到惊讶。"

"行啊,就让他们惊讶去吧,反正感到惊讶的又不是只有他们! 我已经被关在家里整整四个月零三天了,只有等天黑了才能偷偷溜出来,出去也只是去井边打水,要么就是天还没亮就和你一起到这里来! 我也对这种强加给我的行为准则感到惊讶,所有人还都负责提醒我! 把你的头盖起来——记得祈祷——寡妇是不会从人群中穿过的——还有更夸张的,我就不逐一列举了！他们互相传递这些话好像就是为了来烦我的。说实在的,他们究竟是以什么名义把这样的制度强加给我,布巴一定会觉得这些限制都是走极端。他是如此自由,如此不受宗教束缚……"

"库姆巴,冷静一点。走吧,你不在的时候可能会有人到你家去。我知道你现在正在经历一个艰难的时期,但是,与其白费力气发火,不如努力去习惯,马上就要熬出头了。"

"习惯？但问题就是你们要我到底习惯什么？习惯失去丈夫还是习惯随之而来的骚扰？毕竟这两者可要好好区分一下!"

"库姆巴,你不能把事情这样分开来看,大家是出于同情才来看望你。"

"是吗？他们也是出于同情才秘密谋划并且已经指定好了要把谁扔到我床上的？还有你和这个迪耶加纳！到底是你的执念还是他的？所有这一切,就是因为这个甚至都不敢直视我眼睛的胆小鬼对你卑躬屈膝,频频送礼。我告诉你,不要再把他带到我家来了!尤其是别带着他那乱点鸳鸯谱的鹦鹉,他的伙伴自己都还找不到一个女人。再说,他们的来访都是有利益关系的,你是怎么好好感谢他们的？如果他们真的为布巴感到惋惜的话,为什么这么快就想着要找个人来代替他？"

"这个话题可能对你来说还太早了,对不起。我知道瓦西亚姆的想法不会让你高兴。所以,我想着最好还是……还是你……呃……总之，库姆巴，你很清楚像你这样的情况在这里通常都要怎么办……"

"对，通常来说。"库姆巴不耐烦地强调了一遍。

她依然坐着，再一次转过身，完全面向大海。这片土地还能引起她的兴趣吗？后脖颈对着一片青枝绿叶，库姆巴凝视着大海，她的母亲望着她，想知道什么才能让女儿重拾对生活的兴趣。一只鹈鹕从她们头顶飞过，嘴巴鼓鼓的，塞满了捕获的鱼儿。它至少知道如何吸入海水却又不留下自己的羽毛。这天早晨，目光跟随着它的飞行轨迹的人类羡慕的并不是它的收获，而是它的轻盈。不论是在海上还是在陆地上，谁要是松懈了就会直直地坠落。两个女人以为坐在树干上是在休息，其实树干反而破坏了她们的冲劲，将她们绑在了地上。起身离开，这不仅仅是一种意愿，更需要毅力去完成的，库姆巴已经没有这样的毅力了。然而很快太阳就会让她被迫动身。在萨赫勒，有时，若是母马开始疾驰，那是因为太阳逼着马车夫快马加鞭。驾！嘿，去，去！

"库姆巴，真的开始变热了，尤其是对小家伙来说。我们走吧。"

从小岛的西南角出发，她们需要穿过大片的粟米地，向北走，经过一片广阔的牧场，那上面有一些看似原始的房屋，其实都是新建的。然后，她们踏上迪翁戈拉的沙丘，接着从村庄中间穿过,再一直走到库姆巴的家。哪怕是接受了氧气疗法,这样的长途跋涉对身心也是一种巨大的考验,尤其是在还没吃早餐的情况下。缠腰布卷到小腿肚上面,母亲和女儿一前一后走着。她们避开藤蔓前行。年长的女人没有忘记,按照当地的迷信说法,寡妇不应该走在队伍的末尾,因为担心她已故丈夫的灵魂会现身,邀请她和自己一同离去。但库姆巴坚持走在母亲身后,以便照看待在年长者背上的孩子。的确如此,在灌木丛里,她会扒开任何有可能划伤法迪吉娜的树枝。我们极力赞美智慧,但美貌不也是所有母亲都希望女儿能够拥有的资本吗?库姆巴十分注意女儿的脸蛋。她知道有朝一日一些公认的骗子会告诉她自己只在意内在美,然而完美的充气娃娃会比额头上有一点瑕疵的智慧女神密涅瓦更吸引他们。灌木丛苏醒过来了,鸟儿们的歌声越发动听,但步行者们没有心情发出"呦呦"声来和它们打招呼。黑猩猩们在玩捉迷藏,它们窥伺着人类,大声嘲笑她们:"哦呃!你们,那边的那几个,哦呃,哦呃!真像挨了打的狗一样,哦呃,哦呃!"愚蠢的猴子,库姆巴想着,还像石器时代那样挠着毛发。它们怎么就不能安安静静地捉会儿虱子!晨间的露水已经蒸发。岛上的沙子吸收了太阳的热量,脚踩在上面热得发烫。要加快脚步了。啪,驾!嘿,驾!刚听清楚声音是从哪里传来的一辆马车就冲到了她们的路上,或许是鹈鹕不忍心看着她们负重前行而为她们求来的。

"早上好,女士们!你们是从哪里来的?是要回村里吗?"

"早上好,西梅勒。没错,我们从,呃……我们是要回去了。你也回去?那你一样,出来得真早……"

"是的,我到迪亚卡尔韦特看看牧羊犬,不过,回来的时候沿着海滩转了一圈,想着能不能碰见早上经常来这里钓鱼的朋友……"

西梅勒在黎明时分去看了一眼自己的羊群。母羊们生了很多幼崽,但是并不缺牧草,他想要今年能有个好收成,就要好好看着它们,尤其是在收获季节结束之前都要让它们远离农田。他有自己的马,会定时去溜一圈确保它们没有乱跑。但也是因为热爱大自然,他才会到这片灌木丛里来,他喜欢这里清晨的凉爽和宁静。他没有安上马鞍,而是宁可直接套上马车,因为有时候他也会带一些柴火回来。由于这天他没有载货,就把席子完全铺开到木板上,让他幸运的乘客可以更舒服一些。

"来吧,婶子,上车。库姆巴,抓住我的手。还好吗?坐稳了。当心小家伙,小灌木还很高。我们走。嘿,驾,驾!"

"谢谢你,孩子。上帝保佑你!你真是帮了我们一个大忙!太感谢了。愿上帝奖励你的善心,愿他保护你……"

谁会埋怨天意?但不管怎么说!这个老好人和布巴年龄相仿,考虑到最近村子里的热门话题,这次相遇真的是完全偶然的吗?面纱后面的库姆巴不太确定。当亚莉亚姆不停地祈祷,一遍又一遍感谢西梅勒时,年轻的寡妇正好躲到自己作为母亲的角色里。她轻轻拍打,哄着法迪吉娜,眼里、耳里只有女儿,不幸的是,或者说十分幸运的是,女儿开始在外祖母的背上躁动不安起来。"法迪吉娜,乖乖,别哭,妈妈在这儿,嘘。"小家伙的额头已经被太阳晒得直冒汗,如果说成年人无法躲避上帝的焊枪,那孩子们也不行,不过他们是因为完全不同的原因而焦躁不安。嘿,驾,驾!然后,一片寂静。顺从的马儿平静地向村庄奔去,但难以驯服的思想却超到了它前面,昂起头来,一跃而起,刨蹄狂奔,一路奔至阿迪亚戈迪亚克。人类有多少次像这样,让思绪跑在身体前面的?在那儿,在阿迪亚戈迪亚克,我们在那里衡量人类有多么傲慢,他们的灵魂有多么神秘,但鹈鹕看到的却是死于马车夫重压之下的马儿。

"嘿,驾!驾!"

嘿,安静点,西梅勒,闭嘴!库姆巴想着,安静点,你的马认识路。但你呢?寻找你想象中的渔夫,抓着一个寡妇的手,你确定自己真的走对路了吗?牲畜很容易就能找到自己的道路,为什么人类却不行?

第十九章

　　明天！这个词指出了月亮的地址。目的地，月亮！我们如何才能如愿以偿地进入到这个浑圆的葫芦里？就连邮递员也从来不去那里。谁去寄送守护天使的大量信件？明天，我们明天要怎么办？你和我，我们要去往哪里？没有了你爸爸，我们会变成什么样？库姆巴一边悉心照料法迪吉娜一边想着。比起自己的生活，她更关心的是如何陪着女儿在阿迪亚戈迪亚克过上幸福生活。

　　确定好船舶航向，水手们一边讨论着接下来的停靠港，一边解开船帆和渔网，最重要的是，他们不会忘记航海图和罗盘。专业的水手甚至还会带上角尺和圆规，用来测量航道，规划出航线。即将启程开始新生活，库姆巴又是如何武装自己的？她拥有足够的纸张，也不缺铅笔，能够写下无数的梦想，她省去了角尺，因为她的日常生活拒绝笔直的线条。海浪之神总是迫使所有小舟调转方向，这一癖好真是令人难以忍受！可怕的颠簸！人类被困在一场漫长的旅行之中，一路上颠簸不止。不论什么季节,任何往返于桑戈马尔和直布罗陀之间的船只在到达之前就会驶入岔路或者粉身碎骨。是受月亮的影响吗?船只摇晃得如此厉害!所有这些恶浪每天都有可能将勇气冲下船去。谁也逃不过晕船,哪怕是椰子树。陆地上的激流有时更加可怕。人在摇晃,一下又一下!在生活的海洋里,你的胃会被晃得像离心机一样。头晕目眩的日子让你的嘴里有了盐的味道,虐待狂们会给你一片柠檬来止吐,但事实上,如果没有蜂蜜浴,你更需要的应该是一大盆热巧克力。穿上你的救生衣,如果有的话!否则,就赌上你的性命,勇气耗尽后,生存的本能会为你赢得这场赌局!祝你一路顺风!

法迪吉娜圆圆的脸蛋充满了生机,她的小手让疲惫的手臂恢复了力量,能防止母亲溺水。不得不说,她的微笑催眠了掀起海浪的魔鬼。她的眼睛闪闪发亮,足以驱赶所有潜伏在黑暗中的怪物。在这样一个守护天使的护送下,谁还会害怕前行?有了法迪吉娜,库姆巴就有了一切勇气,包括选择自己的道路的勇气。往这儿走还是往那儿走?替她决定的既不会是家庭也不会是传统。支配着她行动的不仅仅是她个人的行为准则,法迪吉娜的未来也在冷静但坚定地指引着她。看着女儿入睡或者紧紧抓住任何她碰得到的东西,库姆巴的思绪飘向了阿迪亚戈迪亚克。在那儿,在远离斗争的日子里,口渴的人能解渴,饥饿的人能吃饱,那里是无法得到满足的人们梦想中的目的地,比如这个忧伤的爱人和她失去了父亲的女儿。在那儿,明天,库姆巴会让她和布巴一起播下的种子,开出花朵。当她想象着自己身处繁茂的花海时,一段小曲从她的胸口悄悄响起。是一路顺风还是当心危险?

每次许下心愿后,她的心都在低语什么?音乐!她是应该唱福音歌还是模仿身体旋转舞动的德尔维希?①库姆巴沉思着,许着愿,祈求着上帝。音乐!是与慌乱有关的科拉琴和大提琴?还是敲响天堂之门的塔布拉鼓和铃鼓?没有哪一种礼拜是没有音乐的,只要有祈祷的调子,哪怕是无声的都一定会有音乐。当生活跌宕起伏时,只有乐器的琴弦是保持笔直的,想必是为了把人类的恳求直接送到上帝的耳朵里。法迪吉娜的母亲双唇紧闭,目光坚定,她在往月球寄送信件。福音歌还是法朵?

库姆巴原本希望以建设性的冥想来结束她的监禁。但是,如果说黑夜是她的同谋的话,那么白天则会破坏她的平静。颠簸!做什么都无济于事,因为大西洋摇晃的就是村子本身!库姆巴无法摆脱各种打扰,情绪不断波动。既然现在已经是她服丧期的最后一周了,家人和亲戚们都在为揭纱仪式做准备,求婚者们在上帝的马戏团里上蹿下跳。秘密会议正在整个村庄里迅速召开。那些喋喋不休的人在她刚开始守寡时都说她快

① 伊斯兰教的一种修士。他们是苏菲派的一种,或出家隐居,或云游四方,生活方式与苦行僧类似。(编辑注)

要疯了,现在却觉得她足够正常,可以为她重新物色一个丈夫了。信使们来来去去,不再那么谨慎,每个人都热切地为自己的小马驹辩护,毫不客气地诽谤对手。瓦西亚姆和她的家人始终捍卫娶寡嫂制,她十分固执地坚持着,她不仅不满足于摧毁任何相反的观点,还要带头发起一场运动。她寻找着,招募尽可能多的盟友,迫使这个年轻的寡妇成为亡夫哥哥的第三位妻子。库姆巴的嫂子们已经开始龇牙咧嘴,像对待竞争对手一样,表现得尖酸刻薄了。有些人因为这两位女士的态度而责备她们,但她们有充分的理由:靠着收成惨淡的谷地和看运气的渔业为生,她们的丈夫非但不是富豪克罗伊斯①,甚至都不及他的远房表弟,她们的两大群小崽子完全不需要其他兄弟姐妹了,而库姆巴还年轻。那么在另一边,她们的丈夫面对母亲提议的,这一用来束缚库姆巴的挽具,又作何敢想?

作为瓦西亚姆的长子,这个被预设为库姆巴丈夫的人,对两位妻子的刻薄话置之不理。尽管位于争论的中心,他却用伞挡住了所有唾沫星子。一方面,他避免违逆母亲,怕引起大吵大闹;另一方面,他又不想让妻子们觉得自己是在她们的怒火之下屈服的,不想被当成一个懦夫。但最重要的是,他不敢向前者提出任何建议。他太骄傲了以至于不能冒着遭遇挫折的风险,

---

① 在古希腊和古波斯文化中,克罗伊斯这个名字往往是有钱人的象征,直至今日,很多英语国家还用其比喻有钱人。(编辑注)

在坦白自己的胃口之前，他就等着被伺候，扮演着孝子的角色。这个没有主见的人就任凭母亲和家人为自己的未来制定计划。我们还敢说在热带地区，穿裤子的是男人，然而有些人却还是他们凶恶的母亲的布娃娃。不管是否从女权主义的角度来看，一夫多妻制之所以长期存在，就是因为占有欲强的母亲更愿意看到自己的儿子妻妾成群，成为一群人难以对付的首领，而不是快乐生活，心中只有一位公主，远离母亲的魔爪。瓦西亚姆就这么狡诈地从救世母亲变成了引起阉割情结的母亲。但是，谁敢为母亲的爱发明一杆秤？通常来说，你越是掂量这份爱，你就越是远离了你亲爱的人。

这些牛鬼蛇神自封为婚姻顾问，成群结队地从一户人家到另一户人家，把神圣的话语变成大槌，用来打断顽抗者的脖子。库姆巴应该讲道理，他们如是宣称，不容置疑。他们侵占别人的生活，不停地高谈阔论，为这个对瓦西亚姆来说很重要的计划辩护。他们的论据？嘴里叼个扫帚柄也能比他们说得更好！就连在附近椰林里嗯昂嗯昂的驴都有足够的洞察力来粉碎他们的论点。库姆巴也授权它们替自己说话。吭，吭！这和"嗯……嗯"的效果是一样的。否则，就是沉默权宣言！但是，库姆巴到底想要什么？瓦西亚姆有时会这样质问她，看不惯她在宽厚的人们面前摆着臭脸，在她看来，这些人不仅前来支持她，还为她的未来做打算。库姆巴知道自己的回答只会让提问

者更加不满,因此她一声不吭,顶多就冲对方使个眼色,示意她
"别再盯着我的眼睛看!"不管怎么说,我们得做到何种程度才
会去指责一个寡妇脸色阴沉? 下午,当渔夫们一股脑前往清真
寺时,库姆巴依然一动不动。终于独自一人,她深呼吸着,任凭
思绪自由驰骋。手托着下巴,她耐心地观察着房间里的装饰。
一切似乎都是如此熟悉,却又如此陌生。她要如何处理这种讨
厌的,自己的衬裙无意之中引起的他人的兴趣? 尤其是面对不
断受到损害的自由该如何是好? 她思考着。如果瓦西亚姆的声
音没有打断她的思路,她必定会继续编织自己的思绪,直到夕
阳西下:

"库姆巴,你做祷告了没?"

"嗯……嗯。"

"你明知道到点了! 连去了清真寺的人都回来了。那你还
在等什么?"

库姆巴或许在等着黄土轻轻盖到身上,这都比其他人的专
横更令人感到轻松。但是,不行,哪怕筋疲力尽,她梦寐以求的
休息也不能是这样的,因为她认为自己没有权利不声不响地抛
下法迪吉娜。在这个世界上,她已经失去了父亲。有些男人妄
图以上帝的名义统治一切,但上帝一定会用拳头来回应他们。
为了法迪吉娜,库姆巴要好好坚持下去。因此,当她的婆婆当起
穆安津时,她就站起身来,快步走到装净水的水壶前,然后站在

祈祷垫上,她看到了自己的绝望在眼前铺开。库姆巴顺从地满足瓦西亚姆和整个婆家,去做布巴绝不会逼她做的事,她责怪自己这样加强了牛鬼蛇神们与日俱增的控制。就这样,尽管心不甘情不愿,她还是成了同谋,库姆巴为此感到自责。独自一人时,她感到懊恼,不断思考着,如何才能制止这些新的宗教狂?面对铺天盖地、不断蔓延的黑暗,哪一个才是应急出口?

　　塞内加尔将政教分离的智慧载入了宪法,那就愿其能对所有受益者进行扫盲教育。在这个共和国里——曾经在若阿勒的孩子,黑俄耳普斯的指引下合并了许多王朝——如果诗人总统的所有继承者都能保持他的和解精神,那就太好了。理想主义者,人人友爱的自由的缔造者,这位利奥波德从没有做过任何对刚果不利的事!这个利奥波德从没有做过对人类不利的事,他有着伟大的梦想,愿人人知识渊博,亲如手足。身为基督徒,他首先是一个人,桑戈尔会去参观天主教教堂和清真寺,他尊重一切信仰,从来没有否认过让他成为谢列尔人,成为罗格·塞内的造物的神圣的树根,人类的根就是多种多样的。在世界主义成为潮流之前,桑戈尔就是其捍卫者。除了已经从他睿智的叔叔托科·瓦利那里继承的人道主义精神以外,他还融合了皮埃尔·泰亚尔·德·夏尔丹①的共生理念中无可否认的

①　汉名德日进,哲学家、神学家、古生物学家,出生于法国多姆山省,是中国旧石器时代考古学的开拓者和奠基人之一。

优点。和鹈鹕一样，桑戈尔并不在意地平线，他研究、尊重、热爱一切土地及其知识，并不断增加研究对象，绝不排斥任何人。当其他人在讨论测颅法时，他在宣扬人道主义精神。意识到历史上悲剧的成因，他主张对话，每当没能成功推广博爱精神时，他都会感到愤恨。他的心比非洲和欧洲还要广阔，承载了宇宙中的所有人。这个非洲人知道，只要稳稳扎根，非洲楝就不怕向四面八方展开双臂。塞达尔，勇敢的男人，墩墩鼓声响起，为我赞颂利奥波德·塞达尔·桑戈尔吧①！潮起潮落？哪怕狂风大作，哪怕泥潭遍地，他的梦想都不会消失！在桑戈马尔，在南特②，在亚拉巴马③和在横滨都一样，光明不会消逝，不会被掩埋，哪怕形形色色的牛鬼蛇神用木屐驱赶光明。2001 年 12 月，在塞内加尔，他们在贝莱尔埋了谁？埋了什么？肯定不是守夜者的篝火！那火焰总是朝天狼星飘去的！

库姆巴彻夜未眠，照亮她的不仅仅是防风灯。在村庄里，世俗主义已经被博泷深处的大鲇鱼一口吞下，瓦西亚姆并不是唯一一个顺从地去迎合牛鬼蛇神们各种要求的人。几乎每家每户都欢迎他们，就像被泥浆压弯了腰的稻田一样。他们既是改宗者又是入侵者，对村庄实行分区管理，从早到晚横跨各个沙

---

① 原文为谢列尔语。
② 法国西部城市，位于卢瓦尔河畔，是法国艺术与历史之城。（编辑注）
③ 美国东南部的联邦州。（编辑注）

丘,径直冲到别人的闺房里,拉出念珠开始祷告。耐心,耐心的主啊,真是太耐心了,上帝并没有把他们投到井里!宽厚的上帝不会去污染水源,让无辜的人因忍受了太多不公却又无水可喝,渴得嗓子直冒烟。由于库姆巴不想让自己渴死,她常常会去寻找水源。这不仅是为了她自己,当然,更是为了法迪吉娜,她的脖子要忍受倒映在盆子里的蓝天。双脚干裂,嘴唇被可乐染红,这些牛鬼蛇神走遍了村庄,同时生起几堆火,在所有人的院子里烘烤着自己已经腐烂的鱼,烟雾笼罩着上帝的基督徒和这群不知疲惫的人。要照亮库姆巴前进的道路,需要的并不是一盏防风灯,而是长庚星和整个昴宿星团。她一定要和布巴谈一谈,但是,在这段骚乱的日子里,桑戈马尔不顾她久久的祈祷,任凭她的夜晚变得万分庸常。她甚至开始怀疑自己的魔法是否还有效。但是作为一个谢列尔人,塞多勇士的后裔,拉神的女儿,她能够长时间怀疑天狼星的永恒性吗?一天夜里,当岛上的沙子忘却了白天炙热的阳光时,库姆巴以双倍的虔诚召唤祖先和尼奥焦尔的保护神:

"桑戈马尔,是我,库姆巴,在你的河流里沐浴过的孩子,我回到了你身边。今天早上,我悄悄为你和妈妈引撒下了小米和凝乳。桑戈马尔,噢,亡灵之王,布巴在你的王国里!我卑微地请求你让我听听他的声音以便找到自己的道路。桑戈马尔,以你和妈妈引签订的条约之名,我请求你赐予我一双能够看破黑夜的眼睛。桑戈马尔，求求你了，把我的丈夫还给我，哪怕只是一个晚上……"

魔法生效！被爱之人，永垂不朽！他们出现之时会将黑夜照亮！在萨卢姆的夜晚，一只萤火虫标志着一个美好的灵魂刚刚经过。当猫头鹰把自己的声音借给娜克威时，桑戈马尔则把自己的声音借给了布巴，这让库姆巴大喜过望。但寒暄过后，她就开始了详细汇报：她对布巴的思念，法迪吉娜取得的令人难以置信的进步，然后就是最近发生的事情，她作为一个女人的未来成了村子里热议的话题，尤其是瓦西亚姆的小伎俩，那些牛鬼蛇神的评头论足，佛祖若是见了这一切都会内疚得愣住……

"布巴，我会把细节告诉你的！但你知道我的监禁生活马上就要结束了，由于我不接受他们把我的生活安排得明明白白，他们现在就指责我不尊重我们的价值观。勇敢的男人，告诉我，面对这个烂摊子我该怎么做？"她突然停了下来，情绪激动。

"库姆巴，亲爱的，冷静一下。没什么好担心的。你知道的，我只希望你幸福，只要我们能幸福。你应该继续捍卫这份幸福，为了你，也为了我们的女儿。忘了我的母亲和那些牛鬼蛇神，他们给这份幸福蒙上了阴影。这些人对谢赫·安塔·迪奥普几乎一无所知；还有桑戈尔，他们只记得他是谢列尔人，是我们的第一位总统，然而，他的诗人身份却远远胜过了政界人物这一身份。那么,关于他们自己,他们又记得什么? 亲爱的,背叛了我们的价值观的不是你,而是他们,是他们不幸地跨了出去,甚至不知道该何去何从了;这是我和老渔夫讨论时他告诉我的。对了,我希望他今晚也会来。按照你想的那样继续走你的路吧。"

"如果你的母亲也能像你这样想的话,一切都会简单得多。我记得你以前常常和我谈论桑戈尔的讲话。他的想法是:没有教育,没有文化,就没有发展和未来……"

"没错! 我亲爱的库姆巴,这就是在热沙之上对付你身边的蠢话的一种解毒剂:每当那些牛鬼蛇神试图把自己狭隘的眼界强加给你时,你只需想想桑戈尔就能投身到向你敞开的广阔天地里了。"

"对,没错,布巴! 谁不钦佩这样的人的力量,他只需证明自己可以用牙齿把棕榈树的叶子拆下来。桑戈尔只凭自己的精神就能做到。真想不到如今竟然有一些忘恩负义的人来找他的茬儿,找的还不是脸上的痣!"

"是啊,亲爱的! 这些蠢驴的智商就只够咬着嚼子服从鞭子。谁要是怪他们不尊重那只替他们摘去了鞍子的手,都是自降身份了。这只来自若阿勒·法久特的鹈鹕将会用自己的精神之翼解放他们。这样做不是为了让他们感恩,他们的感激之情就像他们的皮毛一样少得可怜,而是为了给予他们作为一个人的高度,他希望全人类都能达到一个平等的高度。"

"啊,我的布巴!让墩墩鼓为塞达尔响起吧,勇敢的男人！塞达尔,谢谢,**谢谢**,勇敢的男人！音乐家们,到这边来！科拉琴、墩墩鼓还有佩兰盖埃,我来模仿著名女歌手扬代·科杜·塞内！用谢列尔语,用法语,甚至用朱拉语①,对塞达尔·桑戈尔,我只有无尽的赞颂,就像对艾琳·西托·迪乌夫一样！谁若是对他们心怀恶意,桑戈马尔就会纠缠着他！在锡内-萨卢姆的夜晚,有时会有一只萤火虫闪烁,这值得让墩墩鼓声响起。它指明了一道通往天狼星或从那里回来的光路:是塞达尔,是诺曼底缪斯科莱特②的丈夫;利奥波德-葛妮兰③将他的两个世界连接在了一起。塞达尔,可信赖的人④,墩墩鼓声为他响起,勇敢的男人！所有人都是同根同源的,墩墩鼓声响起,为我赞颂利奥波德·塞达尔·桑戈尔吧！"

"好吧！我亲爱的库姆巴,我是该嫉妒吗？看来,桑戈尔比我还能让你开心,以至于你都唱起了他的赞歌,就像伴着达姆达姆鼓为一个谢列尔斗士呐喊助威一样！你就差跳起翁格拉舞⑤了！你可知道我有时会在这里碰到桑戈尔？他一直在写

———————————

① 尼日尔-刚果语系,主要在塞内加尔、冈比亚、几内亚比绍这三个国家使用。(编者注)
② 桑戈尔的第二任妻子,来自法国诺曼底。
③ "葛妮兰"是桑戈尔母亲的姓氏,受洗前随母姓。
④ 原文为谢列尔语。
⑤ 一种塞内加尔传统舞蹈。

作,仍然希望能够用诗歌改变世界,看来他是把诗人当作萨勒蒂盖或者魔法师了。此外,和西亚勒布国王一样,他不会待在原地,就像真正的穿堂风一样。他周游世界,在生者的耳边吹气,然后回来。因此我可以向他转达你爱的宣言,如果你想让我嫉妒的话。"

"你甚至可以替我亲亲他,勇敢的男人!但完全没有理由感到嫉妒;难道不是多亏了你说的话才让你的偶像成为了我的偶像吗?你过去常说,用心灵和思想把我们紧密联系在一起正是诗人的天赋所在。"

"晚上好,孩子们!看来是我要让你们俩都感到嫉妒了……"

"库姆巴,看看谁来了!"布巴说道,"和我希望的一样,老渔夫来了,晚上好,'玛玛'。"

"晚上好,'玛玛'!"库姆巴微微一笑,"很高兴见到您,自从您离开了热沙,这是第一次……"

"确实,库姆巴,你还好吗?我也很高兴见到你。布巴告诉我你们有一个孩子,是一个女儿,好好守护她。她已经会走路了,这很好。能站起来,她就已经是一个人了①;接下来你只需要确保她能走完这一生,直到成为有责任心的人②。道路还很

---

① ② 原文为谢列尔语。

长,不要太习惯来这里。要学着在热沙之上继续你的道路,带着
小家伙一起。不过,这似乎不是今晚的主题。那么,恋人们,我
就不打扰你们的二人时光了,我只是路过。布巴,等你结束后,
西亚勒布、波利娜和阿曼达会在岛的另一面与你会合。他们围
坐在篝火旁,在那里等着你。"

"不过,您要去哪里?"布巴怯怯地问道。

"好吧,孩子们,我刚才告诉过你们,我就是那个会让你们
嫉妒的人。想象一下,我和桑戈尔有个约会,我这就去了。他常
常到热沙之上寻找诗人,向他们传达自己的思想。但在这里,他
在写那些他称之为,我想是'桑戈马尔的守夜者或在桑戈马尔
与妈妈引的夜聊'这类东西,总之就是这种腔调,你们知道他
的,还有他那无法模仿的表达和长到可以把你的船堵在桑戈马
尔和直布罗陀之间的诗句。当他写累了,我们就去海边散步或
者去探亲。你们知道,我们不仅同龄,还是同一年来这里的。昨
天我们在我母亲家,今晚我们要去看望他喜爱的叔叔托科·瓦
利。他不停地问这个可怜的人有关谢列尔传统的问题。他总是
表现得像个学生,想必这就是他如此智慧的原因。瞧,孩子们,
政客们争夺的是信封而不是信件本身,他们自以为把他留在了
达喀尔的贝莱尔,远离他的家人。嘿,就是白费劲儿,妈妈引的
盘古尔可不是这么认为的!塞达尔·桑戈尔早已在桑戈马尔,
在亡灵之国里和他的祖先会合了。对了,库姆巴,我会替你向他

问好,至于爱的宣言,就留给布巴决定吧,等他们下次见面的时候。好了,我走了,孩子们,库姆巴,按时离开,路还很长。"说着他便消失了。

"桑戈尔,"库姆巴喃喃道,"你知道,布巴,想到他能让我离你更近,便能给我安慰。说到安慰,过去的几个月我常常需要安慰。勇敢的男人,突然失去你已经很糟糕了,但因为那些牛鬼蛇神我都没有私人空间来消化自己的悲伤,这又是额外的痛苦。因此,我就闭上嘴,想着我的巨人。我对自己说,要是布巴回来就好了……"

"要是我回去了,亲爱的,我会跟他们算账,不仅仅是那些牛鬼蛇神,还有我那些令人厌恶的亲戚,他们竟敢剥夺我爱人的氧气。"

"不愧是我认识的你!勇敢的男人!正如你常说的,一个和平的塞内加尔需要一些配得上桑戈尔的美好精神的继承人。"

"确实,亲爱的,黑暗已经够多的了!有些人像进口泰国大米一样引进各路神灵,不幸的是,这更难消化,尤其是对那些文盲来说。然而,精神比胃更难调养。想象一下,一个没有被强加各种宗教的撒哈拉沙漠以南的非洲,这些宗教就像贴在难以痊愈的伤口上的胶带一样!想象一下没有教区之间的交战,也没有布道者之间的竞争,只有和谐一致地对我们祖先的崇拜,想象一下这样的萨卢姆群岛！一个这样的非洲,我亲爱的库姆巴,我不是说这样会是一个和平的避风港,但至少非洲的孩子们能够在世界上更有尊严地占据一席之地。因为当他们更好地植根于自己的文化时,就一定会更有自豪感。"

"布巴,你说得真是太好了！想想看,我居然不得不躲起来偷偷地召唤桑戈马尔和祖先的亡灵！好像我们应该一边羞于承认自己的撒哈拉沙漠以南的非洲文化,一边模仿他者的文化,并将其尊为圣典,极力恭维,但我们中的一些人怕是到伊斯兰教历 10000 年也无法掌握这些文化！我们现在夸大了祖先的泛灵论的各种缺点,但这是一种主张和平和环境保护的宗教信仰,不会将人类分为三六九等,因此它也并没有那么糟糕！"

"对,的确如此！我不会像那些思想僵化的人一样,说一切都是以前的更好,有一些变化还是非常不错的,但是坦率地说,泛灵论才能代表'我们',真正的'我们',有着我们的非洲灵魂,是我们存在的核心。花生剥去了仁,剩下的空壳甚至都不能用来喂驴,又如何能够让非洲的未来焕发生机？我亲爱的库姆巴,每个人都是通过在镜子里认出自己让自己安心！如果撒哈拉沙漠以南的非洲能够想起过去的自己,而不是跟随塞壬姐妹们的歌声,她或许会变得更好,她的回忆里不乏能够激励年轻人的楷模。"

"勇敢的男人,或许应该让墩墩鼓唤醒这记忆！那么,墩墩鼓声为松迪亚塔·凯塔①,为恰卡·祖鲁②响起吧!墩墩鼓声为萨卢姆王朝的国王响起吧,从姆贝冈·恩杜尔到福德·恩古耶·迪乌夫③!墩墩鼓声为锡内王朝的国王响起吧,库姆巴·恩多费内·法玛克·迪乌夫在人们的记忆之中永垂不朽,就像拉·迪奥和西亚勒布·迪亚塔一样!为了激励自己的人民,让他们保持昂首挺胸的姿态,这些人始终在做自己,就像路易十四一样。勇敢的男人,这也是我一直暗暗许下的心愿,尤其是为了法迪吉娜的未来。她长大成人后会生活在一个怎样的社会里?她的精神状态、对世界的看法、对待自己身份的方式又会是怎样的?因为这将会决定她与其他人的关系,也就是说她如何在自己的同胞之中证明自己是否称得上是一个真正的人。"

"我并不担心,亲爱的,我完全相信你能引导她。过去我们常常谈论公平与自由!如果你能忠于这些基本价值观,小家伙就会像你一样美丽又倔强,充满好奇心。她会拒绝屈服,对前途无所畏惧,与他人的相遇能够让她更好地认清自己。威胁到非洲的并不是与其他民族的相遇,而是健忘症。有一天,我就我们女儿的未来问题询问了老渔夫的建议,他只是对我说:'想要确定航线,必须要找对出发的港口,否则就只会原地打转。'引入

① 马里帝国的开创者,曼丁哥人传说中的民族英雄。
② 非洲祖鲁族首领,祖鲁王国建立者。
③ 分别为萨卢姆王朝的第一任和最后一任国王。

各种文化来丰富自身并不会改变任何人的本性，真正将存在消解的是自我遗忘。我亲爱的，如果你能保持坚定的步伐，明天，法迪吉娜就会成为一个完整的人，在任何地方与任何人在一起都能感到舒适自在。"

"坚定的步伐？勇敢的男人，我现在身处角斗场，需要你的支持，快快前来！你母亲和那些牛鬼蛇神妄想用他们的娶寡嫂制来束缚我。这些天他们只谈论这一个问题，甚至争取到我家里的老人来支持他们。说实话，你能想象让我嫁给你的哥哥吗？这话只能在我们之间说，布巴，恕我直言，你看见过他为法迪吉娜朗读桑戈尔的《锡内之夜》或者艾吕雅的《自由》吗？就我而言，除了他的影子，我就不记得自己看到过他读任何东西，他简直和我活在不同的世界里！他的妻子们已经开始嫉妒我了，这甚至让我感到恼火。你和我，我们选择了一夫一妻制。那么，我，第三位妻子？我，随时随地去填补一头在两张床之间巡回的公山羊的空档？布巴，我向你保证，如果他们把我当作母山羊，我必会拼命抵抗屠夫的刀锋。一夫三妻，大西洋都比这样的婚姻更加吸引我！桑戈马尔有三个头，但这是一位神灵！一夫多妻制不是我们想要为法迪吉娜树立的榜样！"

"没错，亲爱的！除了你的幸福以外，这是另一个抗争到底的好理由！小家伙也会让你变得更加强大。因为你不希望她遭受你今天想要拒绝的东西，她会给予你勇气，让你保持坚定的

步伐,迈向你的自由,同时也是她的自由。带她一起去达喀尔,
重新整修我们的小商店,尽你最大的努力实现经济独立,剩下
的一切会随之而来。谁掌握了你的经济,谁就掌握了你的命运。
因此,将自己解放出来吧。没有一滴汗水会白流,你会看到,你
的汗水将让你的梦想生根发芽。这样,也只有这样,非洲的孩子
们才能让自己的土地繁荣昌盛,而不是去别处受人歧视。在你
的鼓励之下,法迪吉娜会长大,成为一个堂堂正正并为自己感
到骄傲的人;她会待人友善,但不会满足于别人的残羹冷炙,因
为她会赚取自己的面包,并捍卫自己孩子的面包,她就是非洲
的母亲! 我亲爱的库姆巴,要知道,尽管我的肉体已经不在那儿
了,但只要桑戈马尔继续存在,继续送来阵阵海风,我就行走在
你们身边。现在,你们俩应该继续你们的道路了,向前走不要回
头,就像老渔夫说的那样⋯⋯"

"布巴,我应该怎么理解? 是不是说我不能再走向你? 对
我们灿烂的夜间约会的期待能将我从致命的无聊和白天的黑
暗之中解救出来,如果没有了这约会,布巴,我要怎么坚持下去?
谁来照亮我的道路? 不,勇敢的男人,告诉我我弄错了!"

"库姆巴,与我心有灵犀的美人,我很抱歉,但你理解得没
错。作为勇敢的萨卢姆的女儿,你很清楚,那些中途停靠的人终
将解缆起航。我也一样,我要和桑戈马尔的守夜者们一起继续
我的道路,就像妈妈引一样。"

"但是，勇敢的男人，没有你我该怎么办？当对你的思念让我摇摆不定时，我要如何坚持自己的道路？还有当小家伙问起她的父亲时，我该对她说什么？"

"就像我在这里做的一样，你会记得我们，然后讲给她听。接着，你告诉她：被爱之人，永垂不朽！这不就是你写在记事本上的吗？如果有一天你怀疑自己，就想想《奈智姆》①所写的：'心对于所见的未曾造伪。'亲爱的，我会活在你的记忆里，不论你去往哪里我都与你同在。所以，请继续与我保持心有灵犀吧，亲近与否与距离无关，否则天狼星就不会在善妒的长庚星的眼皮底下让我们共度守夜时光了。有多少人同床异梦？当小家伙问起她的爸爸时，就让她加快脚步，告诉她，你们一起行走在一条通往月亮的小道上，我走了另一条平行的小路，但我会陪着你们一直到天狼星。如果她不相信——因为小孩子总是在怀疑和提问，那么，就告诉她，你们是从桑戈马尔驶向明天，而我在另一艘叫'乔拉'号的船上。终有一天，我们会在罗格·塞内无尽的宇宙中的另一个停靠港重逢。在此期间，和妈妈引的灵魂一样，我会来看望你们，当然不会像以前那样频繁，但我还是会时不时前来。所以，准备好祭品和祭酒，不要都献给贪吃的西亚勒布和桑戈尔了！但我认识的你是如此慷慨大方，我已经知道自

---

① 即《星宿章》，是《古兰经》第 53 个苏拉，属于麦加的篇章，该章的名字来自第一句阿亚："以没落时的星宿盟誓"。

己什么都不会缺。向前冲吧,亲爱的,要有勇气,尤其是,祝你和法迪吉娜一路顺风!你要自由,要快乐,一直等到我们团聚!但是,请放我走吧,也放过自己。"

"布巴,勇敢的男人,代我向西亚勒布、波利娜、阿曼达、老渔夫、桑戈尔以及所有桑戈马尔的守夜者问好。告诉波利娜,我一到达喀尔就会给她的父母打电话,把她留在我们家的东西寄给他们。如果有一天有机会的话,我会去看望他们。布巴,勇敢的男人,谢谢你,感谢与你相爱的每一个季节,不论过去还是未来,谢谢你留给我的法迪吉娜,她让我永远对明天抱有希望。祝你有一段自由而轻松的旅行,一路顺风!在桑戈马尔或在别处,不论你在哪里,我亲爱的船长,都千万要看着我们!勇敢的男人,安心去吧,直到我们重逢的那一天!"

第二十章

要有勇气！这句话要说多少遍才能缓解牙痛,平息肾绞痛,治愈断腿;才能把一个小孤儿的父亲还给她;或者擦干一个依然深爱丈夫的年轻寡妇那流不尽的眼泪?"要有勇气!"这句令人窒息的话,要听多少遍才能直面忧郁而不感到缺氧,勇敢地面对白天而不退缩,或者解缆起航而不担心波涛汹涌或晕船?加油,向前进,朝着希望之角前进!不,当然是朝着海角,而不是好望角,即便人类还在怀念曼德拉。海角!对于库姆巴来说,指的当然是通往阿迪亚戈迪亚克的希望之角。在那儿,在月亮之上,绝没有什么会变得馊臭,所有的梦想都能保持新鲜,需要以勇气为肥料才能开花结果。唉,当水手勇敢地面对风暴时,那些推着独木舟的船尾并把勇气装到船里当作压舱物的人们却未曾浸湿双足。那么,前进吧,朝着希望之角前进!但愿一路顺风!

揭纱仪式的那一整天,就像她守寡的头几天那样,每当有人送来一吨的勇气,库姆巴都会表示感谢:

"我亲爱的表妹,库姆巴,振作起来,要有勇气,这就是生活……"

"库姆巴,我亲爱的侄女,你会看到,一切都会过去的,不管怎样生活还要继续,要有勇气……"

"亲爱的库姆巴,这很艰难,但你还年轻,你的面前还有很长的未来。不管怎样生活还要继续,要有勇气……"

真是令人恼火,这种不用说都知道的废话!除了死去的人,谁的未来还会在自己身后?当生活脱下伪装,毫不掩饰地露出巫婆嘴脸时,人们总想着拼命从贝壳深处挖出珍珠!既然库姆巴知道那天人们围在她身边的原因,那么问候语就足够了,无须任何补充说明,在场就够了,无须长篇大论。究竟是因为痛苦还是因为尴尬人们才会说出这些只能加重肩上负担的话?所有这些在萨卢姆的河流里涉水而行的人都以为自己是地下水勘探者!然而,他们又不会产出热水,在萨卢姆,太阳已经把这份工作做得很好了。是不是要有人溺水他们才能明白库姆巴身边有太多无用的口水了?在有些情况下,尽管正直的人们本是好意,但语言的贫乏却反而增加了痛苦。生活当然不管怎样都会继续!他们的在场就足以证明。布巴已经不在了,然而,屋子里却挤满了人。当火焰熄灭时,黑漆漆的墙壁总是会让人联想到炉膛。够了,这些无法照亮任何一个黑夜的"要有勇气!"够了,不然的话,库姆巴怕是要染上狂犬病!

"要有勇气",这句话淹没了她的眼睛,但鼻孔还在收缩,疲惫不堪,她喃喃着的感谢语也开始越来越听不清了。她的母亲知道,有时候,库姆巴节省气息是在为爆发做准备,所以明智地把挤在寡妇房间里的人引到了客厅。为了凉快一些,在厨房旁边的花园里有些人在椰树底下摆了椅子和席子,厨房里一些年轻女人在锅碗瓢盆之间忙忙碌碌;在另一边的公共大院子里,男人们在读《古兰经》。亚莉亚姆回来的时候看到了女儿眼里的感激,这也让她松了一口气。或许是想要以同样的方式引导接下来的几波拜访者,又或许是乐于分享这平静的一刻,她找到了一个和库姆巴待在一起的好借口。

"好了,法迪吉娜,"她笑着说,"小贪吃鬼,看你这样在我背上蹬腿、嘟囔就知道你饿了。正好现在你妈妈能清静一会儿,趁这个机会去喝奶吧。"

库姆巴小心翼翼地把女儿抱到怀里,然后开始执行自己的任务。当她一边喂奶一边抚摸着小家伙短短的头发时,她的母亲就像往常一样看着她。但是,当她抬起头的时候,亚莉亚姆显然总是被这种情形感动,躲避女儿的目光去逗弄法迪吉娜。

在一个个人意志不会输给命运的世界里,任何一个母亲都应该不需要陪女儿守寡。但掌管时钟的神灵随心所欲地发号施令,人类就要努力处理自己混乱的生活,尽力去摆脱困境。人们面对所有的灾难都会提出同样的问题:该怎么办? 放弃还是重建? 一蹶不振还是继续划桨? 究竟是勇气决定了航向还是航向在呼唤勇气？多亏是希望在苦苦坚持,拒绝死亡,在地平线上闪耀着光芒,吸引了顽强的旅行者,他们不得不共享勇气的轻舟,否则就要被抛弃。向前进,哪怕风吹浪打！但是,海神尼普顿肆虐之后,谁来收拾残局？所有这些散落的残骸还能继续航行吗？每次海难后我们还能剩下什么？库姆巴思忖着。她只需看看自己的母亲就知道了,她就是答案。

在这段悲伤的日子里,尽管库姆巴长时间保持沉默,亚莉亚姆始终坚持自己为人处世的方式。作为一名骁勇善战的女水手,她保持了一个尼奥敏卡战士的勇气。勇敢的女人！墩墩鼓声为她响起吧！在萨卢姆,每一处树荫都是一个潜在的竞技场;在这里,战斗不仅仅是一种运动,也是一种生活方式！如果吉贝木棉和非洲楝不后退,亚莉亚姆,她,也会寸步不让。这一点,她的女儿很清楚,这甚至就是为什么女儿敢偶尔摇晃她,因为她深知母亲绝不会倒下。哪怕没有太多的话语,对于库姆巴来说,母亲一个人的存在就胜过了整个村子的支持。

昂首挺立！亚莉亚姆咿咿呀呀,安慰着,哄着,从来不会不耐烦。勇敢的女人！考虑到女儿的痛苦并想尽办法减轻其负担,她承担起让女儿安心并化解危机的责任。昂首挺立！亚莉亚姆咿咿呀呀,努力讨好,平息怒火,哪怕自己明明没有做错什么也要道歉。有些痛苦是如此残酷以至于做出什么事情都可以被理解,她想着,原谅了库姆巴的沉默和情绪波动。嗯……

嗯,没有什么能够让亚莉亚姆离开自己心爱的女儿,哪怕是"嗯……嗯",她可以从中推断出一整段谢列尔语;如果是为了孩子的安康需要,她一定可以把这段话翻译成梵文。昂首挺立!亚莉亚姆咿咿呀呀,理解着,疼爱着,就连太阳和月亮都能替她在掌管星辰的神灵面前作证了。勇敢的女人!昂首挺立!亚莉亚姆咿咿呀呀,抚慰着,呵护着,仿佛是天使加百列命令她与一切苦难作斗争。在内心深处她必定也在叹息,感到筋疲力尽,但很高兴还能呼吸,足以照顾自己的家人。亚莉亚姆,一个昂首挺立的母亲,咿咿呀呀,直到最后一刻!但是她自己呢,谁来照顾她?她走在同样毫不留情的烈日之下,和整座小岛的人喝着同样的泉水,像所有尝试品尝生活之味的人一样,把盐和糖区分开来。虽然说她的发型有时会模仿椰子树的枝叶,但她并不是椰树做成的。那么,当她也快要晕倒时,哪里还有第三只脚来支撑她?

昂首挺立!亚莉亚姆分担着女儿的苦役,始终昂首挺立。当然,右舷的颠簸绝不会对左舷的平衡毫无影响。朝这儿走还是朝那儿走?不论风暴的方向如何,我们都一样会摇晃;朝这儿走还是朝那儿走?当船上漏水时,需要用水瓢舀出积水。萨卢姆的水手们共同分享独木舟,也共同分担船上的恐惧。"妈,妈妈!"在村庄里,没有一个水手会夸耀自己的勇气,廉耻心不允许他这么做,但记忆会将其铭刻在猴面包树的树干上,留存几

个世纪。海上的传奇并不是只有鹈鹕才能看见,它还会随着桑
戈马尔的海浪一起奔腾,在陆地上造就令人难忘的英雄。当萨
卢姆极力赞扬她的勇士时,就连鹈鹕都会高声呼喊"勇敢的男
人"!和呼喊"勇敢的女人"的次数一致!在这里,缠腰布紧紧
地系在背上,女士们也会掌舵,她们对大西洋了如指掌。朝这
儿走还是朝那儿走?在海上,如果不是关于祈祷方向的问题,
就一定会用一个会意的眼神来沟通。当库姆巴晕船时,胃里
感到翻江倒海的是她的母亲。但是,亚莉亚姆昂首挺立,咬着
嘴唇,面不改色地吃着柠檬片。勇敢的女人!墩墩鼓声为她
响起吧!

　　"要有勇气,要有勇气!"人们常常对她这么说。勇气?既
然这并不是尼奥焦尔的独木舟的名字,也不是村里的一匹马或
一条狗的名字,人们究竟是在呼唤什么?勇气,这或许是战士肩
上扛着的一个实体?当它路过时,所有人都呼唤它,向它致意,
然而它的携带者却常常忽略了其存在,因为他太专注于自己的
职责了。不论究竟是什么,勇气在盛怒之下都会逐渐消磨殆尽,
甚至就是这样杀死了那些莽撞之人。我们所说的勇气,指的是
一颗炽热的心,不会呱嘴呱舌,也没有任何怒气,有的仅仅是坚
定的决心,让人咬紧牙关,勒紧腰带。亚莉亚姆,心平气和且始
终昂首挺立!受到萨卢姆历代女王的鼓舞,她不能宣布弃权。
她的父母都已经不在绿色的椰树底下呼吸了,她已经太老了以

至于无法再享受这种特权。但是,当她呼喊"妈,妈妈"时! 会有乐于助人的灵魂意外出现吗? 她年迈的丈夫十分谨慎克制,不愿听到唉声叹气,当她抱着法迪吉娜散步时,不论早晚,悲伤都会自额头沁出,她要如何处理这悲伤? 亚莉亚姆挣扎着,咽下泪水,但是,谁会被她的打嗝声吓一跳,看到她悲痛的神情而被吓得浑身颤抖? 当她因悲伤而食不下咽时,谁会想方设法做些她爱吃的东西? 当她看护着、守护着库姆巴和法迪吉娜时,谁来照顾她的情绪? 在尼奥焦尔的码头,一位母亲只有把自己的孩子安置到船埠的干燥处后才会离开独木舟。在独木舟上是这样,在任何威胁面前也都是这样,亚莉亚姆只有在帮助库姆巴摆脱困境后才会想到自己。当亚莉亚姆咿咿呀呀,鼓舞着别人时,她自己却始终是得不到安慰的人①。但是,和尼奥敏卡的女王一样昂首挺立,她风度不凡,毫不抱怨。勇敢的女人! 墩墩鼓声为她响起吧! 毫无疑问,这位糙石巨柱般的外祖母会敲响法迪吉娜记忆里的墩墩鼓。

看着她的母亲,库姆巴或许还不知道"勇气"一词的确切含义,但她想象着一条独木舟,船首高高翘起,位于两条海峡——耐力和牺牲的交汇处。在亚莉亚姆在瞄准线内,库姆巴保持着自己的航向。有朝一日,她也会成为糙石巨柱般的母亲,这也是

---

① 原文为谢列尔语。

她希望为法迪吉娜扮演的角色。在萨卢姆,我们先说母系的姓,其次才是父亲的姓。这样,从母亲到女儿,从外祖母到外孙女,家庭就出现了,显示出定义这个家庭的性格。这样一张身份证,在介绍你时带上你世世代代的亲人,难道不比其他任何证明更加完整、更具决定性吗?"小姑娘,你是谁?"——"我是法迪吉娜。"——"小姑娘,你是哪个法迪吉娜? 背一下你的谱系树!①你叫什么名字?"——"我是法迪吉娜-库姆巴,库姆巴-亚莉亚姆,亚莉亚姆-鲁蒂亚姆,鲁蒂亚姆-等等。"谢列尔-尼奥敏卡的鱼线也是这样,垂入海底,一直延伸到最遥远的外祖母那里,外祖母自己也在那儿,在亡灵之国里复活自己的祖先,清点人数,将她们联系在一起。再过一段时间,库姆巴就会教女儿记住她的谱系:背诵,背诵,法迪吉娜,背一下你的谱系树!

　　亚莉亚姆让人为法迪吉娜定做了银耳环、银手镯和银脚链。按照传统,人们从孩童时期就要佩戴这些饰品以表明自己属于这个部落。这种象征着瓜尔瓦尔勇士荣誉的金属会氧化,需要世世代代人的努力才能使其保持光泽,不让它生锈。因此,这样的首饰能够让佩戴者记得自己的血统,最重要的是,要以身作则来配得上这些首饰。显然,亚莉亚姆希望外孙女能够让首饰保持光彩夺目,看到首饰就会想到自己。鉴于她在库姆巴

①　原文为谢列尔语。

身边扮演的角色,总有一天,法迪吉娜会想起来并说出自己之所以能保持航向,在多大程度上是多亏了勇敢的外祖母在把持方向。不论有没有桑戈马尔的魔法,法迪吉娜都将看到亚莉亚姆高傲地昂首挺立,不受任何阴影的束缚。只有没有功德的祖父母才会被遗忘!至于其他人,感激之情能让记忆不受任何损害。被爱之人,永垂不朽!然而,小孤儿对外婆的感情不会仅仅是爱,还有感激。因为,即便很不幸,亚莉亚姆过早地进入了海浪的王国,法迪吉娜还会有母亲送给自己的记事本。这个本子不会是她唯一的精神支柱,她的银饰会在每个夜晚熠熠生辉。如果掌管时钟的神灵给予她长寿,法迪吉娜将永远担任水手长,记忆里响起墩墩鼓声,是为了赞颂她的保姆,她的第二母亲,同时也是首位船长,她勇敢的外祖母。在萨卢姆,独木舟勇敢地面对大西洋的坏脾气,它们左右摇摆,上下颠簸,有时甚至会灌入海水淹没你的希望;但是,它们总会重新振作起来,顽强地与桑戈马尔谈判以争取回归,然后一年又一年,从一个港口到另一个港口诉说着非洲栋的耐力。在任何地方,人们都会带着自己的记忆靠岸,这是他们经久不变的珍宝。

当法迪吉娜在喝奶时,外祖母抓住她的脚抚摸了一会儿,调整好脚链,然后亲吻她的脚掌,这时怕痒的小家伙把脚缩了回去。库姆巴露出了一抹笑容。亚莉亚姆完成这一动作时在想什么？这仅仅是一种柔情还是她想要提前放松一下这双还没走过路的脚？要想引领法迪吉娜成长为一个有人情味的人，她们接下来还有很长的路要走。小家伙会走上自己的道路，但是以什么样的姿态？朝哪个方向？为鹈鹕指路的人也将指引法迪吉娜走向自己的命运。在通往自我实现的路上要经历多少阶段，花费多少时间？靠的是勇气还是偶然的风？或许二者兼而有之。那么，勒紧腰带，但愿步伐坚定，一路顺风！

在自己的母亲保护性的目光之下，库姆巴摇晃着女儿，沉思了好一会儿。当然，多亏了和丈夫的会面，她变得更加平静，但是没有他，一切似乎都非常奇怪——继续她的道路却没有船长的陪伴？她，真的只靠她自己，靠坐在那里，在这个房间里？结束了服丧期的她？这真是一个非常糟糕的编剧写下的电影结尾！"不管怎样生活还在继续！"人们反复对她唠叨。生活当然会继续，她想着，因为它会像海蛇一样从我们手中滑走，然后一溜烟消失在其选择的水域里。要想紧紧抓住日子，需要的并不是手臂，而是一张飘网，以便重新打捞起我们的各个部分，这些部分都被流逝的时光剥夺，继而借助曲折迂回的生命海湾将其冲向远方。桑戈马尔的守夜者并不是独自离开的，他们各自都带走了自己家人的一部分。如果"哀悼"有任何意义的话，那首先就应该是"哀悼自己"，即在肝肠寸断之前放弃原本认为属于自己的那个人。每失去一个人,我们的内心都会缺少一些东西,没有人也没有什么可以弥补;它留下了一个巨大的洞,勇气可以将其覆盖,却永远无法将其填补。心脏是位于十字路口的一片三角洲,受到潮起潮落的影响,承受着一个浪潮带来,另一个浪潮又带走的东西。"这就是生活!"当然这就是生活!死后我们就不会再染上这种由思绪触发的令人难以忍受的流感了。"这就是生活!"所有这些人都太礼貌了,还故意摆出一副内疚的样子,难道他们就不能说生活是一个卑鄙的讨厌鬼?是卖弄风骚的女人、大叛徒、该死的坏家伙!她是一个善妒的女巫,监视你,偷偷追踪你,突然缠住你并夺走一切让你幸福的东西!不,没有任何一个人这么说,然而大家都知道。但是,这就是生活!

在这里,从玛土撒拉①那时候开始,沉船事件就时有发生,但水手们的母亲、妻子的勇气让博泷的沉默变得更加厚重,因为每代人都要向大西洋缴纳什一税。生活还在继续。岛民们常常遭受考验,但从不言弃,他们在生活的流沙之上堆满了贝壳、石块和瓦楞铁皮。如果他们能用渔网赚取自己的面包,那他们也能用抄网从大西洋里拯救自己的梦想!萨卢姆的孩子无论如何都不会放弃他们的那片白色沙滩。如果他们中的一些人

---

① 《圣经》记载的人物,据说他在世上活了 969 年,是最长寿的人,后来成为西方长寿者的代名词。

去了其他地方挣钱，那也只是为了回来让他们的土地变得更加壮丽，因为，在他们看来，没有什么，绝对没有什么能比得上萨卢姆三角洲的浪花。在宁静的沙丘中，有时，听觉灵敏的人能够依稀听到塞内加尔鹦鹉泄露的秘密或微风的喃喃低语，到处诉说猴面包树长寿的秘诀，这些忠实的哨兵都不知道活了多少个世纪了。在这里，不需要用威拉德·弗兰克·利比①的方式来测量，没有必要挖开位于佩蒂亚拉的古老墓地，害得祖先们的胫骨阵阵刺痛。要相信谢赫·安塔·迪奥普，谢列尔人和埃及的法老一样古老，当谢列尔人在班图人那里宣扬太阳神拉时，他们就已经和法老们一起崇拜拉神，也就是后来的罗格·塞内了；这就是为什么他们想象自己死后会去往多形神阿图姆安息的地方。就在那儿，在大西洋，妈妈引的盘古尔在罗格无尽的宇宙中等待着重生。因此，不管有没有碳14，尼奥焦尔都不会再去清点几个世纪以来沉积的贝壳层了；如果没有人敢去追溯位于萨卢姆的尼罗河里的水手们的智慧，那就记住，这种智慧与桑戈马尔的神灵同时诞生。这是一种值得以规章制度的方式确立下来的智慧：当海上狂风大作，导致船只搁浅或船帆难以张开时，就将独木舟停靠在码头等待风平浪静。谷仓里总是有足够的小米，还有一些鱼干，足以撑到飓风过去。

---

① 美国化学家，1960年诺贝尔化学奖得主，于1940年代发明了放射性碳定年法，对考古学产生了深远影响。

为何这些来打水的女人们就没有水手那样的耐心？库姆
巴思忖着。她们也已经开始猜想她会在村子里的这片或那片
区域有一位新的丈夫和未来的姑嫂了。那些好奇心最强的人
们装出想要逗逗她的样子，故意说假话试图套出真话，但她无
声的微笑让她们的愿望都落空了。真是一群鲤鱼！库姆巴想
着，随时准备好吞食漂浮在博泷里的一切！让她们去随便修一
修自己的衬裙吧，而不是来给我的生活打补丁！这些长舌妇会
把别人的处境搞得一团糟！库姆巴知道自己稍微透露一点真
心话就会传遍整个小岛，这只需要有一只喜鹊在井边散播消息
就够了。所以，嘘！

嘘，也不要透露那些可能会让库姆巴所爱的人们难过的消
息。和布巴的最后一次交谈中，她没有向他提起迪耶加纳扎在
她身上的刺。出于体贴，她不想唤起他从前的嫉妒。另一方面，
这也并不是她最需要他支持的地方，关于迪耶加纳她已经做出
了决定。对于库姆巴来说，有一件事是清楚的：任何一个在追求
自己的时候输给了布巴的人都不应该背着他取胜，这会是对她
的王子的一种贬低。亚莉亚姆可以因为血缘关系，多次安慰、赞
美、护送他，但这都不会改变任何东西。尼奥敏卡人是顽固的，
当一条海峡填不满他们的渔网时，他们会找到另一条，并坚持
划船驶向希望，迪耶加纳也不例外。唉，这种希望总会落空，当
在博泷里出现障碍时，独木舟会掉头，否则就要在红树林里沦

为牡蛎的栖息地了。这一点,亚莉亚姆知道,她亲爱的侄子也知道。库姆巴对迪耶加纳的感觉非但没有丝毫改善,甚至还更糟糕,因为她怨恨他试图利用她的悲剧达成自己的目的。他怎么敢在她的废墟之上重建高楼?她感到十分气愤。趁火打劫的家伙!当狮子躺下时,总有一些猎狗在周围晃悠。快点,快滚开!就连母牛都听得懂"滚开"的意思,尤其是说第二遍时!

在谢列尔语里,"迪耶加纳"既指"有产者",也指"自由的人",更准确地说是"不属于任何人的人",就像是命运的暗示一样,这个年轻男子的名字的双重含义为库姆巴的回答提供了最完美的模板,因为她既不想征服他也不想成为他的所属物。亚莉亚姆最终不得不承认自己对此也无能为力了。她女儿的幸福才是最重要的,然而,哪怕是在亡灵之国里,布巴依然胜过了他的竞争对手们。

布巴,勇敢的男人!将他的样子铭记于心,库姆巴继续她的道路,他们的道路!向前,齐步走!尤其是不要跟随失败者的脚步,而是要按照勇敢的男人的节奏,他陪伴着自己的妻子和女儿,与她们平行前进,走向明天,走上月亮!向前,齐步走!在有些日子里,回忆比白天的食物更能让人得到满足。被爱之人,永垂不朽!

也是记忆中的布巴和他的思想给予了库姆巴力量,让她不至于在牛鬼蛇神逼迫她接受娶寡嫂制的压力之下摇晃,这比其他任何人的在场都要有用。这些人有着猛禽般的灵魂,他们把她尤其脆弱的服丧期看作是控制她的绝佳时期,而库姆巴则以昆虫学家的眼光看着他们。他们苦苦说教,登堂入室,满口花言巧语,来来回回,屡屡再犯,而她始终坚持自己的立场:他们不能决定她的生活应该如何发展。她怎么敢在如此多名流面前表现得这般冥顽不灵?那些懦夫和背信弃义的人寻思着。但库姆巴完全不需要把他们争取过来支持自己的事业,她知道,在那儿,在桑戈马尔,她那有远见的爱人会照看着她和法迪吉娜,而瓦西亚姆所要求的娶寡嫂制并不是他想要让她们接受的。

既然瓦西亚姆最终承认了自己侄子的求婚失败,瓦西亚姆也一样别无选择,只能认输。尽管她的支持者众多,但娶寡嫂的想法还是沉到了博泷里,只能让鲤鱼感到欢欣雀跃。好歹是接吻啊,这可不是一件小事!难道我们还没有权利选择自己亲哪一张嘴吗?上帝啊,这可真是件苦差事!啊,这些人,有时是如此残忍!年轻的寡妇认为她并不是可以继承的财产,而是一个自由的人,可以自由选定自己的旅伴,自己腰间珍珠的守护者,以及和她心有灵犀的,能够守护她每一个夜晚的人。在这种情况下,她甚至都不急于再次行使这样的自由。

那么,她和布巴的哥哥、他的两位妻子,以及他们那一群吵闹的孩子,仍然是亲戚和邻居关系。此外,"我的丈夫以及和我共侍一夫的其他姐妹",这句话在库姆巴听来就像是被判处坐牢一样。她从未伤害过任何人,如果她的家乡尊重她的自主权,她就决不会说出这样奇怪的表达,这种话显然会在一个女人的心中引起点什么,但不会是这些共侍一夫的妻子们通常展现出来的那种或虚伪或顺从的微笑。揭纱仪式的第二天,面对着牛鬼蛇神的代表团,在由亲人陪同的瓦西亚姆焦虑的目光之下,在同样被亲戚簇拥着的亚莉亚姆在场的情况下,库姆巴对自己的拒绝做出了解释,礼貌而又十分简洁。不管怎么说,"不"字几乎不会是冗长发言的主题。通常,作为结语,这一个"不"字也足够了。库姆巴的"不"是一个有倒刺的篱笆:站住!我的心依然是布巴的王国!当所有人都气愤地离开客厅,只留下母亲独自陪着她桀骜不驯的女儿时,库姆巴松了一口气,亚莉亚姆也是一样。在讨论的时候,她至少也是和女儿一样尴尬,那些权威人士不停地质问自己,但她毫不动摇;稳稳地坐在自己的座位上,据理力争,一直坚持到最后。就像那些母亲独自解码发疯的孩子那不知所云的语言一样,她们也和自己叛逆的孩子一起面对风暴。和女儿单独待在一起好一会儿后,亚莉亚姆终于打破了沉默:

"现在,事情很清楚了,既然你不会嫁给你丈夫的哥哥,那你就不能靠婆家养活了,好吧,是前婆家,因此……"

"但我本来就没有打算靠任何人养活!"

"对,我是想说你不能再住在他们家里了。你还年轻,过一段时间,你一定会想要重新开始生活,你懂的,这一切不能发生在他们的屋檐下。因此……"

"不管怎么说,我打算回达喀尔。我会接管布巴在桑达加市场的商店。不论是为了我还是为了法迪吉娜的未来,我都需要去赚钱养家。"

"我明白了,库姆巴,没有人会阻拦你的,但在此之前你先回我们家去。这个问题我和你爸谈过了,而且他已经打点好了一切,你的叔叔和表兄们都知道了。他们给我们留了两三天时间准备你的行李,从明天算起,然后你的堂兄们会驾马车来载你的东西。我已经收拾好了你的房间。你的表姐妹们也会来和我一起帮你……"

这个消息让库姆巴的脸色缓和了下来。她思考了一会儿,最终还是感到急不可耐,明确地说道:

"两天,妈。两天足以准备好一切,也就是说明天和后天。"

"好的。"

库姆巴朝母亲露出了一个大大的笑容,母亲也看向她给出了回应。在这张终于摘下面纱的脸上,亚莉亚姆读出了什么?女儿在她看来很不一样了,尽管面部线条并没有改变,但如何准确把握服丧期在她身上拿走了或增加了什么? 又是一次眼神交换,这安抚的眼神赶走了乌云,照亮了脸庞。这是 4 个月又11 天以来亚莉亚姆和库姆巴第一次交换的真正坦率的笑容。

只有她们二人，互相都享受着对方愉快的神色，谁都不需要说出自己的感受，她们的动作已经说明了一切。上帝已经为她们的身体卸下了重担，让她们的关节变得灵活，甚至还让亚莉亚姆恢复了食欲，开始狼吞虎咽地吃着她带给女儿的小米饼。而后者经不住诱惑，也很快开始模仿她了。那一天她们所感受到的被她们塞得满满的嘴巴证实了，不断重复着："喔唷！"

喔唷！这并不是尖叫，而是胸腔在扩张，肩膀在放松，脖子得到了解放，她们突然开始仰望天空。喔唷！这并不是尖叫，而是一只瞪羚从灌木丛里蹦了出来，要去丈量无边无际的稀树草原。喔唷！结束了，这让库姆巴被迫倾听牛鬼蛇神的软禁！喔唷！结束了，瓦西亚姆那谴责的目光！喔唷！结束了，那让椰树底下的黎明不得安宁的幽灵的锣声！喔唷！到头了，这些在任何问题上都要隐忍，以求不惹恼敏感易怒的婆家的漫长时日！喔唷！再来一块米饼，多好吃的米饼啊！我们还能找到什么比自由更能给予人类活下去的欲望吗？随心所欲地呼吸是迈向幸福的第一步。但愿氧气之神能按人们所愿释放氧气！

尾　声

　　航线！老渔夫会对年轻的水手说些什么？要敢于划出航线！始终停留在码头的人将死于无知与饥饿，但在那之前，杀死他的会是恐惧与懒惰。航线！只要船只出现摇晃，航线便不会简单。挥动船桨，向前，划桨起航！从来没有不可到达的海角，只是人们在路上耽搁的时间太久，让它变得很遥远。航线！向前，划动船桨！每划动一次船桨，你离赢得比赛就更近一步，而那些未完成比赛的人只能在停泊处做一个失败者，还显得有些灰心丧气。噢，水手们，扬起船帆，划桨起航！用汗水稀释了大海的人才能拥有甜甜的淡水！向前，划动船桨！在航线尽头，水手们的梦想在阿迪亚戈迪亚克绽放，将旅途的疲惫一扫而空。航线！任何人都不要放弃他的航线！

　　库姆巴已准备好解缆起航，然而，尽管她踌躇满志，却还是忍不住在开启新航线之前看桑戈马尔最后一眼。胫骨的长度与智齿的出现又有什么紧要，我们的身体里始终住着一个孩子，需要有人牵住他的手。倘若他在夜里不再哭泣，那么就连上帝也无计可施。不管笛卡尔主义者再怎么自吹自擂，我们心里始终有一个不谙世事的孩子，对科学的定论无动于衷，若是上帝不打算伸出援手，那他便会求助于自己的奇思妙想。一天晚上，当库姆巴的父母和法迪吉娜安然入睡时，她没能忍住最后一次念出了咒语，也许萨卢姆夜晚的魔力能让她与布巴短暂地见上一面。

"噢，桑戈马尔，亡灵之王！是我，库姆巴，在你的河流里沐浴过的孩子，我回到了你身边，带着我的谦卑走向你；桑戈马尔，用你的食指划破长夜吧！请赐予我一双能够看破黑夜的眼睛；噢，桑戈马尔，亡灵之王，看在妈妈引的面子上，请为我开启一条通向我爱人的道路；只需要一次，短短的最后一次！噢，桑戈马尔，亡灵之王……"

几个小时过去了，库姆巴一直苦苦哀求着神灵和祖先的亡灵，尝试了无数种咒语，最终却只是徒劳。甚至她平日里的恍惚状态也不再出现，她的精神过于清醒，牢牢贴紧地面，以至于无法再飘向那充满魔力的岛屿。库姆巴感到沮丧，她想弄清楚为什么会失败。最终，她对自己说，这是桑戈马尔让她履行自己的诺言。她不是已经放开布巴，并且承诺过会和法迪吉娜继续前行，不再回头吗？她继续寻找原因。一方面，妈妈引并不是只守护她一个人；另一方面，岛上的神灵已经给予了关心，一旦他的使命完成，便不会再回头。桑戈马尔会赐予一双看破黑夜的眼睛,然而当你看见自己的路之后,他只会任你自由前行。"是我,在你的河流里沐浴过的孩子……妈,妈妈还是哞?"无论步伐是否颤颤巍巍,孩子们慢慢开始学着迈出人生的第一步,一旦他们能稳步前行,他们的母亲便会放开双手。桑戈马尔守护着广阔的亡灵之国,每天迎接新守夜者的到来,他是那么忙碌,所以不能够被喜怒无常的凡人扰乱阵脚。他总会向萨卢姆的岛上派去海浪和妈妈引的盘古尔,而拥有三头六臂的桑戈马尔却几乎从来不移动,偶尔挪动也只是出于对人类的关怀,而非因为这些索求无度的人类一时的心血来潮。

库姆巴别无选择,只能继续前行,直到她与布巴重聚的那一天。所有断了奶的孩子都会带着同样不快的神色,不得不吃上另一种食物,而成年人在失去一切庇护之后也是如此。库姆巴再也无法从桑戈马尔的魔法中找到安慰,她只好寻找另一种点亮夜晚的方式,让她和法迪吉娜能够继续走下去。她不再白费时间,试图把因布巴缺席而留下的空白围起来,如今她要尽力去填满自己的生活,为法迪吉娜前行的步伐提供坚实的后盾。萨卢姆和其他地方一样,身为母亲的她们不会贸然闯入偏僻荒凉的荆棘丛,这是为了让她们身后的孩子能够不害怕丛林里潜伏的猛兽。因此,人们所说的勇气或是英雄主义常常只是一种责任感,这种责任感被她们理解、承担,直到变成一种牺牲。在这一点上,萨卢姆的母亲比其他任何地方的母亲做得都要好,选择自然分娩的她们会为了孩子的安然无恙而放弃自己的生命。法迪吉娜的酒窝像母亲,额头像父亲,她一天天长大,忙碌的小脚丫奔向召唤她的未来。为了陪伴来到这个世界的小客人,库姆巴没有时间步履蹒跚。每当她的女儿喊道:"妈,妈妈!"她便必须像自己的母亲那样,昂首挺立,给女儿以回应。

即便库姆巴那颗恋人的心还在恢复中,作为母亲的她却已准备好展开双翼。父母围绕在她身旁,库姆巴需要花些时间重新找回宁静,然后她会在万事俱备之时再次平静地出发。亚里亚姆对女儿十分关切。至于她的父亲,平日里总是那么沉默寡言,现在却会抓住一切机会和库姆巴说说话,逗一逗法迪吉娜。就连瓦西亚姆在消化完失落情绪之后,也会在定期来看孙女的时候对库姆巴表现出热情。在萨卢姆的蜿蜒河流中,利益有时会让人驶向不同的方向。人们彼此分离,转身而去,不过最终却总是再次相聚,共同修补那张家庭的渔网,因为它是岛上居民最重要的宝藏。这就是村庄生活,尽管小口角会让人产生分歧,不过事情一旦说清楚,那些缺口便会很快再次闭合,就像第一波海浪眨眼间冲刷掉落潮在海滩留下的沟槽那样。潮涨,潮落!在萨卢姆,这不只是大海的脾气,有时候,这也是人的心脏在模仿海湾交相握手时出现的起伏。

新年伊始,萨卢姆的河水慢慢冲走红树林的落叶,三点一线的生活让船骸渐渐生锈,受尽苦难的人们用自然水源稀释悲伤。鹈鹕俯冲入水，在水中寻找猎物，美餐一顿之后再飞回来，它飞跃过岛上陡峭的河岸，一脸冷漠。库姆巴想，它们是从哪里得来这种令人羡慕的轻快姿态的？不过，它们傍海而生，分享着人类的谷仓，毫无疑问也会在那儿遗落几根羽毛。既然库姆巴不再需要在夜深人静时独自踱步，甚至也不再需要母亲的陪伴，如今，她便可以随心所欲地欣赏海滩。有时候，不管涨潮还是退潮，在她眼前都会浮现出一艘船。一艘反复摇晃而后倾覆，沉入海底的船。然而，库姆巴已经变得比四个月前的她更加强大，她与这一幻觉进行抗争，告诉自己这艘船里没有任何人，它的乘客已经走向了那条通往亡灵之国的路。"被爱之人，永垂不朽！"她一遍遍地说道。她的记事本便像这样画上了句号，她不会否定自己写下的话，之后，她还会把这一切告诉法迪吉娜。

　　大西洋向船手们低声诉说着它的秘密，用与天相接的湛蓝色衣褶轻轻摇晃着怀中的尼奥焦尔岛。临近傍晚，当掌管海平面的神灵展开他的彩色画布时，光线的微弱变化在库姆巴眼中呈现出了全然不同的面貌。尼奥敏卡人之所以热爱出航，难道是因为敲击他们房门的浪花放大了塞壬的歌声吗？如果不是的话，那一定是因为萨卢姆的天空拒绝单调，骄傲地炫耀各种不同的声音，释放出自己的所有魅力来吸引尼奥敏卡人，让他们远离那片椰树林。这几个月以来，库姆巴过着离群索居的生活，蜷缩在绝望之中，现在她终于能抬起头来，欣赏那一直渲染到桑戈马尔上空的落日余晖,而不再因为采集落日的颜色而感到眼花缭乱。正因为她已经准备好重绘自己的那片天空,所以才想要像这样去填满她的调色盘吗?的确,海水的味道和泪水一样,不过也正是它洗净了萨卢姆孩子们悲伤的眼眶。对年轻孀妇来说,最好的心理医生就是尼奥焦尔海岸的新鲜空气。库姆巴脸上的棱角似乎被海风吹得柔和起来。悲伤的苦笑在她脸上消失,而她的母亲不是唯一一个注意到库姆巴的心情发生巨大转变的人。终于,库姆巴吃饭也有了食欲,又开始喜欢和人聊天,笑容也渐渐多了起来。库姆巴对着法迪吉娜有说不完的话,有时候她会因为女儿扑腾乱动时发出的咿呀声哈哈大笑。她会回应女儿所有的请求,不停地和她说话。难道她拥有另一种魔力能够辨清法迪吉娜发出的奇怪声音吗?咕咕!猫头鹰说它什么也不知道,不过它敢保证再没有比这更能让亚莉亚姆感到高兴的场景了。这样的场景不仅让她感到开心,当她想到两个亲爱的宝贝在城里,只有她们两个,在阿迪亚戈迪亚克,在她照看不到的地方,这和谐的二重奏更让她觉得安心。

　　服丧期结束两个月后,库姆巴和法迪吉娜一起回到了达喀尔,法迪吉娜已经会走路了。在她不在的这些日子里,她和布巴曾经住过的小公寓已经被租出去了,她在隔壁街区的亲戚那里找到了剩下的物件,他们在库姆巴找到新住处之前收留了她。她来到市场,布巴店里的东西完全没被动过。她一到这里,旁边的店家因能再次见到她备受感动,与她互相问候。布巴是他们所有人的朋友,至少都算是熟识,所以他们不会让库姆巴为抚养女儿独自挣扎。因此,无论是订货还是送货,每个人都尽己所能地给她提供些优惠来支持她。诚然,库姆巴还不善于经营,一切似乎都不是那么容易,不过她已下定决心要把自己的生意一点点重新做大。

在全心投入工作之前,她要先遵守自己许下的承诺。这样,她再次返回达喀尔也能让其他两个人放下心中的石头。

"喂?"

"喂,你好,夫人。我是库姆巴,很抱歉打扰您,不过……"

"你说你叫库姆巴?是波利娜的库姆巴?抱歉,我是想说是哪个库姆巴……哪个号码……啊,算了,是波利娜和西亚勒布在达喀尔的朋友?"

"是的,夫人,就是我……"

"吉拉里,快来,快点!真让人难以相信!亲爱的,来电话了,你快点!守护圣母终于还是听到了我们说的话……"

在这次略显克制的通话最后,他们互相交换了地址,说好要继续保持联系。库姆巴告诉他们之后会想办法把波利娜和西亚勒布留在她那里的东西寄过去。不过琳达说她和丈夫很快会自己来取,他们特别想要来见库姆巴一面,毕竟只有她能告诉他们,波利娜最后几天是怎样度过的。

之后他们又通了好几次电话，通话时间越来越长，一直到老夫妇来到达喀尔那天。在达喀尔的那段时间里，他们安排好时间尽可能多地和库姆巴待在一起。库姆巴非常开心能为朋友的父母做些什么，尤其是她已经调整好了心态能够回答琳达提出的问题。最初，琳达还始终惦记着，希望"乔拉"号能被打捞起来。女儿的遗体还不知身在何处，这让她的心备受折磨。这七个月以来，吉拉里和妻子有着同样的悲伤和疑问，他似乎觉得自己已经没有办法安慰温柔的另一半了。然后有一天，琳达被过往记忆弄得心神不宁，不停地大喊大叫，发出质问，这时候束手无策的库姆巴决定和他们分享另一种看待事情的方式，她自己也是靠这样的办法才得到了安慰。

"抱歉，夫人，"她说，"不过我觉得我们不该打扰他们，他们现在有了自己的家。按谢列尔人的传统信仰来说，在罗格·塞内的土地上，每个生灵都有自己的家，无论他们身处何地。罗格会把自己的孩子召唤到他选中的地方，让他们在宇宙的另一处继续完成自己的使命。既然逝者已经在别处安定下来，为什么我们还要与罗格·塞内去争抢他们？我明白找到他们对您来说是一种安慰，但对我们谢列尔人来说，打扰他们才是对他们的不尊重。让他们离开我们的怀抱，让他们处在妈妈引的臂弯中，被他们的兄弟姐妹紧紧拥抱，他们已经有了自己的家。在亡灵之国那儿，他们一起出发，共同前行。桑戈马尔一视同仁地守护着他们,正如他们也在守护着我们。对我们来说,无论是生是死,没有人是遥不可及的。布巴、西亚勒布、波利娜还有所有其他人,他们和我们的祖先妈妈引一起在桑戈马尔那边守护着我们。而且有时候,他们也能够来看我们。"

"来看你们!为什么会这样,他们会来看你们?"琳达十分震惊。

"是的,夫人,确实如此。要是您真的这么希望的话,他们有一天也会来看您。我的丈夫和西亚勒布有时候会来和我说话。波利娜也来过两次,问我一些关于你们的消息,她非常思念你们。在萨卢姆,在我们村庄对面,有一座神圣的桑戈马尔岛……"

整整一个晚上,库姆巴都在向琳达和吉拉里讲述她的泛灵论,他们最初觉得很困惑,慢慢地感到十分好奇。随着雪赫拉莎德①的讲述,夜晚变得没那么黑暗,死亡也越来越远。库姆巴说得越多,琳达和吉拉里听得越是入神。不管守护圣母怎么想,他们已经对桑戈马尔的召唤做出了回应。他们不仅在库姆巴身上看到了一个全新的女孩,而且还不用在品尝到萨卢姆夜晚的滋味之前就回到马赛。说不定,波利娜会随着萤火虫的轨迹来和生者说话。

在萨卢姆,人们喜欢吃美味的西卡特———一种小米做成的

---

① 波斯地区民间故事集《一千零一夜》中的虚构人物,也是故事的说书人。

炖鱼饭。它虽然不像马赛鱼汤,不过博泷的鲚鱼可不会让马赛人的味蕾失望。库姆巴可以和逝者对话,所以关于她们那边的民族文化,琳达和吉拉里还有很多问题想问。猫头鹰在夜晚提问,也在夜里给了他们回答:"咕咕!在来到地面之前,我们身在何处?离开大地之后,我们又将去向何方?咕咕!无法描绘灵魂的人不能否定它们的存在,你的任何聊天对象都可能会是其中一员。咕咕!宇宙蕴含着许多秘密,尽管不了解,但也不能够去否定它们的存在。桑戈马尔的魔力也许就是宇宙的秘密之一,不过这个秘密不会被告诉任何人,它只会吸引那些愿意扬帆起航来到这里的人。这些人开启航程,他们知道,比起海岸,海角总是更能带给他们更光明的未来。去吧,启程前往阿迪亚戈迪亚克!"

咕咕!猫头鹰发出轻蔑的叫声,这时它也许正和女巫一起夺走了一个灵魂。不过,就连罗格·塞内也会任由它飞过,继续唱着那凄惨的歌,飞到阿迪亚戈迪亚克那边。在萨卢姆,桑戈马尔是不同世界的连接点,他会欢迎亡灵在中途停靠,赐予人们一双看破黑夜的眼睛,给旅行者以指引。琳达和吉拉里在萨卢姆中途休息,他们也在以自己的方式继续前行,就像库姆巴和法迪吉娜一样。

年复一年,这对马赛老夫妇的到来让假期变成了美好的重聚时光。有些悲剧会让家庭支离破碎,但有时候也会给家庭带来新成员。掌管赌局的神灵掷下色子，人们计算着自己的点数，然而生活还在继续。人们没有忘记亲爱的逝者，尽管他重建了家庭，但新成员却不会取代逝者的位置，他们只会在一个合适的位置去填补逝者的空缺，给予人们开启新生活的希望。罗格·塞内随心所欲地对人类的位置进行调整、再调整；人们总是控诉他给生活带来的暴击，却常常忘记他带来的无尽诗意。他按照自己的模样塑造人类，而重塑亦是人的天性。你看，孩子们把沙子堆砌的城堡和乐高塔楼全部推倒，然后再不知疲惫地去重新搭建，他们脸上的笑容是多么开心啊。

时光流转，法迪吉娜慢慢长大，库姆巴经营着她的生意，重新开始和人们交往，开心地接待她的朋友们，也会时不时回到村子里。她的父母感到十分高兴，很欣慰地看到女儿重新振作起来。没错，无论如何生活还要继续，库姆巴不再对这句话感到厌烦，因为她自己也发现生活就是这样。人们同情经受苦难的人，围在他们身旁安抚他们。不过到最后，难道不是靠行动才能赋予日子新的滋味吗？

所达到的效果再有限又如何，行动起来，用一把把沙子将缺口填满才是获得安慰的最好方式，因为这是无尽弱小的人类唯一能占据的一席之地。障碍再多又如何，海角的吸引力赋予了水手们勇气，让他步伐更加稳健。向前，齐步走！库姆巴冲向生活这条泥鳅，若是有必要的话，她会几个踏步把它捉住，她再也不会犹豫不定了。向前,齐步走!库姆巴缠着裹腰布,向前冲去。勇敢的女人!在阿迪亚戈迪亚克那边,在触手可及的月亮上,法迪吉娜的未来在等待着她妈妈的勇气。向前,齐步走!库姆巴大步向前。勇敢的女人!当她想到和布巴的对话时,不禁微笑起来,充满感激,然后大声喊道:"勇敢的男人,墩墩!"法迪吉娜的未来在那海平面上,库姆巴勾勒着她的新航线,然后向桑戈马尔提出最后一个请求:等到第三千年来临,在大西洋的夜色里,希望继续存在一座岛屿,让守夜者们能够点燃他们的篝火!法迪吉娜也会开启她的航程,她向着光划去。航线→

向下一站出发!

Les Veilleurs de Sangomar by Fatou Diome

© 2019 by Edition Albin Michel，Paris

Current Chinese translation rights arranged through Divas International，Paris

巴黎迪法国版权代理授权使用

本书中文简体字版版权，浙江文艺出版社独家所有。

版权合同登记号：图字：11-2019-298 号

图书在版编目(CIP)数据

桑戈马尔守夜者/(法)法图·迪奥梅著；陈赛

娅，王银利译.—杭州：浙江文艺出版社，2022.4

　ISBN 978-7-5339-6783-3

　Ⅰ.①桑… Ⅱ.①法… ②陈… ③王… Ⅲ.①长篇小

说-法国-现代 Ⅳ.①I434.45

中国版本图书馆 CIP 数据核字(2022)第 026477 号

策划统筹	曹元勇
责任编辑	李　灿
文字编辑	汤明明
营销编辑	耿德加、胡凤凡
封面设计	陈威伸、吴伟光
责任印制	吴春娟

桑戈马尔守夜者

［法］法图·迪奥梅　著

陈赛娅、王银利　译

出版发行	浙江文艺出版社
地　　址	杭州市体育场路 347 号
邮　　编	310006
电　　话	0571-85176953(总编办)
	0571-85152727(市场部)
印　　刷	杭州丰源印刷有限公司
开　　本	880 毫米×1230 毫米　1/32
字　　数	200 千字
印　　张	11.25
插　　页	1
版　　次	2022 年 4 月第 1 版
印　　次	2022 年 4 月第 1 次印刷
书　　号	ISBN 978-7-5339-6783-3
定　　价	59.00 元

一本书打开一个世界

欢迎订购、合作

订购电话：0571-85153371

服务热线：0571-85152727

KEY- 可以文化

浙江文艺出版社

京东自营店

关注 KEY- 可以文化、浙江文艺出版社公众号，

及浙江文艺出版社京东自营店，随时获取最新图书资讯，

享受最优购书福利以及意想不到的作家惊喜